T-枫晨 绘

少年绘

朝俞

2. 完结篇

木瓜黄

著

"轩哥"

"小朋友"

一起去啊·更远的地方·

广东旅游出版社
GUANGDONG TRAVEL & TOURISM PRESS
悦读书·悦旅行·悦享人生
中国·广州

图书在版编目（ＣＩＰ）数据

朝俞 ： 2. 完结篇 ／ 木瓜黄著. —广州 ： 广东旅游出版社, 2022.1（2024.11重印）
ISBN 978-7-5570-2652-3

Ⅰ．①朝⋯ Ⅱ．①木⋯ Ⅲ．①长篇小说－中国－当代 Ⅳ．① I247.5

中国版本图书馆 CIP 数据核字 (2021) 第 258616 号

朝俞：2.完结篇
ZHAO YU：2.WANJIEPIAN

著　　者　木瓜黄
出 版 人　刘志松
责任编辑　梅哲坤
责任校对　李瑞苑
责任技编　冼志良

广东旅游出版社出版发行
地　　址　广东省广州市荔湾区沙面北街 71 号首、二层
邮　　编　510130
电　　话　020-87347732（总编室）　020-87348887（销售热线）
投稿邮箱　2026542779@qq.com
印　　刷　北京盛通印刷股份有限公司
　　　　　（地址：北京市大兴区亦庄经济技术开发区经海三路 18 号）
开　　本　880 毫米 ×1230 毫米　1/32
字　　数　300 千
印　　张　8
版　　次　2022 年 1 月第 1 版
印　　次　2024 年 11 月第 9 次印刷
定　　价　39.80 元

目录

CONTENTS

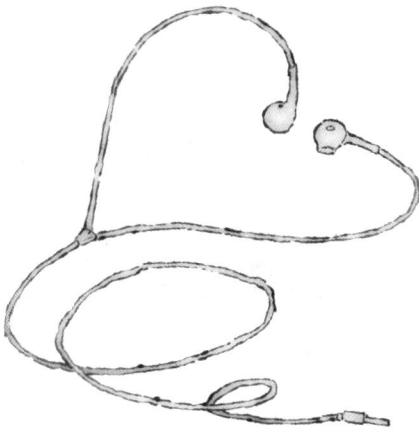

CONTENTS

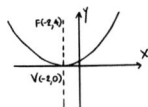

第一章

还真有许多类似的问题，谢俞找了条时间比较近的点了进去。

提问时间是三天前。

那个提问的人先是夸了一通自己的同桌，把同桌夸得简直不像个人，然后才切入正题：不过他成绩不太好，每次都考倒数第二，请问怎么样才可以让他端正学习态度？

热门回答：要不先定一个小目标？比如说成绩提高多少分，或者打算考个什么样的学校。

提问的那位用户回复：也不用太好，清华、北大就行。

"倒数第二"四个字看得谢俞眉头一挑，他隐约觉得那位提问用户的口吻有点熟悉。

他没多想，又往下翻了翻，出来一堆"孩子不爱学习怎么办"，里面一个个父母都焦心得很，最后聊着聊着竟变成了父母联欢会。

——您在哪儿高就啊？

——国企。唉，现在竞争压力大啊，日子不好混。

"吃饭了，"顾雪岚把最后一道菜从厨房端出来，解开围裙说，"手机放一放，别整天捧着……"

谢俞按下关机键，屏幕立马暗下去："知道了。"

四菜一汤，都是些家常菜。

钟国飞如果按时下班就会回家吃饭，今天看来是有应酬，餐桌上就他和顾女士两个人。

谢俞每样菜都吃了不少，本来打算放下筷子上楼，见顾雪岚坐在对面盯着他。

"怎么就吃这么点？"顾女士总觉得儿子吃得少，"吃饱了吗，再喝碗汤？"

大概每个家长都把孩子当猪养。

谢俞又盛了碗西红柿蛋汤，等快喝完，才说："妈，我明天去趟梅姨那儿。"

顾雪岚捏着汤勺的手顿了顿，最后还是没说什么："那你注意安全，别惹事，早点回来。"

顾雪岚不太喜欢他总往黑水街跑。

在她看来，以前是不得已，只能在那样的环境里生活，还好遇到了一些好人，街坊邻居心地都不错。但总归观念不同，雷妈和梅姨联络感情的方式就是你骂我我骂你。

她也想过，搬走之后，过个两三年，他们跟黑水街之间的关系也就远了。

可谢俞这个看起来什么都不在意、话也不多的孩子却是长情的。

晚上，谢俞又搜了一会儿"不爱学习怎么办"，翻遍整个互联网，也没看到什么激发学习热情的好方法，歪门邪道倒是有一堆，什么来场车祸冲击一下大脑，被雷劈试试，甚至有卖假药的。

——神奇智慧胶囊！高科技新型产品，提高智力，开发左右脑，轻轻松松成绩上升，不需车祸，不用雷劈，三十天一个疗程！

谢俞盯着看了会儿，又想了想贺朝的成绩，居然有点想下单。

谢俞往下翻，想看看这个神奇智慧胶囊都有哪些成分，还没研究明白，贺朝的电话就来了。

他接听的时候不小心按到了免提，贺朝那句"小朋友，在干什么呢"外放出来。

谢俞心说，在犹豫要不要给你买一个疗程神奇智慧胶囊吃吃看。

"没干什么。"

谢俞刚洗完澡不久，头发还有点湿漉漉的。

贺朝想到那位拿着"霸道王爷"剧本的继兄，又说："那个笨蛋有没有欺负我们家小朋友？"

"他不在，"谢俞愣了愣才反应过来贺朝指哪位，而且说到"欺负"这个词，指不定谁欺负谁呢，"他也打不过我。"

钟杰这么多年没在他手上讨到过什么便宜，干架不行，打嘴仗也打不过。

两人有一搭没一搭地聊着。

"对了，老谢，你把班群屏蔽了？"

"没，偶尔会看。"

"还以为你让学委给逼走了，昨天他头上顶着那个数学公式 'N=cv' 晃了一天，我都背下来了。"

"……"

背下来有什么用，那是化学公式。

到时候在数学试卷上写这么一句，指望得个公式分？

谢俞觉得很无奈："那你很棒啊。"

(三)班那个私密群早就偷偷解散了，自从发现"小霸王"不打人，老师也都很讲道理，大家就感觉没有必要再弄个小群出来，显得不团结。而且他们班班主任是那种老年人作息习惯，晚上睡得早，根本管不着他们。

夜生活只属于年轻人。

(三)班班群里一直很热闹。学委每天都会把自己在群里的昵称改成各式各样的公式，聊天娱乐的时候也不忘给他们强行灌输一些知识要点。

万达每次冒出来，立马变成一场八卦大会，同学们纷纷搬小板凳嗑瓜子。

班群里的同学们都比较生活化，许晴晴会在周末不得已陪老妈逛街的时候，怀里抱着一大堆东西，站在服装店门口在班群里抒发怨愤：我讨厌逛街！

这时候刘存浩他们就会安慰她：我们男人都不喜欢逛街，你真不愧是我晴哥。

谢俞不知道说什么，由于是话题终结者体质，他也很少在"不要打打杀杀"群聊里说话。

明明没什么事可聊，两个人还是聊到深夜，而且贺朝这个人很适合讲笑话，平淡无奇的一件事情从他嘴里说出来，都变得很有意思。

一直到谢俞有点困了。

天色已经黑透，房间里只有手机屏幕亮着。

贺朝听着对面声音越来越弱，偶尔回应两句都是单音节词，也没忍住放轻了声音："睡着了？"

对方没反应。

谢俞也不知道是不是日有所思夜有所梦，晚上居然做了个特别离奇的梦。

他梦到贺朝高考完跑去开挖掘机了。

噩梦。

醒过来半天没缓过来。

谢俞起身洗了把脸，没忍住对着镜子骂了句脏话："这都什么乱七八糟的。"

早班车上没什么人，谢俞往耳朵里塞了两只耳机，打算在车上睡一会儿。

公交很颠，尤其在拐弯和急刹车的时候。

谢俞酝酿半天没睡着，生怕闭上眼又看到贺朝坐在挖掘机里冲他笑的画面。然后他睁开眼,看到窗外车辆川流不息,路边最多的是卖早点的小摊位。

到站下车之后,他低头给周大雷发过去一条消息:你吃早餐了没?

——没呢,我们等会儿直接在王妈那儿碰头?

——帮我先要五个肉包,我马上就到。

王妈最开始在街道里摆个小摊卖早点,后来有了点积蓄,就干脆盘下来一家小店铺,在这片长大的孩子吃这么多年都吃惯了,吃不到还总惦记。

谢俞找了个位置坐下,又等了一会儿,催周大雷赶紧过来。消息刚发出去,再抬头,一碗热腾腾的豆花已经摆在他面前。

"你这孩子,大老远就看到你了,"王妈放下豆花,手还湿着,往腰间的围裙上擦了擦,"包子还在蒸,马上就好,你先吃点垫肚子。"

周遭环境说不上好,水泥地面坑坑洼洼,门店太小,桌椅摆不下就往外边摆。"王妈,"谢俞拿着勺子笑笑说,"我这还没点呢。"

王妈嚷嚷:"你跟雷仔吃什么,我还不清楚?闭着眼睛都能给你们端上桌。"

说话间,大雷踩着拖鞋来了。他睡得迷迷糊糊的,抓着头发走到店门口,又伸出一只手比画:"王妈,五个。"

梅姨还在广贸忙活,得中午才得空,谢俞上午就在大雷房里打游戏。他们玩的是红白机,配着一台一直没扔的老式电视,谢俞问:"这东西你怎么还留着?"

"怀旧嘛,"周大雷说,"而且最重要的是,它还没坏!这个质量,我都觉得不可思议。"

谢俞打着打着,也想起来一段往事:"你小时候,你妈给你买的那个什么玩意儿来着,你吃了吗?有没有用?"

周大雷摸不着头脑:"什么玩意儿?"

谢俞说:"提高记忆力、开发智力的那个。"

雷妈为了周大雷的学习成绩,歪门邪道都用过,还逼他喝过符纸水,可惜最后都没什么用。

有段时间电视上搞推销,说是一款神奇的儿童保健品可以改变人生、改变命运,让孩子赢在起跑线上。听完半小时的加长版广告,雷妈立马拨打订购热线,满怀希望地买了两大箱回来。

周大雷想起来了:"哦,那个啊,你看我,像是有用的样子吗?"

谢俞:"……"

大雷家还是老样子，甚至面前这台电视机上面凹下去的那块，以及连着凹陷，在屏幕边角裂开的那道裂纹，瞧着都特别熟悉。

那是大美不小心砸的，当时砸完他也吓一跳："不会坏了吧……"

大美甚至都想好了如何卖身还债。

然而大雷摆摆手说："坏是不可能坏的，要是真坏了我妈还得谢谢你，这台电视机命特别硬，我妈等着它坏已经很久了，就想找借口换台新的……你看，一点儿问题没有吧。"

谢俞玩了一会儿没继续玩，把周大雷床上那坨凌乱的被子往角落里塞，勉强腾出个空位来，后背靠着床头柜，半躺在床上，低头看班群消息。

刘存浩：我跟你们说，我爸昨天喝醉酒回来，抱着马桶深情呼喊我妈的名字，我妈差点没把他踹马桶里去……

万达：你爸也太嚣张了吧！

罗文强：他还活着吗？

贺朝起得挺早，谢俞刚收到这人一条私聊，还没来得及回，又看到他在群里冒泡。

贺朝：上面两位，别吐槽了。

贺朝：你们跟耗子他爸比起来，有过之而无不及。要不要我在这儿重复一遍你俩的英勇事迹？

万达立马老实了，在"黑历史"面前不得不低头。

万达：哈哈哈，我突然想起来我作业还没有写完，朋友们，有缘再见。

罗文强：有缘再见。

谢俞看着那两位说好"有缘再见"的人没过多久又冒出来，哀号作业太多。

有这闲聊的工夫，试卷都能刷完一套了。

周大雷一个人打游戏也无聊，分心看到谢老板好像心情很不错的样子："什么事这么高兴？"

"群里聊天，"谢俞简明扼要地解释道，"作业太多。"

周大雷："哦。"

要不是他跟这位认识那么久，就谢俞这惜字如金的叙述方式，他都不知道这人到底在说些什么。

周大雷"哦"完又想，总感觉哪里怪怪的，到底是哪儿呢？

"班群吗？"两分钟后，周大雷扔下红白机差点跳起来。

005

谢俞："你这什么反应？"

"惊讶的反应，"周大雷说，"我……我还真没想到。"

谢俞本来想直接退出去，但是昨天晚上贺朝说的那几句话一直在他耳边萦绕，说班群的，说学委的……于是谢俞犹豫了一会儿，打算走之前留个足迹。

他把表情栏翻了个遍，总算找到一个看起来比较亲切的笑脸。

然后高二（三）班所有在线同学，看到聊天框里突然出现一个不符合他们年轻人审美、含蓄中透着冷漠并且眼神里全身嘲讽的表情。

群里立马安静了。

只有他们朝哥，面不改色。

贺朝：早啊老谢，吃饭了吗？

谢俞手指在屏幕上点了两下，没来得及发出去，贺朝的电话就来了。他有点困，接起来就说："吃了，干什么？"

贺朝笑了一声："不干什么，没事就不能找你聊天？你在哪儿呢？"

"在写检讨写得很不错的那位家里，"谢俞看了一眼周大雷狗窝一样的床，虽然有点嫌弃，但也找不到别的地方睡，又说，"还有事吗？没事我再睡会儿。"

都这个点了，还睡？

贺朝把这两句话联系起来，觉得有些微妙："你睡哪儿？"

谢俞说："睡床啊，还能睡哪儿？"

半晌，他听到贺朝闷闷地说了声"哦"。

周大雷还坐在地上打游戏。谢俞揉揉眼睛，没说两句就想挂电话："我挂了。"

"嗯，你睡，睡醒哥给你个大惊喜。"

贺朝挂了电话，嘴里咬着糖，把手机放在一边，继续低头看试卷。

谢俞撂了电话一觉睡到大中午，最后还是周大雷把他叫起来："谢老板，你看看，都这个时间了，饭点都快过了，梅姨怎么还没回来？我都饿扁了。"

正午，外边光线更亮了一些，阳光从阳台洒进来。巷弄里还是很热闹，不知道是哪对夫妻在吵架，传得半条街都听得一清二楚。

谢俞坐起身，往外边看，看到对面阳台上有位阿姨边听边嗑瓜子，嗑两粒就非常不走心地劝两句："吵什么吵呢？你们啊，不如打一架好了，吵要吵到什么时候去？"

谢俞不知道是不是睡得不太安稳，也可能是被吵的，右眼皮不停地跳，他抬手轻轻按了按眼皮："你问问。"

周大雷打过去，没人接。

电话打了好几通才终于打通，许艳梅急匆匆地说自己有事，让他们去饭店吃一顿，等她晚上回来，说完就挂了。

"说是有事，应该是广贸那边突然有活儿吧。"周大雷把手机往裤兜里塞，站起来说，"怎么着，我们俩要不就出去吃？"

这边吃饭的地儿不多，就几家沙县小吃，门可罗雀。除了那些一看就像无证经营的小店面，能吃的也只有路边摊。

"雷仔，好久不见啊！"店主见到认识的人路过就热情招呼，周大雷本来还想再挑挑，这下弄得他们不进去吃也不行，"坐坐坐，吃什么？"

周大雷找到靠窗的位置，坐下说："那就两份招牌吧。"

谢俞抽了双筷子："熟人？"

"也不算熟，不过这家店报我雷仔的名号，可以打八折，"周大雷说，"这老板手机游戏里闯不过的关，都是我帮忙过的。"

谢俞现在听到手机游戏就联想到换装小游戏……周大雷这个自称市面上的游戏只要敢出就没有他不敢玩的游戏高手，估计也从来没有涉猎过这个领域。

两人有一搭没一搭地聊着，后厨油烟味从窗户缝飘出来，还有液化气点火的声音，等了差不多十分钟，老板端出来两份盖浇饭："两份招牌，慢用！"

老板转身往后厨走，后厨里还有两个系着围裙的小伙。

谢俞手刚摸上碗边，还没动筷，就隐约听见那两个小伙的说话声："广贸？听说……是啊……打起来……"

那两人正闲聊着，后厨门突然被推开，然后他们就看到刚才坐在窗口的那位男孩子站在门口，冷着脸问："打什么？"

那两人一时间也愣住了，反应过来才回答说："啊……广贸，广贸那边有人闹事，一群人呢，可能要打起来。"

周大雷饭刚吃两口，就被看起来已经有点暴躁的谢老板拽着衣领往外拖，从店里出去之后，他整个人都有点蒙："干什么啊？饭里有老鼠屎？"

"刚才梅姨怎么跟你说的？"谢俞没松手，拽着周大雷的衣领问，"都说什么了？"

出了这条街往右拐，再直走没多远就是广贸。

周大雷也琢磨出不对劲，回忆道："她说她那儿临时有点事，可能晚点回。没了。"

现在想想，许艳梅同志的口吻听上去也太温和了，以前一车货晚送到半小时，她都能不带重复地骂足半小时，今天非但没表达一下对于耽误她宝贵时间的愤慨，还那么冷静。

谢俞松开手："走了。"

"啊？"

"过去看看。"

"千里送惊喜"的贺朝照着手机导航规划的路程，转了两次车，才转到这片看着跟某人朋友圈里发的照片差不多的地方。他从车上下来，被一步一个坑的路面弄得有点没法下脚。

贺朝一路上跟身边那位老大爷聊得不错，下了车老大爷还想邀请他上家里坐坐。

"不了，"贺朝惊讶于这个地方人民群众的热情，回绝，"我还有事儿。"

老大爷还想再争取争取："啥事那么急？就喝口水的工夫。"

贺朝笑笑："我找人。"

不过贺朝在周围转了几圈，发现自己找不着地方——先不说周大雷的家在哪儿，贺朝就连他叫什么名字都不记得。

谢俞接到贺朝电话的时候，正在广贸门口。他们这一拨人，面对着一群凶神恶煞的人，剑拔弩张。

贺朝还没说话，谢俞手里捏着根棍子说："现在没空，等我打完再说。"

"打完……打架的打？"

谢俞漫不经心地"嗯"了一声。

还没准备好的周大雷有点紧张……

谢俞面对这种场面，有时候甚至不用说话，光看对方一眼，就让对方从心底里生出一种"好啊，你是不是想打架？你是不是看不起我？你是不是觉得我打不过你"的感觉。

想到这，周大雷伸手拉了拉谢俞："谢老板，你……你起码等我找件顺手的工具。"

谢俞把手里的棍子递过去："现在你有了。"

谢俞太显眼，站在他们对面的那群人也按捺不住扯着嗓子开始骂："好，今天这笔账我们就跟你算算清楚。梅姐，平时我们敬你是这一片的大姐，那都是看得起你，你还真把自己当回事了——"

"跟他们废什么话，"领头的那个抖抖烟灰，走路也没个正形，"今天来就是算账来的！"

贺朝听到这里，脑子里那点"等会儿见到同桌给他一个惊喜，等我华丽出场，小朋友肯定特别高兴"的念头立马消失了。

贺朝蹲在陌生的街角，盯着眼前这片房屋高矮不一的住宅区，留意到了"广贸"两个字。

他心想，他同桌这日子真是精彩纷呈。

谢俞挂断电话，走到前面，低声问："都什么人？干什么的？"

谢俞听了半天，这群人废话一大堆，真正有用的信息一句也没听到，不知道为了点什么事聚众在这儿闹。他本来耐着性子想听听他们接下来会不会说点新花样，但是这帮人翻来覆去嘴里就那点脏话。

"就是群杂碎，烦得很，北街那边过来的，我真……"许艳梅嗓子还哑着，下意识地想往外蹦脏话，蹦到一半硬生生止住了，扭头冲谢俞瞪眼，"干什么？我还想问你们想干什么！雷仔，你赶紧拉着他回去。"

周大雷站在边上，想也不想就说："拉不动。"

许艳梅无语。

简单来说，就是许艳梅前几天有几车货要卸，广贸这边人手不够，她就叫管事的再去找点人过来。管事的人也是贪便宜，扣了点介绍费，让这帮手脚不干净的人过来干活。

结果最后货卸完，她清点东西的时候发现数目不对。

她还没找他们算账，这帮人倒是过来反咬一口，赖在广贸楼下不肯走，说什么你们冤枉好人，往他们身上泼脏水，还想讹一笔精神损失费。

听上去挺荒谬。

许艳梅跟他们僵持这么久就是不想跟他们动真格的，不知道是不是因为上了年纪，她变得越来越心慈手软，想着得饶人处且饶人，本来想吓退他们，可偏偏这群人不见棺材不掉泪。

许艳梅趁谢俞不注意，偷偷扔掉手里那一小截抽完舍不得扔的烟头，起身说："忍不下去了。想讹老娘，还精神损失费，医药费倒是可以考虑考虑。"

来来往往的人都在看热闹，他们一脸冷漠。

也没人报警。本街习俗，自己街的事情自己解决。

许艳梅："你俩打个头，赶紧回去！"

对面有十几个人，他们这边也差不多。

两队人马磨蹭了快半小时，谢俞活动几下手腕，就听到周围人群里的声音突然高了几度。

谢俞侧头看过去，看到一队人马从街的那头走过来，手里都拿着家伙，尤其领头的那位，走路带风，气场很足。

虽然不知道什么情况，但是围观人群还是自发地给他们让开一条道。

许艳梅也望过去："这谁啊？搞什么？"

周大雷望着望着，琢磨出一丝似曾相识的味道："这哥们，有点……有点眼熟。"

谢俞没说话，在心里骂了一声。

"你多吃点。味道怎么样？好吃就再加一碗饭！"等谢俞回过神，已经坐在梅姨家里的饭桌边，他用筷子轻轻捣了捣碗里的米饭，然后又眼睁睁看着许艳梅同志用筷子夹了块红烧肉——筷子夹着肉越过他，最后落在他边上那人的碗里。

贺朝说了好几声谢谢："味道特别好，比如这个红烧肉，肥而不腻，咸淡适中。"

梅姨又往贺朝碗里夹了一块肉。她被夸得高兴了，豪气冲天道："谢什么，不用跟我瞎客气。"

谢俞放下筷子，不太想说话。

周大雷倒是没觉得有什么，还挺乐呵："哎，你刚才帅炸了。兄弟你从哪里找来那么多人？"

贺朝说："在隔壁街小网吧里找的临时群演。"

周大雷："厉害……"

刚才贺朝带着人，有模有样地过来镇场子，这人戏太多，那帮人还真以为他是什么人物。周大雷全程叹为观止，最后捂着肚子蹲在地上笑："谢老板，你这个同学很牛啊……这人以后绝对是干大事的。"

谢俞心想：是，未来的挖掘机一哥，能不牛吗？！

梅姨家里餐厅小，还是从客厅勉强隔出来的小半间，以前要是人多想聚个餐，都

$r=a(1-\sin\theta)$

是在后面院子里支张可以折叠的大圆桌, 还得翻日历、看天气预报, 挑个天气晴朗又吉利的好日子。

谢俞往后靠一靠, 后背就能靠上墙。

"怎么了?"贺朝也放下筷子, 手垂在桌子底下, 碰了碰他, "怎么不吃?"

谢俞半天憋出来一句: "我缓缓。"

许艳梅对贺朝这个小伙子的印象特别好, 撇开这是她家谢俞头一回往家里带的同学这层关系, 这人嘴甜又会说话, 最后那盘红烧肉周大雷都没吃到几块, 全进了贺朝的碗里。

"梅姨, 别夹了,"谢俞就坐在边上看着梅姨没完没了地给贺朝夹菜, 说, "他吃不下。"

许艳梅这才放下筷子, 反思道: "好像是喂得有点多了。"

听上去跟喂猪似的。

喂完了, 许艳梅还拉着人不放: "我们小俞在学校里怎么样啊? 他容易冲动, 你要是拉得住就劝劝他……"

谢俞想劝劝许艳梅同志, 他这学期在学校打的几次架, 都是跟她面前这人一起打的。

贺朝张口就来: "我们小俞……不是, 你们小俞, 那个, 在学校里挺好的。"

谢俞右眼皮跳了一下, 隐约有种不太好的预感。

果然, 他下一秒就听到贺朝开始胡言乱语, 什么上课认真、学习努力、团结友爱、遵守校纪校规都冒出来了。

怕他越说越夸张, 谢俞在桌子底下掐了掐贺朝的手。

许艳梅没察觉到哪里不对, 反倒被夸得怪不好意思的, 于是自己主动挑挑刺, 找了个缺点说: "我们小俞就是成绩不太理想。"

"哪儿的话, 他成绩可好了,"贺朝说, "平时都只有我仰望他的份, 上次考试他各科平均分足足比我高了有十分。谢俞同学简直是我学习的榜样!"

许艳梅: "……"

周大雷早饭没吃上, 饿得慌, 还在捡剩下来的红烧肉吃。

许艳梅转身去厨房里切水果, 拿着菜刀乒乒乓乓一阵, 听着有点吓人。

谢俞转头问贺朝: "你来干什么?"

贺朝: "惊喜吗?"

011

两个人对上眼神。

谢俞说:"惊吓。"

许艳梅虽然动静大,不过切出来的果盘卖相还不错,果盘四周非常别致地摆了一圈核桃。

贺朝犹豫地问:"这是?"

许艳梅擦擦手,毫不遮掩地说:"吃吧,补补脑子。"

谢俞:"……"

贺朝:"……"

最后走的时候,两人手里被塞了两袋核桃,还是剥好的那种,也不知道许艳梅到底准备了多久。谢俞提着红色塑料袋,心情非常复杂。

第二章

刚才在饭桌上，他们俩没说多少话，怕说多了露馅，于是谢俞现在才吐槽："你下午走路带风啊，朝哥。"

贺朝："还行吧，走在街上感觉整条街都是我的。"

"讽刺你两句你还真顺着往上爬？"

这边的公交车半个小时一趟，估计上一趟刚走。车站站牌歪斜着，候车的地方座位都没有，显得异常穷酸。

贺朝来的时候没注意这些，现在想找位置坐，只看到四个光秃秃的桩子。根据那四个桩子，可以想象出候车座位原本的样子。他说"你们这地方，很有特色啊……"

谢俞暑假来的时候，这座位就这样，当时周大雷还蹲在街边等他。

"前段时间被偷了，后来查监控找回来了。"谢俞简单介绍了一下这个曾经引起轰动的失窃案，说到这里他顿了顿，又说，"大概又被偷了吧。"

居委会大妈永远是这片街区最忙大妈，为了处理街道那些层出不穷的琐事，操碎了心，隔三岔五就能听到居委会大妈拿着喇叭喊："井盖怎么不见了？你们谁偷了井盖？""车站站牌又是谁砸的？还有那候车座位，用锯子锯了扛回家能干啥用？"

贺朝听得乐不可支："这么逗？"

还有更厉害的。

那个井盖，后来查出来是隔壁街一个混子偷的，隔壁街住户当然不会胳膊肘往外拐，打死不认，两条街就为了个井盖吵起来了，吵了大半天，差点闹成当地新闻。

贺朝问："最后打了一架？"

谢俞："没打，我们看起来很粗鲁吗？"

"不吗？"

"……"

架倒是没打，就是几位黑水街居委会大妈，趁月黑风高，神不知鬼不觉地把隔壁街井盖"偷"了过来。

隔壁街完全没有想到还能有这种操作,第二天早上起来都傻了。

谢俞说完,看到贺朝站在边上发愣,伸出手在这人面前挥了挥:"喂。"

谢俞挥了两下,没什么耐心,想直接一巴掌拍上去算了,贺朝却突然低声说:"今天之前,这个地方,我只在你拍的照片上见过。"

贺朝没说的是,直到今天亲自走了一趟,那些照片才活起来……从草丛里蹿出来的小动物,身上带着在泥水坑里打闹过的痕迹,晒干了变成黑乎乎的一块结在身上,眯起眼睛在太阳底下趴着。

每一块瓦砖,每一栋建筑物,以及这里的所有声音。

他这才知道谢俞身上这种矛盾又吸引人的特质到底是从哪里来的——谢俞用坚硬的外壳挡住世界上所有的恶意,但心底柔软的地方,依旧一尘不染。

半小时过去了,车还没来。

谢俞想看看现在几点,发现昨晚忘记给手机充电,电量撑不住,他按下开机键,屏幕还没亮起来几度又暗了下去。他用胳膊肘碰了碰贺朝:"你手机呢?"

贺朝说:"裤兜,左边。"

谢俞手指搭上贺朝裤子口袋边沿,牛仔布料偏硬,他使了点劲才探进去。

19:21。

这个点不算早也不算晚,但还要算上接下来一个多小时的车程。

谢俞想了想,还是打算给顾女士打个电话通报一声。

贺朝手机界面很简洁,也没几个软件,倒是游戏分类里密密麻麻挤了一堆,乍看上去只能看到几个粉色图标,最角落还有一团熟悉的绿色。

谢俞没仔细看,想按右下角拨号图标,不小心碰到拨号图标左边的浏览器。

似乎是"百度知道"界面。

毕竟是隐私,手反应得比脑子快,谢俞下意识按了返回,回到主界面。

谢俞抬头看了一眼贺朝,这人已经跟灌木丛里探出来半个身子的野猫玩了起来。男孩子蹲在街边,一只手拎着塑料袋,另一只手向前伸去,吹了半天口哨,那猫也只是瞪着眼睛戒备地看他。

贺朝最后没办法,蹲着打了个响指,帅倒是挺帅,但那猫吓得低低"喵"了一声,掉了个头,钻进灌木丛深处去了。

"跑什么?又不会吃了你。"

贺朝刚想站起来，发现谢俞也蹲到他边上来了，于是侧头问："你电话打完了？"

谢俞把手机递回去："打了，没人接。"

顾女士大概有事出去又把手机落在家里，他不喜欢打钟宅的座机电话，基本上都是保姆接的，每回接起来就是一声"二少爷"。

公交车正好从街角拐进来，车头上那一行"21路"闪着红光，长长的车身拐过弯，路不平，公交车也颠得厉害。

他们俩都坐21路回A市，到站之后还要转车，转车坐的就不是同一路车了。

晚上的公交车，没多少人坐，只有两三个人坐在前排。车里光线并不好，尤其人少的时候车厢里不怎么开灯，从外面远远看过去黑乎乎的一片。

尤其后排角落，坐下基本上看不到人。

贺朝开了窗吹风，额前几缕碎发都被吹得立起来了。

这人一向很臭美，头可断，发型不能乱。

谢俞看着贺朝开了前置摄像头照头发，由于光线问题，屏幕里看不太清楚，他就伸手胡乱抓了几把，想把头发压下去。

谢俞看了一会儿，胳膊肘撑在车窗边上，随口吐槽："又没人看你。"

贺朝又抓了几下说："帅哥的自我修养。"

毕竟车里太暗，贺朝抓了半天，没看到头顶还有一撮头发也翘着。

谢俞伸手摸上去，指尖浅浅地插进这人头发里，然后摸猫似的，顺着摸了两下。贺朝的头发这段时间长长了点，谢俞记得刚认识他的时候他的头发还很短，摸着估计都扎手。

贺朝愣了愣，回神发现刚才照头发用的相机还开着，于是喊了一声："老谢。"

谢俞抬头看过去："啊？"

贺朝对着两团模糊不清的黑影按下了拍照键。

照片明明是静止的，却看得出晃动的车厢、从车窗外照进来的沿途灯光，隐约还看得见一前一后两个人的身形轮廓。

"合照，"贺朝拍完，把那张看起来特别有艺术感、不说别人绝对看不懂的照片设置成了桌面壁纸，"纪念一下。"

公交车连站都不报了，在街区绕来绕去，绕到不知道哪条街，缓缓地停下来，开了前门。

没人上车。

司机扭头冲外面喊了一嗓子："没人？没人我开走了，这是最后一趟啊——"

贺朝设置完壁纸，听到声音，抬头往外边看了一眼，看到车站边上那家小小的杂货店，觉得有点眼熟。

谢俞顺着望过去。

"我好像来过这里。"贺朝收起手机，一字一顿道，"建……建行杂货。如果没记错的话，这附近是不是有家网吧？"

网吧的确有一家，就在杂货店后面。

谢俞问："你什么时候来的？"

"暑假的时候吧，"贺朝说，"有朋友约我，我就过来了，在家闷着无聊。"

半小时车程一点也不长，他们没聊几句就到站了。

到站下车之前，贺朝还想再坐两个来回。

"朋友，这是末班车，"谢俞推着贺朝下车，"你想什么呢？"

贺朝堵在车门口说："想再跟你聊一会儿，你这人怎么这么没有同学爱呢？"

这回谢俞没踹他，司机师傅忍不住想踹人。司机师傅坐在驾驶位上，挥着手赶人："你们两个下不下，怎么磨磨叽叽的？"

周末两天时间过得很快，在（三）班班群里一片"不想上学、不想面对考试成绩"的哀号声中，周日的尾巴也快过去了。

谢俞收拾完东西，上床之前看了两眼班群。

刘存浩：两天为什么过得那么快？我还没有来得及好好享受活在世上的最后两天。

万达：咱们学校老师还特别敬业，把试卷带回家评了，你看没看到老唐发的？他说周一就能出成绩。耗子，你想好死后准备葬在哪儿了吗？我想把骨灰撒在海里，面朝大海，春暖花开。

刘存浩：我喜欢土葬，尘归尘，土归土。

许晴晴：你们有毒吧，不就一次期中考嘛！

V=abc：学习，无论什么时候都不晚，一次失败不算什么，重要的是端正自己的学习态度。

罗文强：学委，你又换公式了？

谢俞回学校之前，在外头的早餐店里买了杯豆浆，付钱的时候看到姜主任和老唐坐在店里吃饭，他拿着东西，一时间也不好就这样走人，于是上前打了个招呼："姜主任，唐老师。"

老唐冲他点点头，把嘴里的东西咽下去，又招呼他过来："你就喝豆浆？能饱吗？坐下吃两个包子。"

"不用了，我……"

"不什么？过来。"姜主任把边上的塑料凳拖出来，充分体现了"滥用职权"四个字的含义，"不然不准进学校。"

谢俞拿着肉包，坐在边上听姜主任吐槽学校食堂的伙食："那个肉包，三口咬下去都吃不到肉。"

老唐点点头："第一次吃的时候我以为它本来就没有馅。"

姜主任又说："味道也不太好。"

姜主任这个人只要不在学校里，还挺好说话，即使现在只跟学校隔着一条马路。

跟平时广播里的"姜播音员"不太一样，跟让广大学子头疼不已的姜主任也不一样。

很普通。

好像是因为肩膀上需要担起来的担子，以及"老师"两个字，他才变得强大起来。

谢俞到教室的时候，人来得都差不多了，万达风风火火地从老师办公室门口跑回来："好消息，试卷没评完！没评完！可以多活一天了兄弟们！"

刘存浩扔了抹布站在讲台上跟万达热情相拥："好兄弟，今天中午我们吃顿好的，死也要死得风光。"

"搞什么？"谢俞从后门进去，坐下说，"要死要活的。"

贺朝看了一早上热闹，总算把同桌等来了："期中考啊，他们连遗嘱都立好了。什么如果我不幸被我妈打死……记不住了，大概这个意思。"

班里同学大早上立遗嘱的画面太美，谢俞觉得跟姜主任一起吃包子也不算什么了。

提到吃，谢俞想起来另外一件重要的事。

于是贺朝就听到他同桌在刚见面不到一分钟的时间里，对他说的第二句话是："你核桃吃没吃？"

万达"听墙脚"也不是每次都准，他以为听到的是"试卷没评完"，其实没听全，是

"部分班级试卷还没评完",（三）班并不在这个"部分"范畴内。

当吴正抱着一沓试卷走进来的时候，全班都安静了。

贺朝倒是挺高兴："老谢你看，我这道题居然做对了。"

谢俞心说，我不是很想看。

"想不到吧，这点试卷，我周六就评完了，"吴正从粉笔盒里挑了几个粉笔头出来，又说，"都看看自己考成什么样。万达，你闭什么眼睛，你闭着眼睛装看不见还是八十分……你看看人贺朝多开心，考三十分也有考三十分的快乐。"

每次考试成绩出来，总是几家欢喜几家愁，不过吴正教了这么多年书，第一次碰上像贺朝这种人，明明拿着"愁人"的成绩，却硬是凭本事挤进"欢喜"的队列里。

很服气，是个人才。

吴正没忍住，往最后一排连扔好几个粉笔头，边扔边说："贺朝，你这心理素质，我掰着手指头再往上数三届都未必能找到一个比你强的。"

"过奖过奖，"眼看着粉笔头迎面飞过来，贺朝笑着说，"也就一般优秀。"

"你小子，真当我在夸你？"

有个粉笔头偏了几度，正好砸在谢俞桌角，"啪"的一声落下来，又滚到地上。

谢俞本来还在发愁，这人怎么考来考去还是这么点分，难道以后真的去开挖掘机？听到这句，他没忍住撑着脑袋笑了："笨蛋。"

"好了，"闹也闹过了，感觉到大家的情绪比刚才活跃一些，吴正拍拍手，示意大家安静，开始分析试卷，"一次考试成绩算不了什么，这套试卷难题其实不多，为什么平均分那么低？我看了一下你们的失分点……"

吴正拿着试卷，在黑板上抄题目，抬手就是一个方方正正的立方体。

谢俞低头把那张考了四十几分的数学试卷往桌肚里塞，也没事干，趴在桌上打算睡一会儿。

刚趴下去，手腕被心理素质优秀的同桌拿笔戳了两下。

谢俞的脑袋慢吞吞地动了动，头枕在手臂上，侧过脸看他。

贺朝也趴着，姿势跟他差不多。

少年背对着窗外的阳光，模样闲散，嘴角轻微向上勾起。

谢俞看了一会儿，没忍住先动了手，伸手把贺朝胸前没拉好的拉链规规矩矩地拉到最上面:"你能不能好好穿衣服?"

(三)班这次各科平均分还是老样子,全年级"数一数二"——倒数的数。

成绩比较拔尖的除了薛习生就是许晴晴,不过他们那点分数在平均分面前也不够看。

语文作文是议论文。中午语文试卷刚从老师办公室被课代表运过来,大家就一拥而上,不过都不是看自己考了几分:"朝哥的试卷呢?我们的快乐源泉。"

谢俞刚睡醒,闻言抬起头,看到贺朝在讲台上捍卫自己的试卷,讲台上乱七八糟,好几张试卷掉在地上,还被人踩了几脚。

然后罗文强和刘存浩两个人一左一右地架着贺朝往外走,边走边回头喊:"快,兄弟们快翻!"

贺朝没跟他们动手,直接被架出了教室,站在教室门口哭笑不得:"过分了啊,人和人之间能不能给点尊重?零分作文有什么好看的?"

议论文,就算跑题跑出地球也没办法再像"我的背影特别帅气"那样胡扯连篇,只不过贺朝通篇下来论点和论据之间毫无联系,生拉硬拽凑到一起,也算是一种奇观。

试卷传了一圈,总算在上课前传了回来,万达没敢给贺朝,直接往谢俞桌上扔,笑得肚子疼:"厉害厉害,非常厉害,见识到了传说中的睁着眼睛说瞎话。"

谢俞扫了两眼,觉得起码比上次那篇"背影"强多了:"有进步啊,哥。"

贺朝问:"真的吗?"

谢俞手里捏着支水笔,简单点评道:"撇开议论的内容不谈,起码你还知道该写一篇议论文。"

看前两段确实还好,虽然不知道和论点之间到底有什么联系,谢俞正想夸一夸,鼓励鼓励,但是他往下冷不防看到一句"贺朝夫斯基曾经说过"。

谢俞沉默一会儿,又把试卷折好了放到贺朝手上:"假的,拿着滚吧。零分实至名归。"

周一几乎每节课都在讲试卷,讲到最后一节课大家早已昏昏沉沉,放学铃响的时候都没人意识到放学了。

还是贺朝站起来喊了一嗓子"老谢,吃饭去",其他同学才反应过来,陆陆续续收拾东西往外走:"唉,走了走了,回家迎接混合双打。"

刘存浩悲叹:"突然发现住校真好……可以多活四天啊。"

贺朝跟谢俞两个人溜出去吃饭,走到学校门口发现周围这些饭馆又出了新策略,尤其是状元楼，门前还挂起了横幅，红得耀眼，迎风飘扬：热烈庆祝二中考生期中考试出成绩，全场八折，欢迎新老顾客品尝！

"他们一点都不了解广大考生，"贺朝摇摇头说，"你看没看到刚才耗子收拾东西那个磨蹭劲，恨不得留下来跟我们一块儿上晚自习。"

"看到了，要死要活的，"谢俞说，"他现在还没走？"

贺朝边掏手机边说："没走吧。等会儿……我拍张照，发给他看看。"

刘存浩好不容易鼓起勇气准备踏出教室，收到这张照片简直崩溃。这两位大佬一个冷酷一个调皮，存心不想让他好过。

倒是万达见缝插针，摁下手机上的语音键就冲那头喊："朝哥，帮我带杯奶茶！"

校门口围着一大批来接孩子的家长，车喇叭声此起彼伏，周围环境太嘈杂，加上万达口齿不清，贺朝听了两遍也没听清："什么茶？"

谢俞没听，但是猜也猜出来："奶茶吧。"

就像谢俞当初没有想过自己有朝一日会坐在金榜饭馆里吃饭一样，他也没想过，有一天自己会站在复旦奶茶小店铺门口排队。

"朋友，商量一下，"谢俞站在贺朝身边，周围是群小姑娘，时不时偷偷往他们那边看，"你在这儿买，我先走。"

贺朝一手拿着号单，一手拉着谢俞的手腕，把人拉回来："有没有良心，你还真走？"

谢俞本来是真打算走，但是后面那群女生突然一阵骚动，站在最中间的那个被其他人联手推了出来，挺清秀的一个女孩子，红着脸朝他们这里走了两步，直接走到他们前面："那个……"

谢俞眉头一挑，停在原地不动了。

女孩子说话的时候眼睛直勾勾地盯着贺朝，等到对方也回望过来，又害羞似的别开脸，态度表达得很明显。

谢俞心想，贺朝这个人得亏是住校，不然成天在外面乱晃……

谢俞还没来得及脑补完，就听贺朝冲那位女孩子抱歉道："不好意思，不让插队。"

周围安静了好几分钟，掉根针到地上都能听见的那种。

队伍已经排到他们这个号了，那女生站在他们面前，僵硬的后背正好挡住取餐口。

在这片古怪又安静的氛围中，奶茶店店员喊道："18号，一份招牌奶茶。"

贺朝极其自然地把手里那张号单递过去："这里。"

如果沈捷在这儿，肯定又要把"不扫码"的故事拿出来再说一遍，简直就是尴尬重演。

贺朝提着奶茶走进学校，上了两级台阶，发现某位小朋友走得慢，还落在后面，于是蹲在台阶上等了一会儿："想什么呢？"

谢俞随口说："在想你是怎么活到现在的。"

刚才走了一路贺朝自己也回过味来了，抓抓头发说："我有时候是挺……沈捷也说过我好几次。"

不扫码、不插队还算好的，初中时，有女孩子跟他说想做朋友，因为害羞，含糊不清暗示了一大堆。他没听出来，当场回了一句："好，以后大家就是兄弟。"

等那女孩子哭了，他才知道到底是哪种"朋友"。

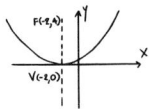

第三章

万达在教室里边做作业边等贺朝给他带奶茶回来，等来等去，等到作业都做完了一门，奶茶还没到："这么慢的吗？我自己出去买都可以走个来回了。"

"是你心急如焚吧，"许晴晴正好拎着一杯果茶进来，"他们也没出去多久啊。"

万达忧心忡忡，等一杯等不到的奶茶就像在等一个等不到的人。

等贺朝出现在教室门口，万达差点直接扔了笔扑上去："我等到花都快谢了，大哥们，我还以为你们不准备来上晚自习了。"

贺朝把奶茶往万达桌上放，随口问："耗子走了？"

奶茶还是温的，万达把吸管插上，心满意足地吸了两口："走了，老唐过来开导他，从考生心理素质讲到如何从容面对失败，讲了半个小时还没讲完，耗子立马收拾东西从后门跑了。"

是他们班主任的作风，贺朝说："还是老唐厉害。"

晚自习，老唐带了本书过来监督。

临近下课，许晴晴他们作业写完了，闲着也是闲着，跟老唐聊起了天："老师，听说你以前是实验附中的？"

老唐把书签插在刚才看的那一页，抬头道："你们作业都写完了？"

"写得差不多了，"万达连人带椅子往前挪，好奇地问，"唐老师，你怎么会来二中啊？"

这个问题从唐森刚接任（三）班班主任的时候就有人问了，实验附中是A市顶尖学校，几个二中加起来也比不了。

老唐说了些什么谢俞没仔细听，而且万达他们的话题两三分钟换一个："老师，我们什么时候秋游啊？是不是快了啊？"

寄宿生本来就那么十几个，老唐让他们尽量都往前坐，于是谢俞跟贺朝两个人坐在第一组靠窗的位置，挤在里头听他们聊秋游。

"你们一天天就知道玩，学习的时候没见你们这么上心，"老唐说归说，等长篇大论完之后，还是顺了大家的意，透露道，"秋游估计就在这周，初步定在周五，具体时间还没确定……别往其他班传啊，姜主任本来都不让我提前通知你们，就怕你们……"

班主任话还没说完，班里已经疯了："秋游！周五！秋游！"

贺朝听到这个话题也来了兴致，退出游戏问谢俞："秋游去吗？"

以前秋游谢俞都是请病假，面不改色、连咳嗽都不咳一声地跟老师打报告说发烧，老师也没说什么，像他这种问题学生不去倒也省事。

这样想想，他上高中以来好像还没有参加过春游、秋游之类的活动："一般都去哪儿？"

贺朝："挺无聊的，永不过时的经典——公园、游乐场、展览馆，除了这三个地方也没别的了，如果学校预算多的话或许能去爬个山。"

去年学校不知道怎么想的，秋天带他们逛公园，园子里花都谢了，只剩下满园光秃秃的树木枝干，在公园里走一天什么都没看到，大家吹着冷风，只感觉到萧瑟和绝望。

谢俞觉得自己请假真是明智："无聊你还去？"

"说得好像不去就不无聊了一样，"贺朝趴在桌上看他，又问了一遍，"去吗？"

许晴晴他们已经开始讨论该带些什么东西了："明天放学我溜出去买点零食，还有卡牌——哎，有人想玩'真心话大冒险'吗？"

万达举了两只手："有有有！我代表耗子，我们俩参加。"

就他这个状态，不知道的还以为期中考已经过去个把月了。隔了一会儿，谢俞说："我考虑考虑。"

贺朝知道同桌嘴硬，考虑考虑就是答应的意思。

秋游的消息第二天一大早就在班里传了个遍，刘存浩本来回家挨了一顿揍，听到这个也乐起来："这周五？"

万达跟他击了个掌："惊不惊喜？开不开心？"

刘存浩昨天还抱着万达哭，吃午饭的时候说考太差悲伤到吃不下，结果被硬拉到食堂，说着吃不下，却大口大口吃了足足两碗饭。

十七岁，很单纯的年纪。

谢俞本来打算补觉，被他们吵得睡不着，却也没感觉到烦躁。就这样静静地听了一会儿，然后睁开眼，看到贺朝跷着腿，右腿搭在左腿膝盖上，坐姿特嚣张，模仿昨天刘存浩要死要活的语气说："怎么办啊？我感觉我活不过今天了……不行，我真的吃不下饭。"

刘存浩指着贺朝说："朝哥，虽然我打不过你，但是你这样嘲笑同学是不对的。"

班里又闹了一阵。

许晴晴他们早就商量好了，等放学铃声一响，四五个人便站在门口招呼他们："朝哥，你们要一起吗？我们坐公交去附近商场买点吃的。"

学校周边只有一家小卖部，就算再不讲究也不可能就从小卖部里买几包辣条、干脆面带去秋游。

离最近的商场只有两站的距离，要是速度快的话还能在晚自习前赶回学校。

下车之后大家散开，各买各的。

谢俞靠在推车边上，看贺朝站在货架前仔仔细细地看零食的生产日期，头一次发现这个人还挺居家。

这种一个推车、另外一个往车里扔东西，时不时间对方这个吃不吃、那个要不要的感觉很奇妙。

"这个吃吗？"贺朝靠得近，从远处看过去就是两个男孩子头挨着头凑在一起，"新口味，尝试一下？"

谢俞看了一眼，包装袋上标着青椒口味："你找死我不拦着。"

"应该还好，"贺朝买东西挺喜欢买些没吃过的，看上去很新奇，拿出去招待人也没人愿意碰一下的那种，"上次我买了个芥末的，觉得还行，不过沈捷抢过去吃完差点没吐出来。"

毕竟零食也不能当正餐吃，他们挑了几样就没再拿。

突然，贺朝的裤腿被人拽了拽，低头看过去，是个不知道从哪里冒出来的小女孩，四五岁的年纪，个头很小，扎着两个小辫，声音软软糯糯地喊他："哥哥。"

哪儿跑出来的？怎么不声不响的。

"哥哥，我想拿那个。"小女孩胖乎乎的手指往货架上指，口齿还不太清，"草莓味的。"

谢俞顺着看过去，是袋果冻，包装袋上印着卡通图案，不过摆放的位置有点高，起码以这个小豆丁的身高跳起来也够不着。

"拿吧哥哥,"谢俞往边上走了两步,说,"草莓味。"

草莓味的在最里面,贺朝把外面几袋暂时往边上挪,用一只手撑着怕它们砸下来,谢俞那句"哥哥"叫得他差点没拿稳。

小女孩还在眼巴巴地看着果冻,眼睛里的渴望都快溢出来了。贺朝把里面那袋抽出来,又把边上的放回去。

果冻袋子并不大,但小女孩还是需要用两只手把袋子抱在怀里才能拿稳,她脆生生地说:"谢谢哥哥。"

贺朝蹲下来跟她聊天:"怎么就你一个人? 小孩子不能乱跑。"

"妈妈在那边,"小女孩指指对面那位在称散装糖果的女人——长头发,看背影很温柔。小女孩喊了声妈妈,又对他们挥手说,"哥哥再见。"

贺朝摸摸她的脑袋,又从口袋里摸出来一粒糖给她,笑了笑说:"再见。"

很普通的画面,谢俞却觉得,嚣张肆意的男孩子,敛下所有锋芒,温柔起来真是暖得一塌糊涂。

等小女孩走远,他们在这边也买得差不多了,等会儿再绕去饮料区拿两瓶水就行。

这是个小型商场,总共就上下两层,客流量稀少,走几步就能逛半圈。

许晴晴他们正好从对面过来,几辆推车撞在一起:"你们买完了吗?"

万达购物车里全是零食,光薯片就三四袋。许晴晴倒还好,甜食居多,拿了好几样甜品。

谢俞说:"没。"

贺朝补充:"还差两瓶水。"

万达低头看看自己的车,然后说:"我也缺水,正好一起去啊。"

饮料区有两排,货架上琳琅满目,万达推着车到处晃悠,最后在可乐和雪碧之间摇摆不定。

贺朝把一瓶果汁放回去,想到那句"哥哥":"你刚才……"

这时万达已经选定了可乐,哼着歌往他们这排走。

谢俞没给贺朝说下去的机会,想逗逗他,伸手指指他右手边那瓶水,在他耳边说:"哥哥,我要那个。"

贺朝把那瓶矿泉水拿下来,看了一眼日期才递给他:"你多大了,还学人家小孩子说话?"

谢俞接过水，自己也觉得这种做法实在幼稚，没忍住靠在货架边上笑了。

"晴哥去买桌游了，"万达丝毫没有注意到边上两个人说了什么，又拿了瓶汽水往推车里扔，然后转头问，"应该就在前面，过去看看吗？"

"前面哪儿？"

"娱乐区？"万达踮起脚尖张望几眼，在人群中捕捉到一个穿二中校服的、熟悉又豪迈的身影，"我看到她了！"

谢俞他们过去的时候，许晴晴已经在两个版本的大冒险桌游间纠结了很久："看简介，一个是普通版，另外一个是加强版，你们来得正好，我该买哪个？"

贺朝看了一会儿，也挑不出来，干脆说："要不然都买了吧。"

谢俞看都没看："那就别买了。"

许晴晴："你们俩是认真的吗？"

最后还是万达靠着"随缘大法"，让许晴晴闭着眼睛挑左右手。

"就它了！"万达把那个加强版塞过去，"上天的安排！不要再犹豫了！晴哥，就决定是它了！"

谢俞在边上随便看看，看到角落里有副卡牌，封面写着"恐怖游戏"，觉得有点意思，正要拿起来，手立马被贺朝按住。然后他眼睁睁看着贺朝趁万达和晴哥不注意，把"恐怖游戏"往最里面塞，塞到看不见为止……

看那架势，好像他生怕被万达看到，又要玩一场热热闹闹的"笔仙"。

谢俞想笑："你怂不怂？"

贺朝："这跟怂没关系，杜绝封建迷信，从我做起。"

在高二年级所有同学的翘首企盼中，秋游这天终于到了。

这次依旧是"学校秋游经典套餐"——据说是个有游乐场的大公园，景观还不错，可以拍拍照、散散心，还有射击场、小剧院之类的。

一大早，整层楼都闹翻天了，姜主任过来说了几句，他们只是暂时安静下来。等姜主任走了，他们该怎么闹还是怎么闹。

刘存浩在教室里当众开包，炫耀自己带过来的东西："看到没有？乐事薯片一袋、面包一个、口香糖……到时候大家一起分享啊。"

贺朝不服："给你看看我跟老谢的。看到没有？青椒口味的薯片，你肯定这辈子都没吃过。”

谢俞抬手按了按额角，提醒道："那是你的，别带上我。"

"我的就是你的。"

"别了吧……"

老唐今天穿了身蓝色运动装，大概是想彰显年轻活力，不过穿在微胖的他的身上，看起来更适合给他个摇椅，坐上去慢慢摇。

"我说几个重要事项啊，"老唐手里拿着张日程安排表，又挑了根粉笔出来，"大家划分一下小组，选个组长出来。我手机号你们都知道吧？不知道的我再写一遍，有事就打我电话，或者找导游。"

全班三十几号人，自由分配，分了五个小组。

出去玩目的只有一个，那就是开心，刘存浩平时当班长管事管得够烦了，这次不想再当组长，于是把位置转给了贺朝："朝哥，其实从开学第一天，我就发现你这个人不可小觑，您身上的光辉，您的领导才华，您简直是人中龙凤、无人能敌……"

谢俞听到这里笑了一声。

贺朝摆摆手，示意他打住："行了行了，我懂你意思。"

贺朝统计人数的时候，罗文强也想过来，贺朝随口说："你不行，你太能吃了。"

刘存浩跟着说："我也觉得不行。"

罗文强简直惊呆了："有你们这样的吗？同学爱呢？"

谢俞全程看热闹，然而罗文强走投无路选择投奔他，这个浑身都是肌肉的男生委屈地说："俞哥你说说他们！"

贺朝："别俞哥了，叫俞哥没用。你俞哥是我这边的人。"

罗文强："……"

老唐还在讲注意事项："出去玩，要体现出我们青少年的素质和涵养，注意卫生，垃圾不要随手扔在景点……"

大家三三两两地敷衍："好的，知道了。"

罗文强还不肯放弃，手指头在空气里颤啊颤："好，我算是看清你们了，说好的友谊，都是假的！"

贺朝把罗文强的名字添在纸上，然后示意他赶紧滚蛋："够了啊，再废话真不带你了。"

直到导游进来，班里才安静下来。

导游是个男的，戴着红色帽子，手里提着个喇叭，笑起来挺爽朗，一进来就打招呼：
"同学们，大家好！"

然后，各组组长把小组名单交给导游。导游收到贺朝那组名单的时候，谢俞明显感觉到他眼神里的迷茫，仿佛在问：什么玩意儿，都有谁？

谢俞从练习簿上撕下来一张纸，低头把六个人的名字又写了一遍。

谢俞把重写的小组名单交了上去。

笔锋凌厉，六行姓名跃在纸上，写得相当漂亮。

虽然谢俞交上去的作业错题率奇高，数学大题更是经常只抄几道题目，答题区域全都空着。不过各班老师批起来还不至于丧失耐心，就冲这字，也能消下去一半气。

每次有老师在办公室感慨这字真是白瞎了，就有另外一个声音冒出来劝："总比贺朝好吧，那作业批着我真是来气，什么玩意儿都是……"

导游看着谢俞简直像是看到了救星。

面前这个男孩子看起来不近人情，比起他的长相，那种浑身压不下去的冷漠气质更招摇一些。

而且不知道为什么，这位同学几根手指抵着桌沿，把名单递过来，然后再抬眼看他的时候，莫名让他感觉受到了威胁。

导游接过名单："谢……谢谢。"

谢俞："不客气。"

贺朝自我感觉良好，他这回写得还挺认真，总觉得不至于又让人看不懂，站在讲台边上，正张嘴想为自己说点话，被谢俞踹了一脚。

"下去，"谢俞说，"别丢人了。"

贺朝被谢俞赶下去，边走边说："不是，我这回真写得挺好的，字迹端正、大气……"

谢俞："闭嘴行吗？"

（三）班同学都知道贺朝的字什么水平，刚开始看确实觉得晕头转向，不过这两个多月下来硬是被磨炼出来一种认字的本领。

都是同班同学，写出来的人名看一眼字形差不多就知道是谁，但导游对这些名字不熟悉，看了肯定蒙。

刘存浩在底下捂着脸："我到底是怎么想的，让朝哥当组长？"

万达拍拍他："就这样吧，还能怎么样呢？走过的路就不要再回头。"

"同学们，我们这次去的是北湖公园，C市著名景点，具体行程等会儿上大巴再跟你们说。"导游抬手正了正帽子，又讲了两句希望跟他们度过愉快的一天之类的话，最后说，"咱们高二（三）班的车在后门，先去走廊排队。"

走廊上已经有两个班在排队，老唐紧接着说："注意秩序，都安静一点，其他年级还在上课。"

导游话太多，谢俞听得昏昏欲睡，等其他人都起身往外面走，他还趴在桌上不动弹。

贺朝手指屈起，扭头在谢俞桌面上敲了敲："别睡了，起来排队。"

老唐话也多，说完秩序问题，又叮嘱了一大堆，让人忍不住想到小学生秋游。终于有同学忍无可忍，扬声道："是不是还要手拉手啊？干脆手拉手一起走得了。"

那位同学话音刚落，谢俞睁开眼，贺朝一只手已经伸过来了。

这人好好的椅子不坐，偏要坐在桌上，校服拉链没拉，外套大刺刺地敞开着，笑着对他说："小朋友，手拉手吗？"

男孩子笑起来的样子太好看。

贺朝手背抵在桌面上，掌心对着他。

在这片叫嚣声中，谢俞也跟着他们一块儿闹，把手放了上去。

"哦——"

走廊上，尤其是靠近后门窗口的几位同学不知道是谁带头喊了一声，最后（三）班全体意味深长地"哦"了起来。

贺朝怕他们反应太大，把人吓着："你们'哦'个头。"

刘存浩："给面子给面子，还是朝哥给面子，刚说手拉手，立马就拉上了。"

唐森被他们闹得，摇头笑笑，没再继续强调纪律。反正也就这一天，干脆让他们玩个尽兴。

上大巴的时候，女生先上去挑位置，她们基本上都是两个人一起坐。等大家都上去后，谢俞跟贺朝才上，只有最后那排还空着两个位置。

万达坐在最后排正中央冲他们挥手："这边——来来来。"

谢俞看了看周围，问："没其他位置了吗？"

最后排坐着刘存浩他们，都是班级里的活跃分子，等会儿一路上肯定吵得觉都没法睡。

刘存浩品出谢俞的意思："俞哥，你这是在嫌弃我们？"

谢俞："是啊。"

他们已经走到车厢中间，谢俞右手边就是许晴晴。许晴晴已经拆了袋零食，笑得特别豪迈："哈哈哈哈哈，自取其辱。"

贺朝也笑："耗子，你自己心里有数就行，何必问出来再伤害自己一次。"

闹归闹，也没别的空位可以坐。

等所有人坐下后，车缓缓启动，沿着学校后面那条小道拐了出去。

导游拉着扶手，站起来报了一遍自己的大名，大家也没记住，只记得姓王，于是就"王哥王哥"地喊，导游抓抓头发："好吧，王哥……王哥也行。"

刚才在教室里酝酿起来的那点睡意又泛上来，谢俞打算靠着车窗睡会儿，没碰到窗，被贺朝摁着头往他那边带："哥哥的肩你不靠，去靠窗？"

谢俞："哥哥这梗没完了是不是？"

学校那条小道又窄又长，大巴开得慢，沿途经过二中美食一条街，状元楼门口那条庆祝期中考试的横幅还没揭下来，金榜饭馆门口趴着条流浪狗，正耷拉着脑袋盯着来往的人群。

王哥讲了一遍北湖公园的历史，还有公园里各式各样的建筑，尤其里面还有一位已故文豪的旧居："你们都知道他吧？就是写——"

讲到了文学上的事，老唐职业病发作，起身把导游的喇叭夺了过来："我讲两句，我讲两句……"

高二（三）班全体："别让他讲！"

刘存浩简直要哭了："本来今天高高兴兴。"

万达："是的，本来今天高高兴兴。"

大巴里越来越吵，从罗文强大着胆子抢老唐的喇叭开始，这帮人就疯了。

"我们唱歌吧，"许晴晴提议，"参与的发奖品。"

其他人拍手叫好，又问："可我们有什么奖品可以发？"

虽然没有奖品，（三）班K歌大会还是举办了起来。

其实大家唱功不怎么样，大部分时候魔音贯耳，偏偏唱的人还很陶醉，老唐就陶醉地唱了一首《难忘今宵》。

贺朝这个人很给面子，不管人家唱成什么样，都能昧着良心叫好："好！唱得太好了！"

好什么好！

谢俞看不懂这个操作，动了动手指，指尖正好抵在贺朝凸起的指节上："这是讽刺？"

贺朝："不是，这叫鼓励。"

老唐被贺朝夸得有点不好意思，但不好意思过后，他大手一挥，决定再唱一首："既然你们喜欢听，那我就……"

贺朝千算万算，没有算到他们班老唐居然是个麦霸："啊？"

前排几个同学气得往他这边扔水瓶。

等老唐唱完，其他同学换了思路，开始起哄："朝哥，来一首！不然你对不起我们！"

贺朝答应得很快："可以啊，我唱歌特别厉害，听到就是赚到——老谢，你想听什么歌？"

谢俞没听过贺朝唱歌，隐约觉得贺朝这份自信不太对劲，主要这人也经常这样夸自己写出来的字，吹得天上有地上无，结果还真是潦草得可以上天。

谢俞说："随便吧。"

（三）班同学都以为按照他们班朝哥的性格，应该会唱那种硬气一点的歌。

没想到贺朝最后挑了首情歌。

原唱是个女歌手，曲风温柔低缓。

喇叭从前排递过来，开关还没开，谢俞听到贺朝在边上低声碎碎念了一句："算你们走运……"

这大概是贺朝唯一没有瞎吹的一次。

他唱得还真挺好听，声音低低地在谢俞耳边绕。男声唱出来跟原唱截然不同，但依旧温柔。

那种属于男孩子的、带着点克制的温柔，从歌词里透出来。

车里突然安静下来。

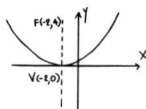

第四章

等贺朝唱完，最后一个字字音落下去，隔了好几分钟都没人说话。

许晴晴本来还在看手机视频，结果四分钟就这样飘了过去，视频里讲了些什么内容都没仔细看。

"不可能吧？"许晴晴边说边往后看，"朝哥这是……"

话说到一半，戛然而止。

因为她正好看到贺朝侧着头，跟谢俞对视的样子。

他们班谁也不敢惹的俞哥身侧窗帘没拉严实，漏出来一丝缝隙，阳光顺着那道缝隙钻进来，照在他头发上，衬得他整个人都暖了起来。

谢俞这个人，以前总是给人一种拒人于千里之外的感觉，这是第一次让人觉得他也是有温度的。

刘存浩第一个反应过来："情歌王子啊，朝哥。"

万达手里捧着一袋薯片，张张嘴说："要不，再……再来一首？"

贺朝关掉开关，把喇叭往前递："不唱了，给你们留条活路。"

其他人也跟着瞎起哄了一阵，但贺朝真没有接着唱的意思。他把喇叭传回去之后，低头把手机播放器关了，再抬头，发现谢俞还盯着他看："听傻了？是不是好听到……"

别人夸完他还不算，自己还打算再花式吹一波。

谢俞把这人没来得及吹全的话截下来，笑了笑说："是啊。"

实力派歌手不愿意再唱，（三）班同学只好继续听老唐唱歌。老唐唱的都是怀旧金曲，非常有年代感，让人一下子感觉自己老了二十几岁。

坚持听了两首，他们实在是承受不住，又不好意思打击老唐的自信心。

于是表面风平浪静，实际班群里暗流涌动。

刘存浩: 谁出来阻止一下?

许晴晴: 我找不到合适的理由,有请下一位。

罗文强: 超纲,下一位。

他们讨论了半天,最后还真找到一个切入点。

刘存浩举手说:"老师,我看我们还是安静一点,不要打扰到司机师傅开车。"

谢俞从口袋里摸出一副耳机:"看电影吗,情歌王子?"

这个新鲜出炉的称号,听着总觉得有点羞耻。

贺朝接过一只耳机,说:"别了吧,说得我好像整天唱情歌干坏事一样……什么电影?"

"随便下的。"

这部电影也不知道在手机里存了多久,谢俞看这种东西向来没什么耐心,偶尔拿来打发打发时间,也不带感情看,经常快进。

黑水街有个小影院,以前大雷他们一有点闲钱,就喜欢往里面跑。

谢俞去过一次,一小时二十分钟,面无表情地进去,面无表情地出来。

大雷和大美走在他身后,哭成两个泪人,深陷其中无法自拔,走一路哭了一路:"太难受了,是绝症分开了他们……"

谢俞忍了他们一条街,最后忍无可忍:"是剧本。"

贺朝看了一眼片头,无厘头搞笑风格,男女主角很眼熟,剧情也感觉在哪里见过,他想了一会儿想起来了:"这部我看过,挺有意思的。"

他话还没说完,谢俞已经点了退出。

"你关掉干什么?"

谢俞退出去,然后手指钩着耳机线,想把耳机从贺朝那边扯回来:"你不是看过了?"

"是看过,"贺朝抬手摁着,不让他扯,笑笑说,"但还可以再看一遍。"

C市离得不远,只有四十分钟车程。

电影才刚看了一小半,大巴已经驶进北湖公园附近的停车场,大家收拾收拾东西,陆陆续续起身下车。

"我们排队进去,等会儿带着你们把北湖风景区逛一遍之后,就可以自由活动了,"导游举着喇叭喊,"自由活动时间到下午两点,请各位同学一定要按时集合。"

风景区就是湖边,绕着北湖走了一圈,听导游讲了三个版本的相关传说之后,大家散开以小组为单位自由活动。

一组六个人聚在路边。

贺朝问："你们想去哪儿？"

罗文强饶有兴致地琢磨了一会儿："剧院吧，过去看看有什么节目。"

刘存浩对剧院没兴趣，指着地图右上角说："是男人就去狙击场。"

"不！剧院！"

谢俞去哪儿都无所谓，反正对哪儿都没兴趣。

罗文强和刘存浩两个人争执不下，贺组长蹲在路边听了会儿，听得脑袋疼。

贺组长发挥了自己过人的领导才能，从口袋里掏出一根糖，边拆糖纸边说："行了，别吵。石头剪刀布，三局两胜。"

相当敷衍。

万达趁他们吵架的空当，仔细研究了地图，最后愣是让他在一个犄角旮旯里找到了两个小字：鬼屋。

万达两眼发光，抬头问："有鬼屋啊，去不去？"

谢俞看到贺朝捏着糖的手明显抖了抖。

"这个不错，刺激！"罗文强把剧院抛在脑后，凑过去看鬼屋项目介绍，边看边念，"绝对惊悚，让您放声尖叫。"

贺朝还没来得及劝——

刘存浩点点头："感觉挺有意思，那就这个吧。"

"俞哥你觉得呢？"刘存浩他们商讨完，又转头问谢俞，"咱就去鬼屋怎么样？"

谢俞蹲在边上，本来打算等他们吵半小时再说，没想到纠纷这么快就解决了。他又看看对面咬着糖佯装淡定的贺朝，觉得有点意思："行啊。"

贺组长彻底失去话语权。

几位组员拿着地图高高兴兴往前走，贺朝走在后面，越走越慢："有你这么卖朋友的吗？"

"有你这么尿的吗？"谢俞放慢脚步，又说，"别扯封建迷信。"

贺朝没话说了："没良心。"

路上落叶落了满地，人群分散开，道路显得通畅起来，没有刚才那么拥挤。贺朝还在感慨这位朋友真是只白眼狼，过了一会儿，他突然停了下来。

然后他听到白眼狼对他说："别怕，这次我罩你。"

这句话耳熟得很，贺朝想起那次宿舍楼事件，来龙去脉跟闹剧似的。姜主任说要教训他们，月考之后也没了消息，估计是事情太多忙忘了。

贺朝没忍住笑了，把嘴里的糖咬碎，尝到满嘴甜腻，然后说了一句："好啊，大哥，那你罩我。"

公园规模不小，围绕着这片湖圈了一大块地发展旅游业，走半天都不一定能逛完一圈。

"在哪儿啊？再走都快走出去了吧？"刘存浩拿着地图，边走边找路，虽说不当组长，但还是扛起了重任，"这也太神秘了。"

几人在附近四处乱转，终于看到一个不起眼的小入口，入口处零零散散地排了六七个人。

边上还挂着一块招牌，上面用红油漆按了几个红手印，红油漆顺着五根手指头往下淌，边上写着两个字：救命。

"有点意思。"

"就是这儿了，肯定是这儿。组长，赶紧去买票！"

贺朝去买票的时候，差点就想说五张。

"六张票。"贺朝弯腰，从取票窗口往里面看，等六张票从窗口里递出来，他接过，又说，"谢谢。"

贺朝取完票正要走，那售票员随口问："你们哪个学校的啊？"

"二中的。"

"哪个二中？是咱本市的吗？"

"不是，A市的。立阳二中，环境优美，师资力量雄厚，六十多年的老学校……"

贺朝那样子，恨不得留下来跟售票员讲半小时立阳二中校史。

"朋友，"谢俞靠在墙上看他，"你要是再聊下去，可以收拾收拾去招生办就业了。"

万达他们也催得急，眼看队伍就要排到他们了，他们的票却还没买回来，也催道："组长，你唠嗑唠完没？这效率，马上就要检票了。"

前面那拨人刚检票进去，没过多久，里头传来女孩子惊恐万分的尖叫声。

尖叫声断断续续，持续了十多分钟。

听着都让人感觉头皮发麻。

等里面的尖叫声慢慢消失，他们面前的黑色帘子被人拉开一角，然后一只戴着黑色手套的手从帘子里伸了出来，声音嘶哑沧桑："票。"

他们还不知道这个检票员就是第一份"惊喜"。

谢俞把票递过去，然后几个人弯腰从帘子里钻进去，抬起头便看到整张脸都扭曲变形、嘴角带着古怪笑意、手里还拿着门票的"鬼"。

这只"鬼"入戏很深，嚯嚯嚯地怪笑了一阵。

谢俞一脸冷漠。

他看了一眼，鬼屋里构造没什么特别的，黑漆漆的一片，借着微弱的光线能够看到墙上挂着的骷髅头和人体骨架，还有面前坐在椅子上的"女鬼"：红色裙子，长长的头发垂到膝盖，黑色和红色碰撞出某种诡异的氛围。

等他们走近，原本静止的东西忽然间极其缓慢地动了起来。

音效、灯光弄得不错，不过内容还是缺乏新意。

走了没两步，万达都开始感慨："好无聊啊。"

罗文强："我的内心毫无波澜，甚至有点想笑。"

刘存浩："我们要不要尊重一下他们，象征性地尖叫几声？不然他们这样岂不是很没面子。"

虽然这种戏码看起来特别幼稚，但是谢俞想了想，觉得某个笨蛋没准还是会被吓到。

贺朝以前没玩过这个，也就是被"鬼屋"两个字和自己的各种"脑补"给唬住了，真进来看过之后，不至于被这种套张面具就说自己是"鬼"的玩意儿吓到，但他还是想皮一下。

"我真的好害怕。"贺朝强调了一遍。

谢俞："不然我掀面具下来给你看看，你想掀哪个？"

贺朝一点都不怀疑，谢俞完全干得出来这种事。

怕谢俞真上去摁着人家掀面具，贺朝说："不用了，我觉得我还可以坚持一下。"

他们出了鬼屋，时间接近中午。

没人纠结是去剧院还是去狙击场，大家只想找个地方坐下来吃点东西。

刘存浩看了一眼班群："晴哥说休闲区人特别多，根本没有位置，问我们去不去她那里野餐。"

"她在哪儿？"

"就我们前面，不远。"

$r=a(1-\sin\Theta)$

他们几个人过去的时候，许晴晴她们正打算玩"真心话大冒险"，刚把在商场里买的"加强版"卡牌拆开，粗略看了一遍里头的惩罚内容。

"这个也太过分了吧？抽中真的完蛋啊！"见他们过来，许晴晴笑着抬头问，"你们来得正好，一起玩？"

贺朝问他们要了两张报纸，递给谢俞一张："老谢，玩吗？"

谢俞："随便吧。"

他们找的地方还算清净，离休息区也不远。

老唐和姜主任推着自行车正好路过，这两位骑了一圈也骑累了，尤其老唐，脖子上还非常夸张地挂了条毛巾，好像骑个自行车能出多少汗一样。

老唐站在路边笑呵呵地看了他们一会儿："都吃饭了吗？"

(三)班同学正襟危坐，齐声回答："吃过了。"

老唐还想再说点什么，姜主任直接把他拉走："得了，别看他们表面笑嘻嘻，这帮兔崽子巴不得我们赶紧滚蛋。"

谢俞运气好，几局下来就他独善其身，不仅什么惩罚都没有，甚至抽中两次国王牌。

运气好可以理解，但卡牌游戏也可以玩成这样！

游戏体验真是极差——

一局结束，许晴晴理完牌，开始重新抽牌。

谢俞随手抽了一张，翻开又是张国王牌。

许晴晴简直不敢相信。

谢俞玩到现在还没感受到这游戏到底有什么刺激的，他两根手指指尖夹着卡牌，坐在地上问："就这样？这么无聊。"

许晴晴："你不是人。"

万达摇摇头，也跟着感慨了一句："俞哥，我们不一样。"

罗文强连着两次被谢俞抽中，加强版的大冒险惩罚太变态，他实在是怕了，扭头喊："朝哥，管管你同桌！"

贺朝坐在谢俞边上，看乐了，笑着说："管，我怎么管啊？"

最后实在是同学们的意见太大，某位外挂级玩家强行被夺去了游戏资格，不得不退出游戏。

谢俞刚才抽中的那张国王又被许晴晴收回去，他眨了眨眼睛，不知道该不该笑："有你们这样的吗？"

刘存浩把刚才抽到的牌又还给许晴晴，准备重抽："对不住了俞哥，谁让你太强。命运总是不公平的。"

贺朝抬手拍拍小朋友的脑袋，没忍住又揉了两把，安慰道："是他们不配跟像我同桌这样的高手一起玩。"

"什么叫他们？"其他人不乐意听了，"朝哥，摸着你的良心，说话之前能不能把你自己也给算上？"

贺朝说："我不一样，我也很强。"

谢俞对退出游戏这种事情没什么意见，反正真挺没劲。他把位置往后挪了点，坐在贺朝后面，低头看手机。

贺朝怕他闷，从包里拿了几样零食递给他："吃点？"

谢俞看了一眼，看到几小袋核桃仁静静躺在他手边。

不知道为什么这人秋游还带着核桃仁，谢俞心说你还是自己留着吃吧。

事实上贺朝并没他自己说的那么强，刚才一直没抽到他，主要是因为国王牌基本都握在谢俞手里。

每次谢俞抽到牌之后趁其他人不注意，把手伸过去，贺朝就在他手心写个数字。知道他是几号，自然不会抽他。

刚开始还老老实实写数字，玩了两局下来，贺朝开始在他手心写字。

贺朝写了好几遍，谢俞终于忍不住问："什么玩意儿？"

贺朝低声说："你用心感受感受。"

人家写字都是一笔一画，这人每个字几乎所有笔画都是连在一起的，感受得到才怪。

谢俞实在感受不出来："不好意思，我们杀手没有心。"

"四个字，"贺朝说完，想卖卖关子，还没过几分钟他自己先忍不住了，公布答案，"朝哥超帅。"

现在外挂级别的同桌不在了，贺朝的好运基本也到头了。

出来混总是要还的，可能还得连着同桌的份一起还，贺朝连着两局都被点中。

许晴晴难得当一回国王，牛得不行，摆起架子问："你们谁是二号牌？"

贺朝把手里那张二号牌扔出去。

周围人沸腾。

"你不是很强吗,朝哥?"

"苍天饶过谁!"

"晴哥,千万别手软,往死里整!"

"我选真心话啊。"眼看着这帮人跟疯了一样,贺朝提前表态。

许晴晴也不知道该问什么,为了少拉点仇恨,她选择抽一张真心话惩罚牌,抽中的问题比较正常,属于真心话问题里最不值得期待的那种。

"你做过的最后悔的一件事情是什么?"

这张牌一抽出来,大家都有点扫兴,估计答案也就是些鸡毛蒜皮的事,能有什么好后悔的?

谢俞等着听贺朝胡吹瞎扯,然而贺朝却没说话。

他们找的这个地方靠湖,起风的时候,风刮过湖面,捎过来一阵凉意。

贺朝低着头,睫毛在眼底投下一片阴影,不知道他在想什么,隔了会儿才抬头说:"初三的时候,一个朋友因为我……"

话说到这里戛然而止。

贺朝发现这个坎儿还是过不去。

只要提到,他就觉得堵得慌。

其他人左看看右看看,都不知道发生了什么事。

谢俞突然间想起那个半夜坐在台阶上,接住他,喊他小瘸子的贺朝。

刘存浩察觉这个问题贺朝答得有点勉强,干脆摆摆手:"行了,这个问题那么无聊,过过过。"

其他同学也不在意,把卡牌扔回去,打算重新抽牌。

大家热热闹闹地又聊了一阵,刚才那个问题就这样翻了篇。

贺朝掏出手机想看看时间,感觉到后背撞上来什么东西。

谢俞还是保持低着头玩手机的姿势,不过现在略微往前靠,额头正好抵在贺朝后背上。

谢俞动了动手指,在手机屏幕上点了几下。

下一秒,贺朝听到自己手机"嘀嘀嘀"地响了起来。

谢俞发来一个问号。

但等了半天,贺朝也没回复,谢俞又屈起手指,在这人后背上轻轻碰了碰。

谢俞不擅长安慰人,但贺朝心里那根弦就这样松了下来,呼吸顺畅不少:"没事。"

039

贺朝看他一眼便转过头去，低头打字，在短信里重复一遍：真没事。

看他这个样子，怎么看都不像没事。

不过谢俞安慰人的经验几乎为零。等贺朝转过头去了，他对着手机屏幕上的聊天框犹豫一会儿，最后才发出去一个自以为暖心的笑脸。

玩了几局，算算时间也差不多了，许晴晴收了牌。

刘存浩叮嘱："都知道在哪里集合吧？再逛一会儿就差不多了，集合都别迟到啊。"

剩下半小时，他们没哪里可以去，这周围能逛的，只有一些卖东西的小摊。

罗文强提议："不然我们去买点土特产？"

刘存浩："就四十分钟车程，买什么土特产啊？C市有啥东西是我们市没有的？"

谢俞对土特产不甚在意，他坐在树荫底下，打算一个人静静。

贺朝也不想买什么土特产，摸摸口袋，往反方向走："你们逛，我去那边买瓶水。"

等到集合时间，导游清点人数："都到齐了吗？各组组长数一下自己小组几个人。"

这一片四五个班都在排队，导游清点几遍没有缺人，这才带着他们上大巴返校。

上了车，谢俞继续看上午那场没看完的电影，贺朝伸手从他那边拿了一只耳机。

没看多久，贺朝突然说："同桌，送你个宝贝。"

谢俞还在回想这部电影前面都讲了些什么，听到这句话一时间没反应过来。

贺朝从校服口袋里摸出来两条手链。

红绳，上面穿了一颗红豆。

"刚才买水的时候看到的。"贺朝看到这个小东西就想到他那位不会安慰人还硬要安慰他的同桌，不知道他戴上会是什么模样。摊贩说可以保平安，又想着这次出来什么也没买，就临时起意买了两条，"你考虑考虑戴哪只手。"

谢俞看了一会儿："有点女气。"

"主要还是得看谁戴，"贺朝说，"我觉得我俩戴就完全不女气。"

"还刻字了？"

谢俞随手接了一条过来，注意到他拿的那条的红豆背面刻了个"Z"，简简单单的一个英文字母，被贺朝写得飞扬跋扈。

贺朝邀功似的说："是啊，我亲手刻的。"

谢俞："我知道，一般人刻不了这么难看。"

$r=a(1-\sin\Theta)$

"你什么意思? 不乐意戴就……"贺朝话说一半, 怕谢俞真反手就把东西甩给他, 又立马给自己个台阶下, "不乐意戴也得给我戴着!"

回去的路上, 没有来的时候那么热闹。

大家玩了一天都已经玩累了, 在耳朵里塞着耳机, 听着歌睡觉。

导游在前面抒发自己和 (三) 班同学共度一天的感慨与喜悦: "人海茫茫, 我们能够相遇, 也是一种缘分。过了今天, 你们要回到学校里继续上课, 希望今天给你们带来的欢乐能够陪伴你们……"

谢俞吐槽了半天, 在贺朝以为他肯定不会戴的时候, 谢俞又说: "算了, 给你点面子。"

这条手链也不难看, 就是普通的红绳穿红豆, 没什么花里胡哨的东西。

款式简单, 说女气倒也不至于。

男孩子手腕虽然纤细但骨节分明, 红绳穿红豆挂在上面也不赖。

谢俞戴上之后, 又忍不住去看贺朝的, 两个人互相看半天, 最后贺朝干脆抓着谢俞的手, 手腕靠在一起比了比: "是不是一点都不女气? 我都说了主要还是看人。"

谢俞很给面子, 勉为其难地"嗯"了一声。

导游抒发完自己的感想之后也坐下了, 大巴里彻底安静下来。

只剩下罗文强打呼噜的声音。

谢俞没心思去管电影里讲了什么, 看了没多久, 也觉得有点困, 慢慢合上眼睛, 睡了过去。

天下没有不散的筵席, 他们以后只能从记忆里翻出这一天, 乏善可陈的一天。老唐教了那么多年书, 带过不知道多少个班, 春秋游这种每学期都参加的活动他却从不觉得腻。

他站起来, 笨拙地、小心翼翼地调整着手机相机的焦距, 最后拍到一群睡得东倒西歪的人。

他们这一路仿佛睡了很久。

谢俞睁开眼的时候, 大巴已经拐到二中附近的小道上。

许晴晴小声打电话: "喂, 妈妈, 我快到了。嗯, 你在学校门口吗?"

罗文强的呼噜声太扰民, 最后被万达拍醒: "快到了, 体委!"

罗文强摸摸嘴角, 临近下车才觉得不舍: "啊, 这么快?"

"没事, 虽然秋游过去了, 但咱还有周末呢, 还可以期待一下小长假和寒假," 刘存浩说, "广大学子还是有希望的。对了, 大家把早上发的帽子传过来, 我得收了交给老唐。"

帽子是二中的校帽,可能是怕他们走丢,又或者是为了达到一种一眼望过去就知道谁是二中学生的目的。

虽然都嫌太丑没人愿意戴,但每年春秋游还是会发一次。

贺朝把帽子传过去的时候,刘存浩一眼就看到他手腕上那道红色,好奇道:"朝哥,你什么时候买的手链?"

刘存浩说完,又看到谢俞手上有条一模一样的,顿了顿又说:"俞哥也买了?还挺好看,这是什么逢考必过的神器吗?开过光的那种?"

两位年级倒数完全不知道该说什么。

戴个手链也能被解读成这样。

"到学校了,睡觉的都醒一醒,该回家的回家,该回寝室的回寝室,路上注意安全,"老唐叮嘱道,"收拾一下心情,周末作业认认真真完成。"

(三)班同学陆陆续续下了车。

学校门口已经聚了挺多家长,许晴晴她妈戴着一顶遮阳帽,坐在电瓶车上跟其他家长闲聊,看到她下车过来了,从前面的车筐里拿出来一个苹果:"饿不饿?秋游都带什么了?跟你说零食少吃一点。"

这群家长差不多都互相认识,刘存浩之前就很崩溃地在班群里说过,他妈不知道怎么跟晴哥她妈在校门口建立起了友谊。

刘存浩他们走过去,说了好几句"叔叔阿姨好"。

贺朝下车,隔着马路远远地看了一眼。

谢俞注意到这人下了车就往校门方向看,随口问:"你不回去?"

"我?"贺朝这才别开脸,"我回寝室,先洗个澡再说。"

谢俞出去坐车的时候,校门口已经走得没什么人了。

上了车,他给顾女士打了通电话,顾女士在电话另一头高兴得连说好几个"好"。

然后顾女士又问:"秋游开心吗?饿不饿?等会儿到家想吃什么?"

"还行吧,就那样。"谢俞说,"你随便弄点就行。"

挂了电话,谢俞突然想到,贺朝几乎每个周末都不回家。

他妈在国外,但是也没怎么听贺朝提到过他爸。

孩子成绩差成这样也不着急的家长,心得有多大?

贺朝洗完澡,边擦头发边给谢俞拨过去一通电话:"到家没?你还记得作业吗?老唐讲的那些我都——"

谢俞刚下了车，直接打断他："还没到。"

贺朝："哦。"

"你真不回家？"

"我家没人，我回去干什么？"贺朝往床上坐，咬开笔盖，翻开一页教材说，"我爸出差，到处跑。"

谢俞想说"你成绩都差成这样了也不管管你"，但以他目前的立场，"成绩差"这句话实在说不出口，于是精简成了半句："这都不管你？"

贺朝："也不是不管，就让我自己想想清楚，真要做什么他也不会拦着。"

贺朝感觉他爸也是挺难得的，当初他中考说弃考就弃考，之后又辍学在家待着，老贺也没说他，只跟他分析利弊，分析完让他自己做决定。

老贺说得最多的一句就是："贺朝，你的人生是你自己的。"

谢俞进门刚换完鞋，就被顾雪岚塞了个沉甸甸的果盘："坐沙发上吃去，等会儿开饭。"

果盘切得很细致，几样水果摆在玻璃盘里。

谢俞捏着牙签挑了两块吃，然后走过去，倚在厨房门口看她。

顾雪岚把菜切好，洗完手，扭头看到谢俞手腕上戴的东西："你这什么时候买的？"

谢俞顺着她的目光往下看，最后落在自己手腕上，张张嘴说："这个？就今天秋游的时候。"

顾雪岚随口念叨了一句："小时候给你买小金锁你都不乐意戴，一往你脖子上挂你就哭。"

谢俞没说话。

钟国飞今晚回来得早，三个人聚在一起吃的晚饭。饭桌上没什么话，顾女士跟钟国飞聊的那些陈太太、陆太太的事，谢俞也没兴趣听，吃了点就打算上楼。

顾雪岚问："不再吃点吗？"

谢俞说："不用了，我吃饱了，你们慢慢吃。"

很快，谢俞发现自己一个人静下来之后，总忍不住去想某个人的挖掘机未来。

贺朝的期中考试卷他看了，也不至于到没救的地步，有几道老吴反复讲了无数遍的题，贺朝都答对了。

谢俞想了想，开了电脑，又打开文档，在标题栏里敲下一行字：高考知识要点总结。

朝
俞
ZHAOYU

晚上十一点多。

贺朝在寝室里刷试卷，刷着刷着，手机屏幕上弹出一条邮箱提示。

——您有一封新邮件。

邮件标题：冲刺高考，摆脱低分。

贺朝放下笔，看了一眼发件人，不认识，低等级的新号码，不是好友。

他第一反应是垃圾广告。

还真是一封学习资料邮件。

不带一句广告词的那种。

这份资料按科目划分出来几个板块，都是重要考点，整篇文档内容相当简练，思路清晰，看下来没有一句废话。

贺朝粗略扫了两眼，没看到什么难题。方针极其明确，这是给后进生补基础的，是一份相当完美的基础知识讲解。

谢俞连夜给贺朝简单梳理完各科要点，正准备睡觉，头刚碰上枕头，班群里又闹腾起来。

手机在床头响了好几声。

贺朝：学委，你干什么呢？

V=sh：我在背英语单词。

罗文强：学委，这个点了，还在奋战？

V=sh：现在还早啊，你们这么早睡觉的吗？我睡不着，而且越看越精神。

罗文强：好的，不用往下说了。牛还是你牛。

贺朝：不是，我的意思是你大半夜给我发邮件干什么！

薛习生压根不知道发生了什么事情。

V=sh：什么邮件？

贺朝：学习资料啊。

V=sh：？

贺朝：你发个问号什么意思，不是你？

一份神秘的学习资料让高二（三）班班群跟打了鸡血一样，这帮人大半夜不睡觉脑

044

洞大开，对着贺朝发过来的截图，浮想联翩。

刘存浩：会不会是老吴啊？

许晴晴：不可能，老吴不需要特意开小号啊，他直接发不就完了吗？

刘存浩：不然直接问问？

排除了学委和数学老师，他们想不到班里还有谁会干这事了。

最后他们脑补出来一个暗恋贺朝多年、求而不得、喜欢他喜欢到死去活来并且默默关注着他的痴情女生。

许晴晴：肯定是这样，而且从这份资料里，还可以看出来这个女孩子学习成绩不错，逻辑性很强，比如这道例题讲解，有条有理。

万达：对对对，平时积压在心里的爱意，在这个令人思绪发酵的夜晚，终于喷涌而出！

贺朝：是这样的？

谢俞躺在床上，一只手抚着额头，也不知道是在骂贺朝还是骂自己，张嘴憋出来三个字："去你的。"

被许晴晴他们几个联合起来分析了一通，这段曲折又离奇暗恋故事说得还真挺像那么回事儿。

谢俞资料还没整理完，今天发出去的只是基础部分，虽然对（三）班这群人过于丰富的想象力有点无语，但该整理的还是得继续整理。

基础版里的那些例题和知识点根本不够用，离高考的水平还差很多。

次日，谢俞起来之后又整理了一份。

还是那些板块，不过他整理了一些非常典型的陷阱题，罗列出了一个知识点的不同考法。

"怎么整天待在房里，"临近中午，顾女士上来敲门，"下来吃饭了。"

顾女士喊完，谢俞边敲键盘边说："知道了。"

顾雪岚叹口气："知道了知道了，我看你一点也拎不清。"

顾女士隔着门念叨一阵，谢俞保存完文档，点开邮箱，用昨天那个小号给贺朝发了过去。

吃饭的时候，顾雪岚还不放过刚才那个话题："你关房里干什么呢？"

谢俞往顾雪岚碗里夹了一块排骨，随口说："学习啊。"

"你少来这套。"

谢俞又给自己夹了一口青菜，没再说话。

这孩子每回都这样，虽然不怎么学习，但是特别喜欢用学习当借口。

说什么周末不回来，要留在学校里专心复习，结果月考考了个全年级倒数第二，也不知道他到底都复习了些什么。

顾雪岚想着想着，心说算了。这话题要是再聊下去，饭都没法好好吃。

谢俞吃完饭再上楼，准备退出小号，无意间看到邮箱上有个小红点标志。

谢俞点进去，是封新邮件。

邮件主题六个字：别爱我，没结果。

发件人，贺朝。

邮件里的内容就更别提了，都是些"我知道我很帅，错过我很难再找到另一个像我这样优秀的人""这位同学，虽然我不知道你是谁，但是希望你明白，我跟你之间是不可能的"之类的话。

看来昨天许晴晴他们说的话，这人还真的一字不差地听进去了。

谢俞坐在电脑面前，对着那封拒绝信半天，不知道该做什么反应。

谢俞动动手指，关了页面。

贺朝平时烦人得很，谢俞恨不得把他拉进黑名单，不过这周末倒是消停了一阵。

谢俞吃吃饭又陪着顾女士去附近公园里散会儿步，也没什么话题聊，他就随口提了点班里的事情，顾女士听得还挺高兴。

他再接到贺朝电话的时候已经是下午一点多。

"忍了半天才给你打的，"贺朝那边声音有点杂，"怕你没起床。"

谢俞刚进房间，靠着门板说："你以为我是什么物种，需要睡到现在。"

"懒虫？"

"你才是懒虫。"

"行吧，"贺朝说，"我是懒虫。"

两人聊了会儿，谢俞隐约听到贺朝那边有个人说了一句"六十八元整，现金还是支付宝？"

贺朝正拿着手机讲电话，没法扫码，边摸口袋边说："现金，顺便拿个袋子吧，谢谢了。"

谢俞等他付完钱才问："你在外面？"

"嗯，"贺朝站在书店里，柜台上放着两本《高中教材全解》，是他逛了大半天精心为同桌挑的课后辅导书，"出来买点东西。"

谢俞以为贺朝多半是在便利店之类的地方买东西吃。二中周末留校生比较少，食堂也只给他们开放一个小窗口，没几个菜，味道肯定跟家里的没法比。所以留校的学生不是选择出去吃，就是买点泡面之类的东西应付应付。

店员找了零钱，三两下把书装好了递给他。

贺朝拎着塑料袋推门出去，低头看到自己手腕上那圈红绳，又问谢俞："你手链还戴着吗？"

谢俞也低头看了一眼，红绳还挂在手腕上，刻着"Z"字母的红豆正好搭在凸起的骨节上："戴着，干什么？"

"不干什么，就问问。"

周末两天很快过去，转眼又是周一。

等上了返校的公交车，谢俞看看时间，刚好是《精忠报国》起床铃响起的点，想到这个，他就想到姜主任每天早上从不间断的励志广播，还有宿舍楼里的遍地哀号。

谢俞想了想，给贺朝拨过去一通电话。

"醒了吗？"

"能睡得着吗？"贺朝刚被广播闹醒，声音低哑，坐起来问，"你上车了？几点到啊？"

谢俞出门的时候顾女士硬往他手里塞了罐热牛奶，千叮咛万嘱咐让他在车上喝，补补营养。他边咬着吸管边说："半小时吧。"

谢俞声音挺含糊，尾音没什么力度，显得有点软。

贺朝问："你吃什么呢？"

谢俞："喝奶。"

谢俞感觉这两个字听上去特奇怪，又补了句："牛奶。"

贺朝想象了一下那个场面，平时那么冷酷的一个人，居然在公交车上乖乖喝牛奶？

谢俞到教室的时候，贺朝还没来。

万达他们早就到了，聚在一起抄作业，不会的题目不敢空着，抄几个步骤也得抄上去，见谢俞进来，他们抬头跟他打招呼："俞哥，这么早……朝哥呢？"

谢俞边说边往后排走："他？睡觉吧。"

谢俞还想再说点什么，但当他走到桌前，看到摆在他书桌中央的两本《高中教材全解》，顿时没声了。

这什么玩意儿？

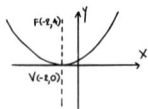

朝俞

ZHAOYU

第五章

两本崭新的《高中教材全解》，封面上印着红色加粗字体的字：成绩差不要紧，选对辅导书才是迈向成功的关键！

万达抄完两道题，合上练习簿，还在纠结贺朝睡觉的问题："这都几点了，朝哥还真是人有多大胆，课能拖多晚啊……"

谢俞站在桌边，随手翻开几页，发现封面上的那行字还真不是瞎吹。

这套辅导书编得还不错，知识点讲得也透彻，从书本例题到课后习题都有详细讲解，跟着它的思路走，每节课的要点抓得差不多。

"这谁的？"谢俞手指抵在书页页码上，没看到署名，他觉得这两本书看起来很可疑，又猜想会不会是谁不小心放错了，问完又补句，"赶紧拿走。"

刘存浩正在擦黑板，闻言扭头说："什么东西？"

万达这人哪里有事就往哪里钻，听到这话立马跑过去，坐在谢俞前排的空位上："书？俞哥这不是你的吗？"

谢俞反问："你觉得这像是我的吗？"

那肯定不像。

他们班这两位垫底高手，从来不做课后作业。桌上那堆书，开学时候发下来什么样，现在还是什么样，碰都没怎么碰，还跟新书似的。

除此之外再没有什么跟学习相关的东西。

谢俞桌肚里干干净净，贺朝那儿偶尔还会有几张没扔的糖纸。

每次老师讲题，他们俩总是找不着试卷，东缺一张西缺一张。有时候走运，两个人缺的不一样，刚好能凑起来，那就合在一块儿听。各科老师都被气得够呛："你们俩怎么回事，自己的试卷能不能保管好了？"

"我第一个来的，没见到有什么人进来过咱班，"刘存浩也觉得放错的可能性更大一点，"待会儿等人到齐了再问问看吧。"

结果等人到得差不多齐了，谢俞拿着两本教辅站在讲台上问，也没人出来认领。

刘存浩在底下看着，发现谢俞这个人还挺适合当班长，威慑力十足。他站在讲台上，往下扫一眼，全班立马安静下来。

"我最后问一遍，"谢俞说，"谁的？"

许晴晴摇摇头："别看我，我不知道，不是我的。"

罗文强早就买过一套，那套书被他用各种记号笔做了一大堆记号，他说着说着还把话题给带歪了："这套书挺好的，真诚向大家推荐。只需翻看一分钟，你就会跟我一样，爱上这套教材全解。"

快上课的时候贺朝才进教室。

他走到后门就看见一群人聚在后排，叽叽喳喳地不知道在讨论什么。

"你们干什么呢？"贺朝屈起手指，在门板上敲了敲，"大早上这么热闹。"

谢俞被这帮人吵得头疼，听到这句话，手撑着额角，转身往后看。

贺朝校服外套里搭了件薄毛衣，头发还没干透，手里抓着根数据线，正靠在门框上。袖口往上折了两折，正好露出半截手腕。

谢俞说："不知道哪个笨蛋在我桌上放了两本书。"

"朝哥你知道这书什么情况吗？"万达抬头问。

贺朝："啊？"

万达又说："周末也不可能有人来教室啊，而且咱教室门窗都是锁着的，怎么会突然间多出来两本书呢？"

教室门窗虽然锁着，但是（三）班有扇窗就算锁上也很容易松动，往上推推就能打开。

周末翻窗进来送书的贺朝咳了一声，不知道该说什么。

万达他们猜来猜去还是那个套路："不是老唐就是某个暗恋俞哥的人，苦于不知道该送什么礼物，巧克力之类的不够新颖，想来想去，唯有这样一套《高中教材全解》……"

万达说着说着，觉得这套路似曾相识，一拍脑袋："这不是跟朝哥那封邮件很像吗？不会是一对姐妹吧？"

谢俞额角抽了抽。

万达还没来得及把邮件和《高中教材全解》放在一起分析分析，上课铃就响了，大家不得不回到自己座位上。铃声刚落，老唐拿着书和一沓阅读练习卷走进来。

贺朝松了口气。

谢俞把那两本教辅材料随手往边上放。

"根据你们期中考试的成绩，我发现你们阅读理解失分问题很严重，今天这节课我们就做几篇阅读理解，当堂做完当堂讲，"老唐把试卷发下去，又说，"都仔细审清楚题目啊，遇到问题多去思考思考为什么。"

谢俞接过前排同学传来的试卷，随手分给贺朝一张，然后把试卷压在胳膊下面，准备趴下睡会儿。

贺朝碰了碰他："老谢。"

谢俞："干什么？"

贺朝不知道怎么说，捏着笔说："就那个书……"

谢俞想了想，觉得自己领会到了贺朝的意思："我不会收的。"

贺朝："那你打算把书放哪儿？"

谢俞："放垃圾桶。"

语文课就讲了三篇现代文阅读理解，贺朝是老唐的重点观察对象，隔三岔五就被老唐点起来回答问题。

谢俞睡了半节课，再睁开眼的时候，正巧听到老唐在说："贺朝，这道题你站起来回答一下，'作者为什么流泪'这一小问，你是怎么答的？"

贺朝起来，还没说话，万达他们已经开始笑。

老唐："你们几个，笑什么？"

刘存浩大着胆子回了一句："我们先笑为敬。"

贺朝完全没有辜负刘存浩他们的期待，从各个角度分析了作者流泪的原因，什么心灵太过脆弱、真男人不会随便掉眼泪，甚至连眼疾这个潜在原因都考虑到了。

贺朝说完，全班先是沉默几分钟，然后突然发出惊天动地的笑声："朝哥，你真是从来都没有让我们失望过。"

贺朝："过奖过奖。"

谢俞按了按太阳穴，很是绝望。

"你找时间来我办公室一趟，"老唐比谢俞更绝望，差点喘不过来气，喝了两口枸杞茶，缓了缓才继续道，"来的时候把你的卷子带着。"

$r=a(1-\sin\Theta)$

只要老唐说什么"找时间来一趟"，他们基本上都用找不到时间当借口。

没事谁愿意跑老师办公室去？自然是能拖多久拖多久，他们都寄希望于拖到哪天，没准老唐忙起来自己都忘了。

课间，贺朝在隔壁组跟几个男生一起抢罗文强的干脆面，罗文强差点没跳起来打人："你们够了啊，再拿就没了！"

贺朝掰走一块儿，伸手还想掰。

罗文强："你是土匪吗？"

贺朝边掰边说："还有我同桌呢。"

谢俞一局游戏打完，正好听到这句，把手机往口袋里一塞，起身走过去。

罗文强以为终于来了个有良心的，连忙哭诉："俞哥，救命啊！"

谢俞把袖子往上推了推，对贺朝说："你掰得太碎了，我自己掰。"

罗文强满脸震惊："你们俩，土匪同桌？"

贺朝这个该去办公室的人没去，万达倒是跑得勤快。

有什么风吹草动，为了得到情报，"万事通"甚至可以拿着卷子敲门进去假装问题目。这导致老吴他们每次见到他拿着题过来，都要开玩笑问一嘴："真的是过来问题目的？"

"过段时间有文艺会演，"罗文强的干脆面刚被抢完一轮，万达从办公室回来，边说边往干脆面包装袋里伸手，"每个班都要出节目，咱班的文艺委员可以提前准备准备了，我们争取赢在起跑线上。"

（三）班文艺委员是个女生，从小学舞蹈，听到这消息也挺激动："真的吗？"

万达："再过半个月就是学校校庆，假不了。"

文艺会演的话题一出，班里又热闹起来，只剩罗文强对着包装袋里那点碎渣渣黯然伤神。

一般这种活动，每个班都会挑十几个人出来，跳舞、唱歌、演小品，人多看着气场强，输什么也不能输了气势。

文艺委员已经开始挑人了，贺朝扭头问："去吗，老谢？"

谢俞想也不想道："不可能。"

"为什么不去？"贺朝想到黑指甲油那件事，以及当初谢俞凭着黑指甲叱咤风云的岁月，"你有经验啊，你们街道那个……"

谢俞："劝你别提，不然揍你。"

"中老年舞蹈大赛怎么了？"贺朝说，"那也挺牛的，一般人没这种机会。"

谢俞看着他，慢悠悠地将袖口往上推了推，活动几下手腕关节："你确定想继续这个话题？"

暗示得非常明显——再说给你点颜色瞧瞧。

而贺朝仿佛感觉不到其中的杀气似的，继续问："当时你们上场是不是特别轰动？拿奖了吗？"

刘存浩他们正在报名，顺便商量选歌的事情，还没商量完，就听到后排"砰"的一声。

这踹桌椅的声音特别熟悉。

"哦，"刘存浩往后面看了一眼，平静地说，"别管他们，我们继续讲。"

罗文强抓抓头发，嘀咕道："是我的错觉吗？我感觉他们最近打架的次数好像变少了啊。"

谢俞这个人说上就上，一点也不含糊，贺朝挨了几下才抓住他手腕，往后退的时候差点踩到椅子："你真揍啊？"

谢俞弯腰把倒在地上的椅子扶起来，往边上推，免得影响他发挥："你找揍。"

午休的时候，老唐过来发作业，顺便把准备节目的消息带了过来。

"讲个事啊，下个月校庆，相信万达已经跟你们说过了，"老唐话说到这里，台下一阵哄笑，他也很无奈，顿了顿又说，"各班都要出个节目，大家积极报名，看看咱们班是弄个小品还是别的什么出来。徐静，你负责一下。"

文艺委员被点了名，举手说："好的，老师。"

谢俞对文艺会演没什么兴趣，而且上台跳舞这种事情曾经在他的人生中留下过浓墨重彩的一笔，简直可以列入人生十大尴尬瞬间前三名。

老唐说话的时候谢俞正趴在桌上睡觉，没注意文艺委员盯着他跟贺朝看了很久。

徐静私心是想让这两位打头阵的。

毕竟是（三）班的门面，他们上去撑场子的效果绝对震撼。

而且到时候台下领导会对各班节目打分，他们既然参与了，肯定想拿个第一回来。

"贺朝会愿意参加吗？"

等老唐走后，他们六七个人聚成一个小圈，等徐静问完，刘存浩拍拍桌子说："那肯定啊，这都不用问。你看朝哥那样，光芒万丈，平地起浪，哪里都是他的舞台。"

徐静又问："那谢俞呢？"

刘存浩不说话了。

罗文强斟酌道："这个……这个难度有点大，要不你换个人，你看我怎么样，我四肢还挺协调的。"

几个人商量半天，直到临近上课，陆陆续续下楼走到操场排队，也没商量出个结果。

体育课还是自由活动，篮球队不欢迎贺朝，说什么也不带他一块儿打，这人就去许晴晴那儿抢了两支羽毛球球拍回来："老谢，打吗？"

谢俞伸手接过来一支球拍，心说羽毛球而已，直来直去的，就算贺朝戏再多应该也整不出什么幺蛾子："去体育馆？"

"看看还有没有位置，"贺朝说，"不行的话外面打也可以。"

体育馆里人很多，羽毛球满天飞，两边空出来的休息区也坐了不少人，谢俞拎着球拍走到最里面才找到空位。

两人各站一边。

贺朝拉开外套拉链，先口头展示了一下自己的实力。

贺朝刚吹嘘完，谢俞一个狠到不行的扣球冲着斜对角方向飞了过去："废话少说。"

许晴晴没找到位置打球，坐在边上，被文艺委员拉着挑歌。

"你听听，喜欢哪首，"徐静说，"万达他们都觉得第二首比较好，我打算今天就把歌先定下来。啊，我真的想叫谢俞进组啊，可是我不敢……"

许晴晴选不出来，嘴里念叨着"我觉得都挺好，都行吧"，隐约听到周围人发出阵阵议论声，她把耳机拔下来，抬头就看到在角落里打球的两位大佬。

虽然他们站的位置偏了点，但是一眼望过去，最醒目的还是他俩。

上次秋游的时候，他们几个人就开玩笑说，谁都能走丢，他们班朝哥、俞哥绝对丢不了，光看背影就能认出来。

周围不少人也都在往那边看，捂着嘴小声喊："超帅。"

喊了几句"帅"，又有人说："不过他们打得好凶啊。"

谢俞打羽毛球跟打人一样，尤其跳起来扣杀的时候，那种凌厉感夹着风扑面而来。

贺朝刚开始没防备，差点就真被他这记扣杀给打败了。幸亏反应快，准确判断球的落点，凭着本能迅速往后退几步才接到。

两个人你来我往，动作幅度也越来越大。

尤其是谢俞，简直往死里打。

贺朝被谢俞这态度激得也认真起来，干脆把外套脱了，甩在地上："挺猛啊，小朋友。"

"还行吧。"室内空气流通性不好，谢俞觉得有点闷，抬手把校服拉链往下拉，又说，"也就比你强点。"

以前大雷他们跟他打球也很不习惯，每次喊着："你这是打球啊还是打架啊？要配合，懂吗？我们是一个团队。谢老板，我下次要是再叫你来我就不是人。"

但是睡了一觉，大雷他们好了伤疤忘了疼，第二天还是颠颠儿带着球来了："走啊，打球去，我约了隔壁街小虎战队，今天决一死战。"

这片街区的同龄小孩，都有固定的球队。大概电影看多了，他们还喜欢给自己取特别的名字，小虎战队、黑牛战队之类的。

打到中途，谢俞后背也出了点汗，他脱了外套，趁着贺朝捡球，半弯着腰，手抓着衣领扇了扇风。

谢俞里头那件薄毛衣款式宽松，抬手接球的时候，布料顺着动势凹陷下去，隐约勾出腰部轮廓。顺着贺朝那个角度，能看到这人清瘦的锁骨。

他还等着贺朝把球扔过来，就听贺朝捡完球说："不打了。"

谢俞手指还抓在衣领上，没反应过来："啊？"

贺朝已经招呼许晴晴过来接替："晴哥，是不是没地方打球？来。"

许晴晴和徐静两个人拿着球拍走过来。

徐静还在琢磨出节目的事，见到谢俞，鼓起勇气问了一嘴："那个，谢同学，咱们班打算出节目，希望你可以参加。有什么条件都可以提，C位也没问题的……"

谢俞正在穿衣服，刚把衣服套上。他对这个女孩子没什么印象，甚至开学那么久了，也不记得人家叫什么名字。

但是女孩子用一种认真又期待的目光看着他，那是一双不带杂质的、通透发亮的眼睛，看得出她虽然胆怯，但还是站在他面前，尽力把话说全。

许晴晴站在贺朝那边，看着徐静居然真的上去问了，惊讶道："俞哥这性子，静静上去找死啊？想也知道不可能。"

贺朝却笑笑，说："不一定。"

谢俞跟徐静说了什么，他们隔太远听不清，只看到谢俞说完拉上拉链，捏着羽毛球球拍走过来。

谢俞把球拍往贺朝怀里一扔："走了。"

贺朝接过，冲许晴晴挥挥手："走了，晴哥。"

许晴晴愣愣地挥完手，走到徐静跟前，靠在中间那道网栏边上问："怎么样，俞哥怎么说？"

徐静也没回过神来，没直接回答，只说："你要不，掐我一下？"

这意思就是答应了？

徐静："算是答应了，虽然答应得特别冷淡，他跟我说'随便吧'。"

（三）班参与节目的成员名单很快就交到老唐手上，老唐强调好几次重在参与，名次什么的不重要，然后他们就开始趁着课间风风火火地排练。

这帮人有个通病，虽然跳得不怎么好，但是特别陶醉，个个都感觉自己酷帅得不行。

更何况有贺朝带头，教室立马变舞台。

只有谢俞坐在课桌上，记住动作之后就不再动弹，看这群人疯。

贺朝闹完下了场，站在谢俞边上。

谢俞顺手把刚喝一半的矿泉水递给他："舞台王者，怎么不跳了？"

贺朝直接灌下去几口，抬手抹了抹嘴角说："这帮人发育太快，长江后浪推前浪。"

谢俞刚才嫌太吵，耳朵里塞了耳机，现在摘下来才发现这帮人完全继承了贺朝的衣钵，有观众的地方就是舞台。

刘存浩："请叫我们宇宙无敌帅男团！"

万达："这边的朋友，让我看到你们的双手！"

罗文强："不够！尖叫声再大声一点！"

老吴拿着教具进来，被这三重奏吓了一跳，还以为自己走错班级，脚步顿了顿又倒回去，确定门口挂的是高二（三）班的牌子："你们搞什么呢？这是要出道啊。"

上课时间，大家收了心思，老老实实听课。

老吴讲完一小节内容，布置作业的时候，想到什么，又拿起粉笔："这知识点，有道拓展题，我给你们讲讲，虽然你们可能听不懂。听不懂的就算了啊，别执着，拿自己能拿的分就行。"

　　谢俞抬头看了一眼黑板，发现是跟其他知识点混杂着考的题型，出题思路新颖。

　　大部分同学看了几眼便低下头，直接放弃了这道题。

　　谢俞看完题目，正打算在手机上用备忘录打打草稿，无意间发现整节课都在打游戏的贺朝居然也在抬头看黑板。

　　贺朝还拿着手机，游戏界面停着，屏幕上那个叫"贺帅"的角色被BOSS（指电子游戏里的大怪物）疯砍，掉了一管血。

　　贺朝还在看题目，顺着老吴用红色粉笔着重标记出来的条件看过去，结合数据，脑子里浮现出几种不同的解题思路。

　　这节课讲的知识点其实很普通，但是小概念的东西放到函数题里一起考查，难度立马就变了。

　　贺朝忍不住想撕张纸打草稿。

　　谢俞看了几眼，隐约觉得贺朝看黑板的样子，比他刚才低头打游戏还要专注。

　　贺朝玩游戏其实没什么热情，懒懒散散地点几下，不太走心。比起爱玩，更像是闲着没事才碰碰。

　　技术倒还不错，万达他们晚自习时经常过来喊"朝哥带带我，你在哪个区"。

　　贺朝每次都说："不带，我要跟我同桌双排。"

　　万达坚持不懈想求个好友位："跟俞哥？那是死亡单排吧，你难道不想感受一下有队友的滋味吗？"

　　想到这里，谢俞伸手过去，在贺朝手机屏幕上轻点了一下。

　　游戏界面上的"贺帅"躲开攻击，挥着剑一个闪回，拖着残血闪到边上。

　　谢俞收回手，又问他："发什么呆？"

　　"先看这些先决条件，结合问题，"老吴标好重点，顺便画了图，拿着尺在黑板上敲了敲，"给你们几分钟时间思考一下……"

　　老吴说完，想点个人上台在黑板上做题，看来看去也只有薛习生在试着努力分析题目，又说："学委，你上来做做看。"

　　薛习生抬手扶扶镜框，起身往黑板走，在题目左上角端端正正地写下一个"解"字。

　　贺朝连忙给游戏角色喂了点回血的药，喂完不知道该说什么，总不能说"老谢，这道拓展题还挺简单的，我一分钟能想出来三种不同解法，你要不要听听？"

　　谢俞算出答案，又把备忘录清空，心想，也急不得，慢慢来吧。

　　殊不知贺朝心里想的也是：不行，差距太大怕同桌跟我坐在一起太自卑。

　　等最后一节课上完，排练节目的人晚上留半小时，继续练舞。

　　教室里人走得差不多了，剩下几名值日生。

　　徐静用教室电脑放歌，中间有一段搂腰动作，需要两两一组配合。

　　徐静和许晴晴两个人示范了一遍。

　　贺朝站在后面，手搭在谢俞腰上，把人揽在怀里。

　　罗文强体形高大，被另外一个体形跟他差不多的男孩子搂腰，看起来特别奇怪。徐静本来还想指导一下他们俩，最后差点笑岔气。

　　罗文强僵硬地叹了口气："静静，你之前没说还有这么一段啊。"

　　徐静："你放松一点，你看看人朝哥和俞哥，多自然……"

　　万达摆摆手："他们不一样。"

　　最后结束的时候，几个人拉了个讨论组，组名就叫宇宙无敌帅男团，用来发一些指导视频，还有排练时间通知。

　　直到晚自习下课，这个讨论组就没有消停过。

　　大家都抱着上台耍帅的心思，一个个跟出道预备选手一样，等着一跳成名。

　　罗文强：去年隔壁班有个人，弹完吉他下来，好多妹子加他好友。我也不需要那么多，一个就够了。

　　谢俞洗完澡擦着头发出来的时候，消息已经刷了超过99条，他随手滑两下，指尖还沾着湿气，却在通知栏最底端看到一个熟悉的绿色图标推送。

　　《题王争霸》。

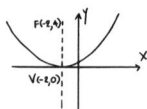

朝俞

ZHAOYU

第六章

智慧果图标。

通知上简明扼要地写着：亲爱的用户，您的等待没有白费，我们又回来了！

谢俞愣了愣。

回来什么，不是凉了吗？

一直忘了卸载，搁在角落里，没想到它有一天还能起死回生，谢俞盯着那条通知看半天，又回想起自己暑假干的那件蠢事——跟一个神经病熬夜刷题抢第一。

谢俞犹豫两秒，最后还是点了进去。

——正在更新，请不要退出哦。

大概是重新找到了投资商，这游戏甚至更新了题库，增加了几个月以来各大高校新出的测试题，就连二中这次期中考试的试题也在里面。

谢俞简单扫了两眼，发现刷题模式有所变化，用青铜、白银、黄金来区分玩家，刷题还会随机掉落道具，比如一些不对外公开的隐藏试卷。

这种细节设置，让这款游戏的可玩性变得更高，不知道的还真以为是什么网络游戏。

《题王争霸》玩家交流区还是老样子，之前那几个活跃用户恨不得放鞭炮庆祝。

"我爱学习"：我就知道，学习的热情永远不会熄灭！

"为了更好的明天"：没有《题王争霸》的日子，我只能一个人默默刷试卷，无数个孤独的夜晚，找不到人陪伴。

"年级前十"：@英语课代表，我已经熟练掌握八级词汇，来PK。

⋯⋯⋯⋯⋯

"谢老板，"谢俞还没看仔细，周大雷一通电话就来了，"我今天更新游戏的时候看到，咱暑假玩的那个游戏复活了！"

大雷手机里全是游戏，每天自动更新，估计也是因为游戏太多了管不过来，《题王

《争霸》就那样混在里面，等接到更新完成的提示，他也吓了一跳。

谢俞模棱两可地说："啊。"

周大雷踩着拖鞋，坐在烧烤摊的塑料凳上，身后就是烤架，浓烟和烤肉的味道顺着风飘过来，他说："这回我进游戏大厅了，零分也能进去。"

谢俞："是吗？"

周大雷又说："还分等级……你知道的吧，青铜什么的。"

谢俞刚才匆匆扫了几眼，隐约记得他用户头像边上等级栏里写着什么王者，随口问："那你是什么等级？"

周大雷："我？倔强废铁。"

"……"

"牛吧，玩游戏那么多年我只知道青铜，没想到还有废铁，长见识了。"

谢俞笑了一声："你在摊子上呢？"

"是啊。"话说到一半，雷妈弯着腰拖食材箱，嫌大雷挡道，起身踹了他一脚，差点把他从凳子上踹下去。

最近天气一点点冷下来，准备食材耗了雷妈不少力气，她忙起来就容易生气，平时觉得儿子哪儿哪儿都好，这种时候看着却格外不顺眼："你给我滚一边去。"

周大雷拿这位间歇性更年期的妈没辙，正要往边上走，雷妈又擦擦手，问："跟谁讲电话呢？小俞啊？我跟他说说，"没等大雷回答，雷妈不由分说地把手机抢了过来，"你一边去吧。"

雷妈跟谢俞说话的语气好得不得了，周大雷感觉电话那头的谢老板才像她亲儿子。

贺朝推门进来的时候，谢俞正坐在床上，低垂着眼睛讲电话。

谢俞刚洗过澡，穿了件毛衣，虽然是冷色调的，但因为面料柔软，衬得整个人看起来也柔软了一点，就连声音也是轻轻的："嗯，知道。"

雷妈嗓门大，即使跟人心平气和地说话，音量也降不下来："上次你回来，我跟雷子他爸正好不在家，都没见着面，什么时候放假，过来住几天……"

谢俞下身还是那条校裤，版型宽松，裤腿侧面有道灰色条纹，裤脚往上折，露出一截脚腕。

听到门口的动静，谢俞才抬起头，然后对贺朝做了个口型：关门。

雷妈正讲到街道新开展的棋牌比赛。

谢俞虽然在黑水街混得不怎么样，但梅姨她们还是挺乐意带着他出去祸害别人的。有时候她们跟新认识的牌搭子一起打牌，输得惨了，也会叫谢俞过去帮忙玩两局。

贺朝关了门，坐在谢俞旁边，等他打完电话。

谢俞正听着雷妈说话，贺朝突然凑过来。

谢俞："你干什么？"

贺朝："偷听。"

雷妈说到一半，听到对面突然来这么一句，也停下来："什么？"

贺朝闹过了，笑着往右手边退了退，靠在床头没再打扰他。

边上就是书桌，贺朝趁谢俞讲电话，随手翻了翻，发现除了摆在桌上的魔方，还有几本书，其中一本书名叫《改善坏脾气，心平气和面对人生》。

贺朝翻开，扉页上写着七个字：谢老板，生日快乐。

"这是生日礼物？"等谢俞挂了电话，贺朝拿着书说，"谁送的？很有想法啊。"

谢俞看了一眼："周大雷。"

周大雷当时还特意把这本书包起来，用红色的彩带打了个蝴蝶结。

谢俞想到这又笑了，补充道："差点没被我打断腿。"

贺朝却想，还打断腿呢，不还是好好保存到了现在。

这位就是看着心肠硬，其实根本不是那么回事。

谢俞说完敛了笑，又把手机扔在边上。

刚才雷妈有的没的说了一堆，周大雷想抢电话也没抢成，等电话里那些声音戛然而止，他突然发现自己居然有点失落。

这种失落就像刚搬出黑水街的那几天，他每天早上醒过来，下意识想去王妈那儿吃早饭，却发现再也听不到窗外的叫卖声。

谢俞往下想想又觉得烦躁。

换了平时他可能骂两声就完了，但是贺朝就坐在边上。

这傻瓜在看那本《改善坏脾气，心平气和面对人生》，读到有意思的话还念出来给他听："小朋友，这本书你是不是没看？我觉得还挺有用——胸襟决定器量，境界决定高下。多学习学习，别一天天地就知道对我使用……不是，对我动手动脚。"

贺朝把"暴力"两个字咽了下去。

谢俞张张嘴，叫他："朝哥。"

贺朝念到一半停下来。

谢俞不知道怎么说，这点事情说出来又觉得矫情，而且他平时也没有跟人倾诉的习惯，开了口立马又后悔了。

于是两个人互相看了半天，谢俞又说："没事，就叫叫你。"

谢俞说话的时候，一只脚垂下去，光着脚，点在地板上。

有点凉。

这人没有哪一回是闲着没事干才叫他朝哥，贺朝记得头一次还是在刘存浩生日会上。

其实都是小事。

想一段回不去的日子，想那些嘈杂的、市侩的、"粗俗"的声音。

"你别多想了，还是想点别的吧，"贺朝笑了起来，"比如说……有你朝哥的现在和未来。"

贺朝说这话的时候很认真，丝毫没有平时那种散漫，眼睛里映着他的身影。

熄灯后，除了台灯，谢俞发现刚才被他随手扔在床上的手机屏幕也亮着，消息一条一条地往外弹。

以为又是贺朝发过来的什么乱七八糟的玩意儿，谢俞把手机钩过来，滑开屏锁，看到十几条游戏私信。

——尊敬的用户jsdhwdmaX你好，我们是《题王争霸》主办方。

谢俞的动作顿了顿。

按照这个游戏的习惯，后面紧跟的多半是些官方活动，比如说"热烈庆祝《题王争霸》归来，随机发放三十套珍藏习题"，又比如"刷题有奖，让我们一起在知识的海洋里遨游"。

谢俞翻了翻，一条主题为"《题王争霸》线下见面会"的私信映入眼帘。

——老玩家福利！在学习的道路上，你是否感到孤独？是否曾经迷茫？是否尝试着寻找一起学习、一起成长的好伙伴？

——主办方决定开展一次线下见面会活动！为回馈老用户，凡是在暑假注册成为题霸大家庭一分子的玩家，都可以参加本次线下见面会。让我们面对面分享学习经验，用一颗爱学习的心,去认识更多志同道合的朋友。

谢俞面无表情地点开下一条未读私信。

这是一封正式邀请函,上面清楚地标注了时间、地点以及见面会的行程安排。

时间就在这周六上午十点整,地点世纪城。

行程安排丰富,除了集体写作业、分享自己最喜欢的一套试卷或者教辅这些奇怪的环节,还有一起聚在小型影院里观看影片《爱因斯坦的诞生》。

邀请函的结尾庄重地写着:期待您的到来。

后面应该都是关于这个线下见面会的其他详细内容,谢俞粗略看了几条,没什么耐心往下接着看,但直觉告诉他,那帮活跃在交流频道里的"神经病"应该一个也不会缺席。

果然,交流频道里热闹得很。

正常人对于网友见面这种事情,考虑最多的应该是穿什么衣服,如何让自己以良好的形象出现在网友面前。

但是这帮人不一样。

"报效祖国":见面会那天大家都想好要带哪套试卷了吗?

"为了更好的明天":早就想好了,那必须是经典永不过时的《5年高考3年模拟》。这套试卷,蕴含着一股不一般的力量,只要翻开它,就控制不住自己疯狂刷题的手。

"学习学习学习我的生命里只有学习":那我就带《天利38套》吧,到时候大家一起交流交流。

"英语课代表":我最喜欢《高中英语语法大全》,知识点全覆盖,不一样的语法学习体验,名师指导,突破误区。

…………

谢俞坐在床边,抬手把毛衣脱下来,打算去浴室冲个澡。

借着独卫里那点微弱的灯光,谢俞走了神,贺朝说的那句"未来"又开始在他耳边晃。

谢俞闭上眼睛,想到贺朝的学习成绩,叹了口气。

不知道是不是水温较低的原因,谢俞洗完澡反而清醒了很多。

没了睡意,谢俞犹豫着要不要再去《题王争霸》游戏里刷几道题。

之前更新的时候他看到题库有套名师真题,应该是主办方真的请了名师过来编的几套独家试卷。

洗个澡的时间而已,《题王争霸》交流区已经换了话题。

"我爱学习":X神跟"不要脸"的对决是不是还没结束?

"力争上游":是的,而且主办方也没有公布题王最终人选。

"学习学习学习我的生命里只有学习":你们没看公告吗?主办方给他们俩发了私信,说会继续跟进。

谢俞看到这里,找试卷的手指陡然顿住。

刚才读到一半没有看下去的那堆私信里确实有关于题王的消息,谢俞往下翻,看到一条"夏季赛说明"。

——尊敬的用户"jsdhwdmaX",在夏季赛中,您的赛季积分和用户"题王"持平,未决胜负。由于赛季已经结束,比赛制度无法沿用,希望您能够和"题王"私下调节。

谢俞看了两遍,确定自己没有看错。

私下调节。

好友列表里,"题王"的头像暗着,状态写着"离线"。

谢俞本来以为这事差不多就这样结束了,没准这家伙早就删了游戏,结果第二天他一早被广播吵醒,再上线的时候,意外收到了对方发过来的消息。

昨天晚上十一点多发的,第一句话只有两个字。

题王:算了。

姜主任还在广播里继续他的励志演讲,虽然近期没有什么考试安排,但这并不妨碍他展望之后的考试:"不要以为时间还有很多,明日复明日,无数个明天会把你们埋葬。同学们,就在今天,就是今天!"

谢俞一只手撑着坐起来,心说,看来他跟这位"不要脸"的想到一块儿去了。

有什么好调节的?争个什么劲?

然后谢俞往下看,看到另外两句。

题王:你认个输。

题王:我放你一马。

短短三句话,嚣张得不行。

谢俞简直气笑了。他本来就有点起床气,尤其还是这种睡得好好的被人吵醒的情况,谁来揍谁,一点就炸。

以前周大雷早上过来找他,要是知道他还没起床,都不敢进屋,隔着门喊,喊完直接扭头跑。

于是《题王争霸》所有在线用户看到沉默寡言的X神居然破天荒在交流区发了言。

"jsdhwdmaX"对"题王"说：周六世纪城，不来是小狗。

贺朝敲门的时候，谢俞正烦躁地打完最后一个标点符号。

门外还在哀号。

姜主任今天的励志演讲超时了五分钟，讲着讲着他讲到自己曾经的青葱岁月，话题收都收不住："我以前高中的时候，每天五点钟就起来背单词，天再冷，被窝都留不住我……"

斜对面寝室的几个已经忍不住用头哐哐撞墙："别说了，就让无数个明天把我埋葬吧！"

还有同学发自灵魂地呐喊："我到底为什么想不开，居然选择住校？"

谢俞开门的时候脸色不是很好。

贺朝靠在门口，一点也不意外，相当自然地抬手给他顺顺毛："这位朋友每天早上都那么躁啊。"

谢俞："遇到个傻瓜，想揍。"

贺朝没听明白："什么？"

"没什么，网上的，"谢俞转过身，准备去洗漱，又说，"进来把门关了。"

谢俞不是喜欢网聊的人。

贺朝看过他的QQ账号，跟个小号似的。万达当初想加他为好友，加了好几次都没加上，最后还是鼓起勇气去当面问他，才知道谢俞平时连好友请求都不看。

万达很崩溃："俞哥，我加了八次，你一次都没看见？"

谢俞："真没注意。"

这人也就微信上好友多点。

贺朝这么想着，觉得谢俞应该是一大早看到了奇葩新闻或者网友评论："什么人都能上网，难免有些傻瓜。"

两人收拾完到教室的时候，罗文强正在打扫卫生，今天他值日。

罗文强手里拿着抹布，边擦窗边扭屁股，回忆昨天学的舞蹈动作，嘴里还哼着节拍："啦啦，啦啦啦，啦……"

r=a(1-sinΘ)

谢俞走到后门门口，不太想再往前走："他发什么疯？"

"你们来啦，"罗文强倒是先看到他们了，屁股也不扭了，停下来说，"早啊。"

走廊上的人来来往往。

谢俞很想单方面跟罗文强断绝一下同学关系。

倒是贺朝调整得很快，笑笑说："体委，跳得不错啊，身姿曼妙，我要是女生我都要被你迷……"

谢俞出声提醒："你这夸得有点过了。"

第一节英语课。

默写完，谢俞在桌上趴了会儿，又伸手把手机从桌肚里摸出来。

他清醒之后，深觉自己早上脑子一热在《题王争霸》里喊的那两句话太过了。

不应该那么暴躁。

跟他置什么气，那个"题王"估计是个眼镜镜片比啤酒瓶底还厚的学霸，难道真约出来面对面做试卷吗？

谢俞点开《题王争霸》，发现交流区炸了好几轮，到现在都还没炸完。

"学习学习学习我的生命里只有学习"：我天，这是要面对面比？

"年级前十"：X神牛啊！

"清华北大不是梦"：硬爆了！

"985211"：X神，记住你这句话！我截屏了，谁不来谁是小狗！

实在是被X神在公屏喊话约战的消息刺激得冷静不下来，这群肩负着祖国未来的栋梁之材，上课时间还偷偷用手机打字。

热闹了一阵，好不容易才安静下来。

"征服北大"：不行，上课了，得专心听课，什么都不能阻碍我听课。

"985211"：我现在拿着手机，每敲下一个字都感觉自己愧对学校、愧对老师，深觉自己辜负了他们对我的期待。再见，放学再聊。

"我爱学习"：我们这节英语课，我从小学到现在，还是第一次上课看手机，真的很有负罪感。

谢俞现在的感受就是脑子不清醒给自己挖了个坑，还不得不在坑里继续蹲着。

讲台上，英语老师先是带着大家朗读了一遍这节课要学的新词汇，然后让大家自己

065

读几遍，熟悉一下。说完她转身在黑板上写下课题。

谢俞趁着班里同学七嘴八舌念单词的空当，关掉手机，"砰"的一声把手机又扔了回去。

声音闷闷的，动静不大。

贺朝正低着头打游戏打到关键点，听到声音，以为谢俞又是被吵得烦了睡不着，下意识腾出一只手去捂同桌的耳朵。

贺朝单手刷怪，五根手指当十根用，随口问："吵？"

谢俞趴着，贺朝掌心抵在他耳旁，指尖轻轻地插进他头发里，说话声被略微挡住，听起来有点远。

谢俞想说"没，我又不睡"，结果话到嘴边，鬼使神差地变成了一个字"嗯"。

技能键分左右两边，贺朝手速再快，单手玩也顾不过来。

等其他同学念完单词，班里安静下来，贺朝忘了收手，谢俞也忘了提醒他。

这人经常做这些无意识的小动作。

像从窗外透进来的阳光，安静地，熨平了所有烦躁的思绪。

英语老师写完课题，又顺着每个自然段总结意思，分了几个板块出来。她放下粉笔，拍了拍手上沾到的粉尘，说："都读好了吗？我抽个人起来……"

英语老师环视一圈，然后目光落在最后那排。

"我发现我们班同学都很相亲相爱啊，这份同学爱简直感天动地，"英语老师用板擦拍拍桌子，讽刺完，又指名道姓点了谢俞跟贺朝两个人的名字，"你们俩，起来。都给我站起来，站好了——这单元单词读一遍，其他人不准提醒。"

谢俞慢悠悠地站起来，翻开书，直接说"不会念"。

对着音标故意念错，真念出来也别扭。

"行，不会，我刚才上课的时候都干什么去了？这时候跟我说不会。"英语老师说完又把目标转移到谢俞边上那位还在不停翻书的同学身上，"贺朝，那你念念。"

贺朝："老师，哪一页？"

英语老师没话说了。

英语老师也没为难他们，真跟他们计较，每节课都能气得直接晕过去，她松口说让他们听许晴晴念一遍就坐下。

许晴晴捧着书，按照音标念，每个单词都念得很熟，一看就是预习过。

贺朝站着，从这个高度正好能看到罗文强在斜对面偷偷吃饼干。

r=a(1-sinθ)

"老谢，"贺朝用胳膊肘碰了碰谢俞，"你看。"

"看什么？"

谢俞站得有点乏了，手插在衣兜里，顺着看过去，看到罗文强小心翼翼地翘着兰花指，从饼干盒里拎出来一块，然后等待时机，等英语老师不注意，便以极快的手速往嘴巴里塞。

谢俞看了一会儿："他没吃早饭？"

贺朝说："他跟我说他今天早上光肉包就吃了六个……可能又饿了？"

等许晴晴念完，贺朝边往下坐，边捏着桌上的笔盖，冲着罗文强的后背砸了过去。

罗文强嘴里那块饼干还没咽下去，差点噎住，扭头找是谁砸的他。

贺朝笑着往后靠了靠："分享分享？"

罗文强的饼干就这样从第一组传了过来。

经过万达的时候，万达直接抓走了两块——不是因为饿，而是单纯因为手痒，顺便想在课堂上找点偷吃东西的乐趣。

刘存浩眼尖，看到了就冲万达挥手："什么？我也要我也要。"

英语老师还在黑板上写句型分析，台下小动作不断。

一盒牛奶花生味饼干，小心翼翼地传了半个教室。

等到谢俞和贺朝这排的时候，饼干盒已经空了。

谢俞接过："浑蛋。"

贺朝也凑过去看了一眼："一块都没剩？"

罗文强眼睁睁看着自己的饼干就这样一去不回，根本无心上课。

"我们今天在哪儿排舞？"下了课，宇宙无敌帅男团聚在教室后排思考这个问题。

"等会儿体育课？直接在操场得了。"

"不行，不能轻易暴露我们的实力。"

…………

谢俞没仔细听他们具体讨论了些什么。

他坐在边上，闲着没事，又点开智慧果图标，登录进去看到公屏上挂着两行字。

"题王"对"jsdhwdmaX"说：行。

"题王"对"jsdhwdmaX"说：不来是小狗。

谢俞大概理解周大雷为什么为一件游戏装备跑出去打架了。

为了尊严。

宇宙无敌帅男团本来打算直接在操场上排舞，结果去了发现周遭人太多，关键他们队伍里还有两个十分惹眼的人物。

谢俞跟贺朝两个人光是站着，就让他们提前享受到了出道的待遇。

音乐刚放了个开头，实在是受不了四面八方围观加上偷拍和群众，最后他们还是决定回教室排练。

排练之前，徐静先问了一句："大家周末有没有空啊……"

刘存浩："有有有。"

罗文强："可以有。"

谢俞刚说完"没空"，就听到贺朝也跟了一句："没时间，不好意思啊。"

算了算，有将近一半人来不了，周末排练这个想法只好作罢。

徐静转身调试音响设备，谢俞低声问："你周末回家？"

这人从开学到现在就没回去过，差不多该回去一趟了。

"也不是什么要紧的事，"贺朝坐在课桌旁，看起来不太着调，又说，"你叫声'哥'，我就不回去了。"

这声"哥"当然没叫。

一周时间过去得很快。

伴随着越留越多的作业，以及老唐念经似的叮嘱，总算迎来了周末。

"同学们，周末出行一定要注意安全，"班里人走得差不多了，只剩下几个倒霉的值日生，老唐还在继续发挥，"作业按时完成，学习应当温故而知新……"

谢俞整理好东西，靠在后门边上等某位值日生。

贺朝还在擦黑板，手一伸就能够到顶。

谢俞看着看着，开始走神。

他前些天登录了几次《题王争霸》，跟那位"不要脸"商量周六到底怎么比。虽然说是约出来面对面比，但也得有个游戏规则。

最后商量来商量去，只有刷试卷当场评分这个方案可行。

"不要脸"表示没什么意见，随便什么试卷、无论哪科都行。

说完他又甩过来个五个字：让你三道题。

欠揍到这种程度的话，谢俞长到这么大，也就在面前这位擦黑板的大傻瓜嘴里听过。

他的这位同桌，某种程度上来讲，跟那位镜片大概有啤酒瓶瓶底那么厚的学霸居然有那么多共同点。

"我爱学习"：大家都出发了吗？X神出发了吗？

"学习学习学习我的生命里只有学习"：出发了，我跟我的《天利38套》已经在去世纪城的路上了。

"年级前十"：我在公交车上，昨天晚上连夜写了一份五千字的学习心得，浅谈一下我的学习方法，希望能够帮助大家。

"力争上游"：我也出发了，很激动，现在就想在车上做几道题！更期待X神和"不要脸"的对决！

············

一大早，《题王争霸》交流区被这帮人疯狂刷屏。

谢俞还在看手机地图上推荐的最佳路线。

世纪城这个地方挺热闹，班级聚会什么的，基本都会定在世纪城。

里面什么都有，最出名的就是带观影设备的主题包厢，但是这应该还是第一次有人用这套观影设备观看《爱因斯坦的诞生》。

谢俞懒得转车，上了辆直达公交。

他出门的时候特意戴个口罩，遮住大半张脸，坐在后排，低着头看"题王"发过来的游戏私信。

题王：说真的，这位朋友，你还有反悔的机会。

题王：让你三道题你也赢不了。

jsdhwdmaX：呵。

隔了半小时，"题王"又发过来一条。

题王：我到了，世纪城门口。

谢俞有点困，眯着眼睛打字。心说你到了有什么用，谁知道你是哪个，于是问了一句：今天穿的什么？给点特征。

题王：穿什么不重要，最帅的那个。

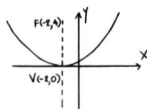

第七章

世纪城就在前面不远处，大厦顶楼那个展翅欲飞的金色翅膀标志，在太阳照射下反着光。

公交车拐进街道。市区人群密集，行人在马路上穿梭，公交车只能降低速度。过去了好几分钟，红绿灯交替两轮，金色翅膀仍然在路的另一头。

谢俞看着那条消息简直气笑了。

这哪里是不要脸，脸大得很。

脸皮厚到炮弹都轰不穿。

车位间距太窄，谢俞不太自在地挪了挪位置，脚跟踩在前座底下凸起的设计物上，没忍住又低声骂了一句。

车开得太慢。

窗外有点吵。

谢俞抬起手，指尖钩着口罩边，将口罩拉下来一些，透了口气。

又过去几分钟，公交车总算恢复原先的行驶速度，金色翅膀离得越来越近，报站声在车厢里响起："下一站，终点站世纪城，请所有乘客准备从后门下车。"

车上还剩下十几个人。

有几个听到报站就早早地站起来往后门门口走，扶着扶手在门口杵着。

谢俞没动弹，只把连衣帽拉起来戴上。他身上穿了件黑色外套，样式宽松，帽子也松松垮垮的，搭在头上遮了半个额头。

再加上口罩，基本把整张脸挡得差不多。

然后谢俞动动手指给"题王"发过去一句：快到了。

"不要脸"这才认认真真地给他描述自己今天这身行头。

谢俞选择性忽略掉那些浮夸的修饰性词汇，譬如"这件毛衣虽然款式普通，但是穿在我身上简约而不简单，气质非凡"……

$r=a(1-\sin\Theta)$

谢俞很想二话不说立马走到马路对面坐返程的公交。

他忍了一会儿，还是没忍住。

他低头在手机屏幕上打了一行字。

题王：你骂人？

谢俞觉得自己要是再聊，就不只是骂人那么简单了。

这地方太大，集商场和娱乐城于一体，中心区域甚至有个小型游乐场，旋转木马慢悠悠地转着圈。

几个小女孩坐在上面，家长蹲在边上帮自家孩子拍照。

谢俞穿过游乐场，一边低头问"题王"具体方位，一边往里走。

刚才那笨蛋说他就在世纪城门口，但是谢俞下车才发现世纪城有四个门。哪个门？

谢俞遮得严实，又戴帽子又戴口罩的，看不见脸，但是身形挺拔、气质出众，遮成这样反而更引人注意。

题王：我在3号门，你穿什么样？

jsdhwdmaX：口罩，帽子。黑色。

题王：行吧，快点。

jsdhwdmaX：你手里拿没拿试卷？

题王：拿了，一套高考精选，想做哪张等会儿自己挑。

3号门，穿过露天游乐区直走过去就是。

谢俞把口袋里那张折成方块的试卷掏了出来——这是之前跟那位"不要脸"商量好的，随机带张试卷，互相交换着做，答题时间压缩在半小时。

手里捏着试卷，谢俞下意识地在人群里找那位把普通毛衣穿得"气质非凡"，并且手握一套高考精选的笨蛋。

门口人很多，来来往往，站着不动等人的没几个。

谢俞扫了几眼，将门口站着的那些逐个排除，最后目光越过弯腰打扫卫生的清洁工大爷，落在对面护栏上。

一掌宽的护栏上嚣张地坐了个人。

那人上身套了件厚毛衣，两条长腿悬空荡着，手边搁了套试卷——红色封皮，烫金色字体，四个大字——高考精选。

071

从谢俞那个角度看过去，只能看到背影。

个子应该挺高。

谢俞看了两眼，越看越眼熟。

跟某个人的气质、身形，都挺像。

再想想又觉得不可能，他那位姓贺名朝的同桌一小时前还在床上，跟他打电话的时候说等会儿打算接着睡个回笼觉，最后哑着嗓子来了句："梦里见。"

jsdhwdmaX：护栏上那个？

谢俞发过去一句，那人就低头看手机。

谢俞确认后，捏着试卷走过去，顺手将试卷卷起，隔着点距离，敲了敲那人的肩，然后毫无防备地对上了一张说好了要跟他梦里见的同桌的脸。

贺朝手机没拿稳，差点从护栏上摔下去。

他同桌，哪怕把整张脸都遮住，丢到人群里他还是能够一眼认出来——浑身上下生人勿近的气质，中央制冷空调，行走的炸药包。

再复杂猛烈的字眼，在这场漫长的对视下都显得极其平淡。

谢俞手还僵着。

因为怕冷，他手习惯性一半缩在袖子里，只露出指尖，手里那张卷成长条的试卷，标题正好对着贺朝，上面明明白白地写着"高中难题数学A卷"。

谢俞大脑一片空白。

缓了会儿，贺朝曾经的那些"壮举"才一个接一个往外冒，不断地提醒着他：面前这个人，是作文零分选手"贺朝夫斯基"，代表作《我的背影真帅气》，曾以一张十分的数学卷打破立阳二中低分纪录，永远的年级倒数第一……

这些信息堆砌起来，谢俞脑子里总算炸了。

贺朝也蒙，从护栏上跳下来的时候感觉整个人都是飘的，差点一脚踩空。

然后他咳了一声，挑了句非常蹩脚的开场白："朋友……你有点眼熟。"

谢俞说："是吗？"

贺朝："长得很像我同桌。"

贺朝话还没说完，谢俞就不动声色地把衣袖一点一点撸了上去。

实在是烦。

一堆问号堵着。

想象中的那位眼镜片大概有啤酒瓶瓶底那么厚的笨蛋学霸突然变成了自己同

桌——变成了他整天担心的高考完只能去开挖掘机的同桌,神奇智慧胶囊三十天一个疗程大概都拉不回及格线的同桌。

"你挑个地儿,"谢俞撩完袖子说,"你要是不嫌在这儿丢人,就在这儿也行。"

贺朝离当场死亡就差那么一点。

如果不是刚好听到附近有个声音在问"您好,我想请问一下,《题王争霸》线下见面会在哪里入场",他可能真的会死。

薛习生看上去精心收拾过,戴着黑框眼镜,穿着格子衬衫,头发上还抹了层略显油腻的发蜡,整个人精神不少。他手里还抱着好几本书,谢俞粗略扫了一眼,看到《美丽化学》《快乐物理》。

顿了顿,贺朝愣愣地问:"跑吗?"

"跑,当然跑,不跑难道还上去打招呼?"

被薛习生拦下来问路的清洁工大爷显然对这个活动不甚了解:"啊?什么'真爸'?"

薛习生:"《题王争霸》,是一款学习游戏,今天是我们的学习交流会。"

清洁工大爷摇摇头,弯腰继续扫地,边扫边说:"那不知道……你们年轻人的玩意儿,我这个老头子不懂,从来没听说过。"

薛习生说了声"谢谢您,打扰了",说完再抬头,隐约看到两个身影在余光里晃了晃,等他想再仔细瞧瞧,人影已经消失在侧门。

虽然没搞清楚怎么回事,但"避开学委"这个念头一致,谢俞、贺朝两个人找准机会,从侧门跑了进去。

世纪城里的人比外面更多,光是等电梯的就围了一圈人,估计没两三趟轮不上。

贺朝当机立断,推开安全通道的门,直接走楼梯。

两个人三步并作两步,扶着扶手往上跑,速度很快,不知道跑了几层,光是拐弯就拐得天旋地转。

伴随着这种眩晕,谢俞突然想起前阵子搜的那个问题:"同桌不爱学习怎么办?"有人回答:"我同桌天上有地上无,就是总考倒数第二。"还有数学课上残血的"贺帅"……

再往前追溯,谢俞甚至想起千纸鹤上那个潦草的0。

原来是零。

谢俞停下来,轻喘着气,抬手把一边口罩摘了,口罩垂下来贴在脸侧,然后他靠着墙说:"行了,别跑了。"

安全通道楼上楼下都没什么动静，大家都在等电梯，就算有走楼梯的，也基本没人往这么高的楼层走。

贺朝直接坐在楼道台阶上，打算正视一下两人之间的问题，那一串乱码似的游戏ID他压根没记住，只能问："你是那什么玩意儿X？"

谢俞反问："你，不要脸？"

贺朝抓抓头发。他自认自己的应对能力还不错，但遇到这件事也没了辙，又扯开话题："那学委是谁？"

谢俞暂时没办法思考："不知道，是谁都有可能。"

薛习生是《题王争霸》游戏里的一员，仔细想想一点也不奇怪。放眼整个二中，无论是学习态度还是努力程度，没有人能跟（三）班学委媲美。

两人说完，又沉默一会儿。

然后谢俞压下所有情绪，把手里那份试卷递过去："你带笔了吗？"

贺朝也是这个想法，不当场做张卷子，根本不可能相信这个离奇的巧合。

这也太……太……

贺朝接过试卷，又把那套高考精选丢过去："带了。你挑一套。"

谢俞出门的时候压根就没有想过，一个小时后，自己会跟贺朝坐在世纪城安全通道里做试卷，而且常年稳坐倒数第一的贺朝同学边做题边跟他说："你这套题太简单了……"

"你这套简直幼稚。"谢俞额角狠狠地抽了抽。

贺朝拿到试卷，习惯性地先从头到尾把题目扫一遍，心里对这套题的难易程度大概有个数，然后才动笔，直接在试卷空白处打草稿。

他脑子里乱成一团，写出来的字也飘忽不定。

他坐在最上面那层台阶上，谢俞坐在楼梯拐角，两个人一上一下，面对面。

贺朝边打草稿边回忆，他在游戏里顶着"题王"这个ID都对谢俞说了什么。

好像都不是什么好话。

贺朝大脑反应迟缓，笔尖触在薄薄的纸张上，写下一个"$\sqrt{2}$"之后就没再动弹。墨水逐渐晕开，隔了一会儿，他才盯着那团黑色墨迹，不知道怎么想的，说了一句："我让你三道题？"

谢俞帽子还没摘，罩在头上，又低着头，从贺朝那个角度看过去只能看到他的鼻梁

r=a(1-sinθ)

和下巴，嘴角抿着，看起来情绪有点糟。

能不糟吗？

谢俞手里捏着笔，觉得跟这个笨蛋在梦里见了一面的可能性更大一点。没准他真是做梦。

谢俞对着题目缓缓吐了口气："行啊，你让。我让你十道。"

两个成天上课睡觉、打游戏，以一己之力把（三）班平均分拉低到各科老师恨不得直接跳崖的程度，上课连书都不知道该翻到哪页的年级垫底，现在却坐在楼道口出狂言。

平时在学校，出场频率最高的对话是这样的——

"老师在讲哪道题？"

"不知道。"

"这题你会吗？"

"不会。"

"看你不会我就放心了，那你作业抄完了？"

现在放完狠话之后，谢俞也觉得恍惚。

贺朝带过来的这套高考精选，谢俞没怎么挑，难度都差不多，随手撕了一张下来，又拿起手机看了一眼时间，看完直接把手机扔在地上。

半个小时，差不多十一点收卷。

在看到贺朝能答出来什么玩意儿之前，谢俞还是持怀疑态度，即使心里隐隐有个不可思议的念头不断地往外冒。

贺朝思绪飘忽不定地做了两道题。他握着笔，手指骨节凸起，看着试卷上丑到飞起的烂字，愣了愣才把笔从右手换到左手。

谢俞做完的时候还没到十一点，他抬头看过去，台阶上那位笨蛋也正好停了笔，把试卷搁在膝盖上看着他。

两个人就这样安安静静地对视了一会儿。

谢俞拎着试卷往台阶上走，去拿贺朝膝盖上那张的时候，贺朝一只手按着试卷，另外一只手抓住了他的手腕，低声说："那个，放我一马？"

"你不是挺嚣张吗？"谢俞说着，把试卷一点一点从他手里抽出来，抽到一半抽不动，又说，"松手。"

谢俞本来还在心里说不可能，结果看到试卷……他说不出话了。

075

除了前几行丑字以外，试卷上的其他字虽然笔锋还是狂，但狂得凌厉大气，笔力劲挺，是那种不太规矩的漂亮文字，跟前面那几行比起来根本不像同一个人写的。

谢俞不知道该说什么，把试卷翻过去又看了几眼，确定不是自己眼花。

"我是左撇子，"贺朝心里发怵，解释说，"不过我右手写得也不差，就是风格不同，右手更豪放洒脱……"

他从小就用左手比较顺，不过家里人有意识让他练右手，想趁着孩子年纪小扳正，时间久了，他的左撇子不是太明显。

"纠正一下，是狗屎。"

谢俞心想，这人都顶着"题王"这个ID来了，字突然变好看也没什么好惊讶的，业务能力堪称一流。但他还是说不出原因地上火，于是又道："你对豪放洒脱可能有什么误解。"

半小时答题时间有点紧，贺朝答题跳步骤问题很严重，三步并一步，大片空白的答题区域就用了一半，在草稿区算出来答案，然后直接在答案上勾个圈就算最终步骤。

谢俞仔仔细细地从第一题开始看，从头看到尾，发现贺朝除了在算最后那道解答题的时候笔误漏了小数点之外，基本没有出错。

贺朝也在看他的。

贺朝扫了一眼，发现谢俞前十题真的空着。

说让十道题就让十道。

顺着往下看，每道题的解题步骤都条理清晰、简明扼要。

贺朝之前看过X神刷题，逻辑思维骗不了人。不管是切入角度的选择，还是做题时喜欢画线提炼重要条件的小习惯，都跟面前这张试卷呈现出来的一模一样。

他们对完答案，再不愿相信，事实也摆在面前。

谢俞这时候才感觉到有什么东西一点点、控制不住地从脑子里冲了出来。说不上来到底是什么感受，震惊之余，最直观的感受就是看对方像个笨蛋，看自己更像个笨蛋。

贺朝张张嘴，话还没说出口，就见谢俞边撩袖子边说："我暂时不知道说什么。这样吧，先打个十分钟。"

贺朝："不好吧，暴力解决不了问题，不如我们心平气和地坐下来……"

"好好聊聊"四个字还没说出来，谢俞已经动了手。

贺朝单手撑着台阶站起来，往边上退了退，还没站稳，迎面又是一拳。

夹着风似的，毫不留情。

楼道里空间本来就小，两个人都施展不开，虽然没动真格，但也不是闹着玩——尤其是谢俞从小到大有什么事不能解决就把人摁在地上揍，能动手就绝对不废话。

这么闹了一出，从在世纪城门口碰面，到看见对方近乎满分的试卷，他们那种措手不及的情绪才逐渐消下去。

两个人并肩坐在楼梯上，各自组织语言。

谢俞缓了一会儿才问："有吃的吗？"

贺朝从兜里摸出来一根棒棒糖，粉红色包装纸，他捏着棍子问："将就一下？"

谢俞接过来，拆了糖纸。

"你到底怎么回事？"谢俞拆到一半，想起来前不久花了挺多心思整理的那份学习资料，又说，"你知道我为了整理那个……"

贺朝打断道："年级倒数第二，你又是怎么回事？"

提到那两封学习邮件，谢俞又回想起当初莫名其妙出现在他桌上的《高中教材全解》，隐约抓到了一丝端倪。

"书是你买的？"

贺朝琢磨着"整理"两个字，也回过味来："邮件是你发的？"

谢俞没说话，把糖纸揉成一团抓在手心里。

这都是什么事！

贺朝手掌撑在台阶上，被台阶边沿硌着，突然想笑："我还以为……主要是万达他们分析得挺像那么回事。"

谢俞说："像个鬼，扯成那样你也信。"

贺朝敛了笑，坐在台阶上，从上面往下看，视线荡下去，沉默一会儿，才说："你还记不记得，上次在电技那边吃饭，撞上的那个……圾哥。"

谢俞咬着糖，嘴里含着东西，含糊不清地"嗯"了一声。

贺朝以为那件事情永远不可能有主动讲出来的一天，只能压在心里。

其实过去几年了，很多细节逐渐记不太清，但每当以为差不多可以忘记的时候，他总是会在某天夜里，大汗淋漓地惊醒。

等他一口气把那件事说完，还是不太敢去看谢俞的脸。

贺朝满脑子都是，谢俞会不会觉得他这个人真差劲，会不会对他失望，会不会……

贺朝想着想着，没发觉掌心一直放在台阶边沿，已经硌出来一道印子。

谢俞没说"没事，这不怪你"，也没说"你做得确实不对"，不责怪也不安慰。

贺朝低着头，眼睛一眨不眨地盯着下面那几级台阶，乱七八糟地想了一堆。

谢俞没想过身边这位"题王"会因为这种事差点放弃自己。重读一年，他还是放不下顾虑，考了个最末等的高中，占着年级倒数的名次不放。

从所有人眼里前途无量的尖子生，跌到及格线之外。

一下子坠下去。

谢俞又想起来认识这人这么久，真正见他发火也就是徐霞和"杨三好"那次。

"你高一打架也是因为这个？"谢俞往后靠了靠，手撑在地面上问。

他这个从来不听八卦的人，虽然当时不知道隔壁楼老大是谁，但是贺朝的"英勇事迹"在学校里传了个遍，他想不知道都难。

谢俞当初是因为"中考作弊"，再加上打架才封的西楼老大。

贺朝不是。

他不像谢俞入学的时候就自带流量，他甚至安静了一阵子。在风平浪静地上了两个月的课，期中考试之后，他才因为一件事而突然间声名大噪。

同样是打架，这分量可比谢俞一个人在外面打赢了五个人重多了。

"那个啊……当时我们班有人买答案，他觉得是我带的头。"贺朝连名字都不想提，就用了个"他"来代替，说完又说，"还挺瞧得起我，我买什么答案，要真买了还能考十分？"

贺朝现在想想，当时脾气也是太暴，"呵呵"两声就算完了，何必起来踹桌子接着吵。吵着吵着压不住火，挥着拳头直接就上去了。

下手没轻没重的……

那天放学他没走，在厕所隔间里一直在想，自己到底都在干些什么。

贺朝说到这，想起来身边这位年级倒数第二还没有开始发言，转了话题："你呢？"

"我？"谢俞语气平淡地说，"我害怕自己太优秀，想给其他人留条活路。"

贺朝听得愣了愣："认真点行吗？"

谢俞那事，算是家事。

他家里那位老哥，贺朝之前就见识过了，同时还见识到了小朋友在楼道走个来回，骂脏话不带重复的过硬本领。

谢俞说完，看贺朝那副想说点什么的样子，又道："没事，我心里有数。"

钟国飞那时候跟谢俞说什么他儿子要强，谢俞没怎么放在心上，而且差点就没忍住当场对钟国飞说：你儿子要强关我什么事，又不是我儿子。

但他不能不管顾女士。

起码在他有能力脱离现在这个环境之前，他要尽可能地护着她，不管用什么方法。

虽然小朋友看着很酷，贺朝还是有点担心："你有什么数啊，到时候打算考什么学校？"

谢俞："也不用太好，清华、北大都行。"

贺朝没话说了。

他之前在"百度知道"里发的那个求助帖，现在回想起来，简直满满的都是槽点。

两个人又在楼道坐了会儿，谢俞看看时间，差不多到饭点了，于是站起来，用脚尖踢了踢贺朝的脚，转身往上走："饿吗，吃个饭？"

贺朝："行。"

他们现在在第七层，刚才要是再往上跑两步，直接到顶楼。

从安全通道走出去，他们发现这一层卖的都是家居用品，楼层高，逛的人也少，只好找电梯往下走，贺朝边走边搭着谢俞的肩膀问："去哪儿吃？"

谢俞还没回答，贺朝就自顾自地说："我第一回来这儿，我搜搜这边都有些什么……还有电影院，等会儿看电影去？除了恐怖片哥什么都能陪你看。"

谢俞按亮电梯楼层数："吃完饭再说。"

刚开始找餐厅的时候，他们还小心翼翼地四下注意着有没有薛习生的影子，结果吃完饭，走到娱乐区，发现人多到随时都能被挤没了。

这要是再碰上，那可真是命运的安排。

"他现在应该在交流学习心得，"谢俞回忆了一下那封请柬上的行程内容和对应的时间，随口说，"等会儿还要分享《快乐物理》。"

贺朝之前没看得那么仔细，这样一听，觉得实在有点不可思议："这是人能干出来的事吗？"

谢俞手里还拿着试卷，又看了看贺朝手里那套高考精选，心说这话他也好意思讲。

娱乐区主要有电玩城和影院。

影院里人多，光是排队检票进场的就排了一长串。

谢俞挑电影完全就看哪场时间近，再看是不是恐怖片，其他一律不管，最后挑了部十分钟后检票的科幻烧脑片。

上次在商场里买东西的时候贺朝就发现了，谢俞这个人真的一点不磨叽，看上就拿，目的性明确："就这个了？"

谢俞对看哪场其实无所谓。他问："你要看别的也行。"

"就这个吧，"贺朝说，"都差不多。"

他们买票买得晚，好位置基本上都已经被人买走了，只剩下后面几排。

从后面看过去，前面一片后脑勺。

这部电影剧情挺俗套，缺乏新意，属于宣传片比正片好看一百倍的类型，就靠两位主演和特效撑着。观影的人安静不到半小时，见内容没意思，又开始聊天。

电影音效夸张，突然高扬起来，又慢慢落下去。

银幕上打出来的光，把周遭照得亮了些。

就在这样一片微弱的光线里，谢俞盯着贺朝看了一会儿，叫了他一声："朝哥。"

贺朝侧头看过去。

谢俞缩在座位上，身上穿着件黑衣服，整个人都被带得暗下去了，但那双眼睛还是很亮，专注地看着他："你上次问我，你是什么样子。"

大银幕上，画面仍在不断切换。

被电影里的音效分散了点注意力，导致贺朝回想了一会儿，才想起来这句突然冒出来的话里的"上次"是哪一次。

"那个问题我重新答一下。"

贺朝下意识屏住了呼吸。

然后他听到谢俞说："你是我见过的所有景色里，最耀眼的那个。"

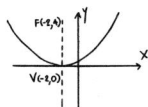

第八章

谢俞长这么大从没说过这么带有拍马屁嫌疑的话，虽然语调还是有点冷。谢俞说完了就不声不响地看着贺朝，一只手旁边是刚才在门口买的冰可乐，冒着凉气。

他还想说——

你是贺朝，就是你自己的样子，跟别的什么都没关系。

直到坐上返程的公交，谢俞也不知道刚才那场电影到底讲了些什么，因为贺朝听完那句话，眼眶泛了红。

世纪城这边公交车来得勤，平均十分钟一辆，刚上车没多久，车还没驶离世纪城那条道，谢俞就接到等得心焦的顾女士的一通电话："不是说很快就回吗？现在都几点了，晚饭还在不在家里吃？"

"在车上了。"

"周末就知道出去玩，跟同学一起去，哪个同学啊？什么时候能静下心好好看书！还有多久到？"

谢俞选择性忽略掉半句，挑着另外半句回复说："半小时吧。"

顾女士叮嘱完安全问题，继续数落，谢俞安安静静地听了一会儿。

等顾女士挂了电话，谢俞低头，想点开音乐播放器找两首歌打发时间，一眼就看到手机桌面，某社交软件上标着"未读消息99+"。

点进去发现（三）班班群里异常热闹，连老唐和吴正这两个平时不管班群的人都被炸出来了。

罗文强：@同旁内角互补两直线平行，学委，咱能聊聊吗？我实在是好奇得不行，你空间发的啥玩意？

万达：我也想知道，真是叹为观止，是我对这个世界了解得太少了。

刘存浩：什么玩意儿？聊什么呢？我去看看。

刘存浩消失几分钟之后带着咆哮体回来了。

刘存浩：什么啊？

老唐看消息看得晚，上线的时候重要内容已经被他们刷过去了。他从容不迫地发出一个问号。

吴正老师：这都是什么？

万达：老师，来，一起品品。

万达看完就甩出一张薛习生的QQ空间截图。

薛习生空间里没有萌宠照片，也没有时下火爆的表情包合集，转发的全都是《高中数学知识点最全整理》《最美化学实验》《提高学习效率的十种方法》之类的文章。

截图上，薛习生饱含情感地讲述了自己跟《题王争霸》之间的缘分，感谢主办方举办这次线下见面会活动，然后用较长的篇幅着重描绘了自己精彩的一天。

> 暑假，走在街上，一张传单无意间打开了我的学习之门。这里的每一个人都是那么热爱学习……"年级前十"同学上台分享的学习方法让我受益匪浅，我也要学会把琐碎的时间拼凑起来。《爱因斯坦的诞生》这部纪录片真是很精彩，看到最后大家都忍不住落了泪。灵魂不死，学习不灭。不过唯一的遗憾是没能看到X神和"题王"的对决……

长长的一串文字，后面还配了图。

这是张大合照，十几号人，每人手里都举着本书，对着镜头微笑。

薛习生大概学习的时候不怎么看手机，等他们热议完一圈，热度差不多降下去了，才出来冒泡。

同旁内角互补两直线平行：怎么了？

同旁内角互补两直线平行：这是一款学习游戏，很有意思。

看到"学习游戏"四个字，谢俞才想起来在这帮人眼里，X神和"题王"之间的决斗还没个结果。

犹豫一会儿，谢俞还是点开了智慧果图标。

出乎意料的是，《题王争霸》游戏交流区一片祥和，甚至大家看起来还都挺高兴，这种高兴谢俞只有在暑假刷题压过"题王"的时候才在评论区里见到过。

"学习学习学习我的生命里只有学习"：我就说，肯定是X神厉害！

"年级前十"：真想在现场看一次学神做题。

"985211"：没想到是这样的结果，真没想到⋯⋯

谢俞隐隐察觉到哪里不太对劲。

直到他点开好友列表，看到贺朝把个性签名从"胜利属于我"改成了"我认输，X神放我一马"。

车开到十字路口，正好遇到红灯，缓缓停了下来。

谢俞靠着车窗，没忍住，笑着骂了句"尻"。

二中校庆演出在下个月。

听上去时间充裕，但当参与节目的新鲜劲过去之后，大家对排舞这件事松懈了下来，就连罗文强这个做值日时也不忘扭几下的人也失去了激情。

大早上，谢俞刚进教室，迎面就是明显有话要说的文艺委员，谢俞站在门口看她："有事？"

徐静还是欲言又止。

"她想问你，"贺朝到得早，坐在座位上，跷着腿说，"周末在家练舞没有——用不着问，一看就是没有。"

何止没练，谢俞压根不记得这事："练什么舞？"

徐静问了一圈，完全绝望了："说好的宇宙无敌帅男团，说好的一鸣惊人，说好的梦想⋯⋯"

刘存浩周末在家，有闲工夫打游戏还来不及，边收作业边说："这个事情吧⋯⋯万达你说。"

万达："说不出，下一个。"

罗文强还在吃早饭，手里捧着一袋肉包，好不容易才把嘴里那口咽下去，替大家伙辩解："这个事情吧，主要还是因为我们太容易知足，你看我们整天在群里畅想，已经满足了。"

班里很吵，有念课文的，有抄作业的。

姜主任在窗口晃了两圈，每次晃过去，班里就暂时安静一阵。

"好，说得好，知足常乐！"刘存浩拍完手，清点了一下作业，发现贺朝虽然来得早，但是作业都没有交，于是扬声道，"朝哥，物理作业交一下！俞哥，还有你的。"

谢俞刚把东西放下，听到这句，低头在桌肚里找物理练习册。

这还是上周四布置的作业。就两页，他没怎么写，空了大半，填了的那些基本也都是错的。

他还没拿出来，手被贺朝摁住了。

谢俞看一眼他的手："干什么？"

"你这业务能力不行啊，"贺朝低声说，"你就直接交？"

谢俞没反应过来。

他该空的不该空的都空着了，答了的也是错漏百出，这是一份物理老师看了能扣下来让他单独去办公室接受教育的作业。

谢俞还没琢磨明白，就听见贺朝冲刘存浩说了五个字："物理有作业？"

刘存浩简直无语，但完全在意料之中。他随手从那摞作业上挑了一本，冲贺朝扔过去，提醒道："五十六页，赶紧啊，我得赶在上课前交过去。"

扔得挺准，贺朝正好接住，流里流气地吹了声口哨说："没问题，两分钟给你搞定。"

贺朝这才转头对谢俞炫耀："怎么样，"他找了支笔，摊开作业打算抄几道题，"服不服？"

谢俞抬手按了按额角："服。"

数学早自习之前，老吴在班群里"吃瓜"没吃过瘾，趁着上课铃没响，又问了一句怎么回事，听完台下同学你一言我一语地讲解之后，说："这样啊，那还挺好，建议咱班都去下载一个。"

罗文强："不了吧，老师，这个不太适合我们。"

刘存浩："做不到。"

万达："宁死不屈。"

大家越聊越起劲，正好上课铃响，老吴敲敲讲桌："行了，上课了，今天早自习我给你们讲道厉害的大题。"

吴正话还没说完，贺朝侧头问谢俞："打游戏吗？"

说是打游戏，只不过打着打着，队内频道画风变得不太对劲。

贺帅：就刚才那道题，我有三种解法。

XY：两种，哪来的第三种？

贺帅：取斜边中心点，跟F点连线，你再看看。

老吴写完题目在边上画了示意图，为了降低难度，让他们看得更清楚，提前画好了辅助线。

谢俞抬头看了两眼黑板，差不多懂了贺朝说的第三种解法到底是个什么思路，这种解法虽然可行，但是会牵扯出来一堆不必要的数据，绕几圈才能把最终结论推出来。

XY：计算太复杂。

贺帅：还行吧，脑算三分钟解决。

XY：好吧……

手机屏幕上，两个游戏角色周遭全是酷炫技能，谢俞打完字，手速奇快地在技能栏里发了一拨攻击。

贺朝顺着攻势，直接冲出包围圈去打后面那只大BOSS。

那只怪皮厚耐打，好不容易打到残血，贺朝余光瞥见右上角队伍频道里冒出来的五个字。

XY：你什么打算？

谢俞没直接问"还要装多久"。

贺朝盯着"打算"这两个字，手忽然停住，本来要发动最后一击，却鬼使神差地摁了治疗。

然后他操纵着的那个游戏角色停下所有动作，在原地喝了瓶药。

不过几秒钟的工夫，局面突变。

贺朝的游戏角色傻站在边上喝药，血一截一截往下掉。

等血全部掉完，人物角色也随之倒下，就在倒下去的那一秒，贺朝一句话正好编辑完，发了出去。

贺帅：我好像找到答案了。

贺朝继续打字，还没打完，屏幕中央弹出来一个消息框：您的好友沈捷请求加入队伍。

吴正这道厉害的大题写了两块黑板，隔壁班朗诵古诗词的声音从窗口飘进来。

"趁你们早上脑子比较清醒，给你们讲讲这题。"吴正半截粉笔用完了，捏着指甲盖大的粉笔头，想换一根，正好看见后面那排低着头不知道干什么的两个人。

吴正这回没扔粉笔头，冲台下做了个"嘘"的动作，示意大家不要出声，然后拿着教尺不动声色地走过去。

刘存浩憋着笑,手握成拳头抵在嘴边对万达说:"赌五毛,他们俩今天算是完了。"

"那不一定,"万达弯腰凑过去,"朝哥套路那么深,我相信他可以起死回生。"

事实证明万达想太多。

贺朝手里拿着手机,吴正走到跟前的时候,连带着把他手机屏幕上的游戏界面都看得一清二楚。铁证如山,直接死透了。

吴正弯腰凑近了看:"您二位生活挺丰富啊。"

谢俞只来得及退队,把聊天记录盖下去。

贺朝也是一样。

吴正只能看到游戏大厅里两个衣着简陋的游戏角色,以及贺朝屏幕上不断跳出来的系统消息:您的好友沈捷请求加入队伍……您的好友沈捷请求加入队伍……

沈捷被班主任叫去办公室的时候,整个人都是蒙的。

他推开办公室的门,看到他朝哥跟谢俞两个人也在里面。

(八)班班主任坐姿豪放洒脱,一条手臂搭在椅背上,指间还夹着支红笔,轻描淡写地问:"来,说说吧,你早习都在干什么。"

沈捷战战兢兢地说:"认真学习。"

贺朝心态挺好,站在边上像是被老师特意拎出来表扬似的,笑了一声,提示道:"沈捷同学,坦诚一点,你看着我的眼睛,再好好回忆回忆。"

谢俞靠着墙站,他昨天晚上睡得不是很好,早习也没补觉,现在在办公室里站了一会儿才觉得困,不动声色地往后靠。

办公室里,各科课代表抱着作业进进出出。

大家都在报备作业情况——谁的作业没交,谁的试卷落在家里忘记带了。

最格格不入的就是他们三个,周一早习刚过就在这里挨训。

"老师,我真的知道错了,我不该没经受住游戏对我的诱惑,"沈捷虽然没想到自己能倒霉到这种程度,但还是乖乖认错道,"我一定改过自新,重新做人,在今后的日子里戒掉游戏,好好学习……"

趁沈捷在那边低头认错的空当,谢俞偷偷碰了碰贺朝的手背,半眯着眼睛问他:"知道什么答案?"

贺朝听到这句,侧头看他。

$$r=a(1-\sin\Theta)$$

他一直很喜欢谢俞穿校服的样子，虽然二中校服平淡无奇，刚发下来的时候甚至被所有人嫌弃，谁要能逮到机会不穿校服，那一天都觉得自信心飙升，走路带风。

谢俞穿起校服来不太一样，明明不太规矩的样子，眉眼冷淡又烦躁，分分钟能挝袖子跟人打起来似的，却还是每天都乖乖穿着校服。

"你给的答案，"贺朝低声说，"电影院里，你给我的答案。"

最开始贺朝对成绩好讨老师喜欢这件事情，还没有深刻的感受。

他也不是那种死读书的类型，该玩就玩，热门游戏一样不落，班里捣乱也总有他。

虽然让人头疼，但所有老师提起来夸赞居多："挺好的，有性格。男孩子嘛，现在还小，是野了点……"

明明什么都没变，只是成绩下降了，就变成高一班主任嘴里"带头买答案"的，变成徐霞嘴里的"你这种人"。

加上二磊的事情一直压在他心上，他好像无止境地往下坠一样，见不着底。

他都觉得自己大概真烂透了。

那天谢俞虽然没直接说，但是他这位冷酷无情的同桌，分明用最温柔的方式拉了他一把。不是说成功解开了什么心结，他只是觉得，好像有了很多勇气。

——面对这些，并且跨过去的勇气。

沈捷长达三分钟的忏悔，并没有打动（八）班班主任，他们班班主任也是个暴躁老哥，听完来了一句："感情不够真挚，滚回去写份三千字检讨，缺一个字都不行。"

沈捷痛苦地应了声："好的，强哥。"

然后（八）班班主任大手一挥："行了，先回教室吧，下次再找时间收拾你。"

老唐倒是没说这些千篇一律的话，他忙完手边的事情，把两人带到阳台，沉默一会儿说："你们想过自己想做什么吗？不是说非得学习，有些人好好学习是因为目前还不知道以后想做什么，那就做好手边的事情，做好准备，去等待喜欢的事情在未来出现。有些人知道自己想做什么，所以他们努力，为了走向未来。你们呢，想走到哪里？不管想去哪里，都不能因为不知道，就在地上躺着。"

阳台上风大，几盆花搁在边上晒太阳，老唐那盆叫小翠的多肉也在。他这番话应该也是憋了挺久，看着他们两个人整天无所事事，实在是放不下心。

"行了，也不让你们写检讨了，"老唐叹口气又说，"回去上课吧。"

谢俞走在最前面。

沈捷跟在贺朝身后，一踏出办公室门就跟换个人似的，甩甩头。

087

"朝哥，不解释解释吗？"沈捷跳起来想去勒贺朝的脖子，咬牙威胁道，"你对你兄弟我不感到抱歉吗……"

贺朝笑着任他闹，没想到打个游戏也能殃及他，最厉害的是当时老吴直接就去找（八）班班主任："你们班是不是有个叫沈捷的，叫他别整天在上课时间找我们班贺朝和谢俞两位同学一起打游戏。"

（八）班班主任护犊子："你这话说的，我看是你们班两位同学勾引我们沈捷。"

吴正："你自己看看。请求加入队伍，请求了四五次，你认得字吗？"

两个人就这样吵起来了。

贺朝边说话边避开："解释什么？没什么好解释的。算你倒霉。"

沈捷个子比贺朝矮了快一个头，刚想跳起来接着勒，无意间看到两手插在衣兜里、走到半路停下来、靠在墙边冷眼看着他的谢俞。

他眼底分明写着，你再动一个试试？

沈捷默默把手放下："算我倒霉。我回班了，再见。"

贺朝挥挥手说："走好。"

他说完，又走到谢俞跟前问："怎么停这儿了？"

谢俞沉默一会儿才说："老唐。"

"啊。"贺朝愣了两秒才反应过来，没说话。

老唐来（三）班当班主任之后，（三）班整个氛围都变了，徐霞在的时候大家明显被压着，现在班群里想说什么说什么。

主题是"我的梦想"的那期板报，虽然大部分人的梦想是胡扯的，但老唐还是花心思帮他们每个人都找了行业资料，希望他们能够有个目标。

谢俞想说，人跟人不一样，老唐不是徐霞。

但是他又觉得，贺朝一定是知道的。

最后，谢俞只说："回教室了，朝哥。"

班里，宇宙无敌帅男团被徐静拉着重新排练，谢俞还没进教室就听到他们几个在数节拍，罗文强把水桶腰扭得妖娆多姿，围观的同学都在笑："你们想好上台穿什么了吗？体委，你要不就穿运动会上那套，绝对劲爆。就穿那一次多浪费啊。"

罗文强："住嘴啊，别让静静听见，万一给她开拓出什么新思路。"

离校庆演出的日子越来越近，门口已经提前挂好横幅。这帮人除了练舞，最想知道的就是其他班出什么节目，想了解一下对手的实力。

万达为此跑遍了整个高二年级，不出三天就拟出来一份比校方节目单还要详细的节目单。

"（七）班也是跳舞，衣服特别帅，"课间，几个人拿着那张单子围在后排，谢俞趴着睡觉，刘存浩就坐在他对面的空位上吐槽，"穿西装，衣冠禽兽。"

谢俞睡不着，趴着，半睁着眼。

贺朝心里某个念头了动："我觉得我们得有点创意。"

徐静也在看单子，低着头问："你说，什么创意？"

"比如，"贺朝顿了顿，"黑指甲油什么的！"

万达刚才还在讲述自己为班级作出的巨大贡献，自己说着都差点感动哭，说是为了节目单差点死在（七）班，刚进去就被一群人围住。

贺朝那句"黑指甲油"一出，万达直接后退两步，脚步踉跄，他拉着刘存浩说："兄弟们快撤！"

刘存浩差点没站稳，整个人直接跳起来，起身的时候把椅子也带翻了："撤撤撤，赶紧跑！"

贺朝察觉到谢俞整个人僵了僵，然后他看到谢俞支起身子，缓慢地说："你找死？"

谢俞黑指甲油的事情无人不知无人不晓。

虽然刘存浩他们也不知道具体是怎么回事，但高二入学那天，谢俞上台作的自我介绍就是不涂黑指甲油，反正听起来不是什么令人愉快的话题。

"他们俩真是，"刘存浩他们安全撤离战斗区域，从教室后排跑到讲台，喘了口气，"整天就知道动手动脚。"

万达说："动手动脚这个词用得不错。"

罗文强看着摇了摇头："伤风败俗。"

许晴晴："不堪入目。"

万达："无法直视。"

贺朝对谢俞的脾气摸得挺透，他就是看着硬，只要顺着捋，不出三分钟就能把这臭脾气顺下去。结果刚顺下去的脾气，又被徐静的一句话激起来了："其实我觉得，这个提议不错啊……"

他们排的这个舞，曲风比较冷酷，加上些其他元素，走走阴暗风也挺合适。

徐静越想越觉得这个方案可行。

罗文强本来看他们俩打完了，从讲台上下来，听到这句又连忙退回去："静静，你是认真的吗？"

谢俞正单手把椅子扶正，听到这句，抬头看了徐静一眼。

那一眼看得徐静背后发凉。

徐静还真没放弃，第二天带了瓶指甲油过来，又不敢递到后排，坐在许晴晴边上忐忑地问："你觉得怎么样？我应该采取什么样的开场白，俞哥才会给我活下去的机会？"

许晴晴边收作业边说："我觉得世界上不存在这种开场白。"

徐静失望地叹了口气。

倒是贺朝从外面回来，经过第三排的时候顺手抽了两张许晴晴摆在桌角的餐巾纸，边擦手边问："文委，你拿的是什么？"

"指甲油，"徐静说，"黑的。"

贺朝接过来，拧开盖看了一眼，顿了顿又说："借我一会儿。"

谢俞早自习补觉，趴着眯了一会儿没睡着，英语老师带着他们念词汇手册的声音太大，而且这群人都没念在一个频率上，刚开始还挺齐，翻页之后越来越乱，有快有慢。

他闭着眼，感觉到贺朝轻轻地碰了碰他的手。

然后一阵有点刺鼻的味道飘过来。

谢俞睁开眼，看到贺朝仔仔细细地在往他指甲盖上涂东西……

贺朝就是想看看传说中的黑指甲油杀手到底是什么样，结果涂完半只手，发现视觉冲击实在有点大。

谢俞指甲修得很干净，手指细长，骨节分明。涂上黑色指甲油，衬得整只手白到近乎病态。

"擦了，"谢俞忍着没发火，又补充道，"给你三秒钟。"

等谢俞说完，贺朝才回神，用刚才擦手的那团纸巾，胡乱地把指甲盖上那片黑给抹了："行行行，您消消气……"

距离校庆演出越来越近。

除了紧锣密鼓地排练，重中之重就是琢磨演出服款式，他们前后挑了很多套，徐静甚至请了老唐过来参谋，但是老唐的品位显然跟他们不在一个时代："你们觉得中山装怎么样？"

所有人异口同声："不不不不，不怎么样。"

谢俞对穿什么只有一个要求：正常点。其他都无所谓，直接穿校服上也行。

最后徐静挑来挑去，还是决定穿白衬衫上场，款式百搭，基本不会出错。

由于下单下得晚，等快递派送到学校的时候，离校庆只剩下两天时间。

"人都还没走吧？"放学铃响没多久，罗文强抱着个纸箱子从门卫室回来，"快快快，按着码数把自己的衣服拿走，回家试去，有不合身的明天再说。"

谢俞回到寝室，直接把衣服扔在床上，洗过澡才盯着那套衣服看了一会儿，然后把它从透明包装袋里拿了出来。

衣服款式简单，看着偏大。

贺朝敲门的时候，谢俞刚把毛衣脱下来，还没来得及穿上衬衫。

刚才晚自习的时候，贺朝说昨晚做了一套挺有意思的试卷，等会儿回去拿给谢俞看看，谢俞知道他要来，就没锁门。

贺朝屈起手指敲了两下，也没在意，直接推开，哪料入目就是男孩子裸露的脊背。

谢俞刚洗完澡，头发没擦干，看起来湿漉漉的。

他只看到两眼，谢俞已经把衬衫套上了。

"你那件呢，"谢俞边说边把衣服纽扣扣上，"试过了吗？"

贺朝差点都忘了他是过来借作业的："还没，等会儿再说……晴哥那张英语试卷在不在你这儿？"

次日一早。

谢俞跟贺朝两个人前后进教室，徐静看到这两人出现，连英语单词都不背了，连忙过来问衣服合不合身："衬衫怎么样？"

"衣服啊，"贺朝说，"挺合身的。"

昨天留的作业还没写，谢俞摊开作业本打算抄两道题。

衣服合身是再好不过，马上就是校庆，不合适也没时间换，徐静放下一半心，又问谢俞："俞哥，你呢？"

谢俞还没说话，贺朝就说："他也合身。"

徐静心说奇怪了，衣服合不合身你怎么知道。

091

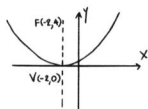

朝俞

ZHAOYU

第九章

二中校庆那天，学校里拉满了横幅，通告栏贴着海报，红艳艳的一片，相当喜庆，上面写着：热烈祝贺立阳二中建校六十七周年。

校门口还精心挂了彩带。

学生会的人前几天就开始布置大礼堂，布置得差不多之后就专心准备下午的彩排。

这天全校所有老师都穿起了正装。

老唐本来就算不上年轻，偏偏审美比同龄人还要老上几岁，对老式布鞋情有独钟。现在穿上正装，总算把审美拉到同龄人水平，整个人看起来精神许多。

但老唐看起来还是有点不太自在，站在讲台上，时不时抬手扯两下领带。

"徐静在群里说中午吃完饭去礼堂彩排，"贺朝拿笔戳了戳谢俞，问，"你动作还记得吗？"

谢俞侧头枕在胳膊上看他："记得。"

贺朝抬手，动作相当自然地揉了一把他的头发："你这话我怎么不太信？"

谢俞排练的积极性不高，大部分时间冷着脸随便跟着动弹两下，徐静连跳舞跟跳大神一样的罗文强都不担心，就担心谢俞到时候动作跟不上。

谢俞只是觉得既然都会了，一遍遍排有点烦："你爱信不信。"

姜主任今天难得煽情，在广播里给全校师生读了一遍二中校史，简单回顾这六十多年来的每一个脚印，最后说："其实我们二中校史，最重要的组成部分不是多光辉的丰功伟绩，也不是多优越的师资力量，而是你们这一届又一届，在二中度过三年高中时光的孩子们。"

广播里姜主任唠叨个没完，谢俞听得头疼，随手翻开漫画。

这套漫画还是万达从家里带过来的，一共十册，热血高校题材，在教室里疯传了几天，全班男生你一册我一册轮着看。

前天罗文强偷偷在数学课上看，被老吴收走，还被罚了十道数学题。这帮人心痒难

092

耐,打算趁老吴不注意,偷偷潜进老师办公室里拿回来。

"老谢,你是不是男人?"贺朝想拉着他一起去,但谢俞不是很感兴趣,于是贺朝想激他,"你是不是怕了?"

谢俞:"我怕什么?"

结果他们跟着万达在办公室门口晃了好几圈,看到老吴翻开了那本漫画,一看就是一个课间,根本不给他们下手的机会。

谢俞没翻两页,就听到贺朝在边上扬声道:"老师您今天……玉树临风,英俊潇洒,一下年轻十几岁,特别帅。"

刘存浩领会过来,跟着说:"简直就是二中郭富城。"

好话都让他们给说完了,罗文强只能说:"反正就一个字,帅!"

全班都笑起来,拍手附和。

老唐不太好意思地摸了摸头顶:"瞎说什么。"

老唐说完,把手搁在讲桌边,没再扯领带。

谢俞盯着在椅子上摇晃、看上去没个正形的贺朝。

快入冬了,一部分怕冷的同学已经穿上冬装,这人依旧穿得单薄,看起来却跟个火炉似的。

之前刘存浩随口提过,要是他不当班长,班里最适合当班长的人应该就是贺朝。

是挺适合。

这人看着不守规矩,其实只是不显山不露水而已。

校庆晚会安排在放学之后,也就是平时上晚自习的时间。参加彩排的同学中午就得过去,吃过午饭,刘存浩弯腰把演出服从桌肚里拿出来:"那我们岂不是顺理成章地逃了半天课,美滋滋啊。"

"别美滋滋了,"徐静和许晴晴两个人拿了衣服,手挽着手说,"赶紧把衣服换上,换完在楼梯口集合。"

教室里换衣服肯定不方便,光着膀子影响不好,他们只能去厕所隔间。

一共就六个隔间,刘存浩他们跑进去一人占一个,动作奇快,就像慢一步赶不上吃口热乎乎的似的,最后剩下来的就只有最里面那个。

罗文强成功占了倒数第二个,边锁门边说:"对不住了,朝哥、俞哥,你俩就挤挤吧。"

谢俞拿着衣服，站在厕所门口，很想把罗文强揍一顿。

"走，"贺朝笑着去勾谢俞的肩，"挤挤？"

隔间太小，两个人站在里面一动不动都能碰上，更何况还得脱衣服。

贺朝动作快，三两下把上衣脱了，谢俞刚把外套拉链拉下去，胳膊肘就不小心碰到了贺朝的腰。男孩子身材精瘦，腹肌看着并不夸张，十八九岁独有的青涩。

"你让让，"谢俞顿了顿，又说，"滚边上点。"

刘存浩他们换着衣服也不忘闲聊，聊到那本热血漫画，扯着嗓子说："我看到第五册了，六在谁那儿？"

"六已经不存在了。"

"在老吴手上。"

"你们还没偷回来？"

"怎么偷？你倒是告诉我怎么偷！老吴每个课间都在看，现在还没看完！"

除开在隔间里换衣服的，外面进进出出的人也不少。

谢俞穿好衬衫，三两下套上裤子，再抬头的时候贺朝正靠着门板盯着他看："怎么？"

贺朝已经换好了，白衬衫穿在他身上有点不经意间流露出来的痞气，最上面三颗扣子都没扣上，大刺刺地敞着。

"等你啊。"贺朝说。

谢俞边穿衣服边说："你穿完了不会先开门出去？"

说好抓紧时间，换好之后在楼梯口集合，许晴晴她们女孩子换衣服比较慢，磨蹭了一会儿。等她们换好衣服出来，那帮男生在楼梯口等了五六分钟。

罗文强、万达他们几个故意站在靠近走廊的地方，站成一排，认认真真地"凹"着姿势。罗文强单手插在裤子口袋里，刘存浩环着胸，表情冷酷，眼神迷离。

徐静看了一眼直接越过这帮"神经病"，去找（三）班的两位"门面"。

两位"门面"倒是低调，并肩坐在楼梯上。

谢俞屈着腿，下身那条低腰破洞牛仔裤显得双腿笔直修长，很明显能看到膝盖处露出来的大片肌肤，白得晃眼睛。

徐静看得愣了几秒。

贺朝手里举着手机，另一只手勾着谢俞的脖子，看样子是想跟他拍照，谢俞显然不大乐意，对着镜头没什么表情。

这人拍照技术不怎么样，角度选得也奇怪。要不是两个人颜值过硬，简直就是车祸现场。

偏偏贺朝还特别自信："怎么样？看我这构图。"

"构的什么玩意儿？"谢俞起身说，"你醒醒，现实一点。"

学校大礼堂使用的次数不多，除了这种校庆表演之外，召集学生开年级大会时才会用到。

舞台上铺着木地板，两边是暗红色幕布。从台上往下面看，是一排排绵延不绝的座椅。

去的时候刘存浩他们嘴上还硬得不行，说要吊打其他班，结果一站上舞台，直接腿软。

罗文强："我以前怎么没发现我们学校礼堂那么大？"

刘存浩："台下坐这么多人的吗？"

万达："有没有人想去尿尿？"

"你们怂不怂？"贺朝站在最中间，说话的时候开玩笑地轻轻踹了罗文强一脚，"刚才来的时候怎么说的？"

"宇宙无敌怂男团"的代表罗文强："我们怂。"

谢俞虽然排练的时候参与得少，但整场彩排下来动作都没有出过差错。男孩子在舞台上跳动的时候，哪怕动作不够标准，不用灯光师打灯效，自己也会发出耀眼的光。

跟贺朝充满表演欲的张扬不同，谢俞不太想表现自己，但架不住别人往他身上看。

一看就挪不开眼。

徐静跳完，随着最后一个音落下，心里那块石头也落了下去，心说这次肯定稳了。

傍晚六点，观众陆陆续续进场，空荡荡的礼堂里热闹起来。

第一排坐着校领导，桌子上摆着带有名字和职称的席卡。

两位主持人说完一长串开场白之后，才开始报节目："接下来有请高一（一）班的同学为我们带来诗朗诵《我的学校》，掌声欢迎。"

表演节目的同学都被安排坐在第一排，方便等会儿上台。

诗朗诵没什么看点，谢俞听到后面，扭头问："我们班在第几个？"

朝俞

ZHAOYU

"没看节目单？在（二）班后面，第八个。"

"没注意看。"

说话间，诗朗诵最后一句念完，台上两位女生冲台下弯腰鞠躬，然后整个礼堂的灯全部熄灭。几秒钟后再缓缓亮起的时候，诗朗诵的那两位已经下了台，台上站着的是两位盛装出席的主持人："非常感谢（一）班带给我们的精彩表演，在这个特殊的日子里，相信大家的心情跟我一样激动……"

高二（二）班节目是小品，逗得全场捧腹大笑，正好把谢俞吵醒。

"到我们了，"徐静从排头挨个传话过去，"准备一下，别紧张。"

罗文强紧张到眼睛一眨不眨地盯着舞台，每个节目都没落下，扭头要把话往后边传的时候，看到坐在他右手边的谢俞还在揉眼睛，挺困倦的样子，佩服道："到我们了——俞哥，你也太淡定了。"

之前就有传闻说（三）班两位"门面"要上台，为此学校里的学生们都在高呼"值了，有生之年要是能看上一眼，真的值了"。

"高二（三）班，舞蹈。"

主持人刚说完这句，（三）班全体在台下欢呼，音浪从后排传递到前面："哦——"

有几个人带头尖叫，周围环绕着观众的那几排灯逐渐暗下去，从排头开始，熄灭至排尾。

只留下舞台上数十盏聚光灯，从各个角度直直地照下来，亮得晃眼睛。

"深呼吸，"贺朝起身说，"体委，你整个人都在抖，怕什么？"

罗文强深呼吸两下，还是哆嗦："我不行，我……"

"男人别说自己不行。"

"可我真的……"

罗文强后半句话还没说全，就听到谢俞说："不然打一顿，冷静冷静？"

谢俞刚好在整理袖口，头也没抬，把袖口往上折了一点。

罗文强相信这位不是在开玩笑，他是真的把"打一顿"当成最佳解决方案，如果一顿不行，那就两顿。

"不用了俞哥，谢谢你，"罗文强瞬间感觉自己手不哆嗦了，求生欲让他冷静下来，"我相信我可以的。"

096

徐静带头，和许晴晴两个人把头发扎成高高的马尾辫，发型简单，甚至还有点帅气。两人中午在厕所里偷偷改了造型，把衬衫下摆塞进裤子里，想显得腿更长。

一群人浩浩荡荡，气势很足地沿着侧面台阶往舞台上走。

谢俞走在最后，没跟他们挤台阶，估摸着舞台不算太高，于是单手撑着舞台地板，干脆利落地翻了上去。

台下观众被这个简单却堪称嚣张的动作点燃了，不光是（三）班同学扯着嗓子瞎叫唤，整个礼堂都爆发出一阵尖叫声。

坐在前排的几个低年级女生没亲眼见过传说中的两位，名字和脸对不上号："啊，那个是不是……"

"西楼谢俞。"

东西两楼当年隔着条长廊，井水不犯河水。高二之后这两位传说中的"小霸王"也没再闹出点什么事。

现在两个人并肩站在台上，站在聚光灯下，整个人都被镀上一层光，极其惹眼。

贺朝不笑的时候看起来很有距离感，跟平时散漫的模样不太一样，倒是挺符合他们对"小霸王"的想象。

音乐前奏响起，全场沸腾。

贺朝站在舞台中央，其他人围着他蹲下，单手撑地，做开场动作。

灯暗下去几盏。

他抬起手，手臂高举过头顶，跟着前奏电音旋律和强硬猛烈的鼓点，手指屈起，散漫地在空气里比画了个"三"。

贺朝气势很足，不过动动手的工夫，就把整个场子撑了起来。

全场视线都汇聚在他身上。衬衫袖口顺着这个姿势往下滑落了一截，露出骨节分明的手腕，上头那圈红绳格外醒目。等下一声鼓点响起，贺朝又把无名指压了下去，变了个手势。

第三声鼓点落下，所有人向周围散开，换了队形。

"虽然帅吧，但是怎么有点傻？"

（三）班同学又是激动，又觉得一股难以名状的羞耻涌上心头："得亏是朝哥，这动作换了别人我都不敢看，臭嘚瑟。"

贺朝平时戏就多，再羞耻也比不上运动会那次，还没过终点线就直接带着他们喊谁是第一。

他们几个人里只有徐静学过舞蹈，剩下的都是半吊子，虽然这么多天下来把动作记熟了，但做出来还是不太到位。

但最打动人的就是这样一份生涩。

谢俞上场前还说"紧张个头，笨蛋才紧张"，但不知道是不是舞蹈动作幅度太大，身上出乎意料地热了起来，从头到脚，越来越热。

耳边是台下夸张的尖叫声。

明明台下漆黑一片，看过去却好像自动上了层颜色。

（三）班同学不知道是谁做了应援牌，上面用红色荧光笔写着：（三）班最帅! 朝哥无敌! 第一属于（三）班!

短短五分钟表演时间。

老唐全程举着手机，眼睛都快不知道看哪儿了——想看台上就顾不上手机拍摄，生怕镜头歪到其他地方去。

跳到搂腰那段时，台下尖叫声此起彼伏，贺朝完全忘了上台前徐静千叮咛万嘱咐的"不要笑，要冷酷"，嘴角扬起一点笑意。

最后一个动作完成，音乐也戛然而止。

舞台上所有灯熄灭。

为了看上去更流畅，每个节目表演完转场的时候，整个礼堂都会暗下去几秒，方便表演人员撤离，也方便主持人从幕布后面走出来。

台下一片喧嚣。

"他们好帅!"

"你刚才录了吗? 我想再看一遍!"

"录了录了，等会儿啊!"

············

"感谢高二（三）班同学带来的舞蹈表演，这支舞非常帅气，大家的反应也相当热烈。"礼堂灯亮，主持人已经从幕后走出，站在舞台中央，"接下来让我们平复一下心情，欣赏高二（八）班的同学带来的小品——《超级学生》。"

"这是沈捷他们班，"贺朝刚才跟着从舞台上直接往台下跳，跑到座位席区域的时候正好灯亮，前后相差不超过两秒钟，现在坐在位置上还有点惊魂未定，他缓了缓才说，

"彩排的时候我看了点，特别逗，改编了一个选秀节目……"

谢俞张张嘴："我怎么没看到他们彩排？"

"你能看到什么？"贺朝说，"不是睡觉就是打游戏，往边上一坐，学生会都不敢跟你搭话。"

谢俞轻轻地"啊"了一声，又说："所以你们聊得挺开心。"

中午彩排的时候，那帮学姐就一直围绕着贺朝，讲了一堆注意事项，从舞台站位到怎么离场，徐静这个主领舞以及刘存浩这个班长倒是在边上干站着。

舞台上，沈捷他们正在火速搬凳子，布置场景，除了三个当"评委导师"的学生身上套了件西服外套，其他人还是穿校服。

沈捷他们班的小品确实挺逗，一开场就是三个评委老师背对着选手，那位选手上来就介绍自己："各位评委老师好，我是来自高二（八）班的小蔡，这次参加超级学生评选，我的梦想就是让大家都感受到学习的魅力，我给大家带来的节目是一分钟背三十个英语单词。"

"这个好，"评委老师蠢蠢欲动，想转身，"我觉得这个很不错！"

贺朝手抵在嘴角，乐不可支。

等身上那阵热气过去，谢俞才感觉到身上只穿了件衬衫，有点冷。

老唐来的时候从教室把他们的校服外套都带了过来，在每个人衣服上贴个小标签，仔仔细细标注了姓名，让人从后面绕过去给他们送衣服。

那个男生弯着腰，扛着一堆衣服蹲在边上说："哎，传过去，都认领一下，看标签啊，写名字了。"

"传一下，"徐静边传边翻标签，扭头说，"这件是朝哥的。"

刘存浩接过，递给罗文强。

罗文强拍了拍谢俞的肩，谢俞刚接过来，贺朝就说："我不冷，你先穿。"

贺朝确实不怎么怕冷，倒是谢俞，他刚才无意间碰了碰，发现谢俞手都是凉的。

谢俞把贺朝那件校服穿上，衣服稍大一号，穿起来松松垮垮的，袖口正好到手背。

"体委，你的衣服，"许晴晴翻到自己的那件之后，顺便把罗文强的扔了过去，"接着。"

刘存浩侧了侧身，差点被许晴晴这一下砸中："晴哥，你能不能学学静静，人家多温柔。你呢，你想砸死谁？"

许晴晴又砸过去一件。

等最后一个节目表演完，主持人在台上念了一串长长的谢幕词，校领导挨个上台："今天，是我们立阳二中的特殊日子，对在座的各位学生来说，也是一个特别的日子……"

校庆过去不到一周，由于的出色的表演，这两个人在学校的名声也越来越大。

谢俞中午想睡一会儿，刚合上眼没多久，又睁开，目光扫过前排，越过罗文强的后脑勺，落在窗外走廊上，低声念了一句："有完没完。"

本来（三）班门口就总是有几个女生晃来晃去，现在都不能按个算，几乎每节课下课后都能来一个连。

前几天还有胆儿肥的举着手机偷偷拍照，谢俞直接出去让她们删照片，丝毫不留情面。那帮女生吓得手机差点掉地上。

"怎么？"贺朝在纸上演算，算到中途放下笔，侧头看他，"太吵？"

谢俞心说，这傻瓜估计现在都还没意识到，窗外那一个连的女生里有一半是来看他的。

谢俞趴着眨了眨眼睛："你这是什么题？"

贺朝把自己那张草稿纸推过去，然后想起他应该看不懂自己潦草的字迹，解释说："就上午老吴留的那道课后拓展题，我闲着没事随便看看。"

谢俞凑过去，回忆起那道题，才勉强看懂贺朝纸上写的到底是什么。

"不过我觉得这个……"贺朝想说他写的这个思路有点问题，应该有更简便的算法，刚好有人打打闹闹着从后门进来，脚步声越来越近，于是他话锋一转，"这个技能，伤害不太高，不过打配合还行。操作很重要，你再多练一下走位。"

那两位同学有说有笑地从旁边走过，还不小心撞了一下桌角，丝毫没有发现后排那个一本正经聊游戏的家伙有什么不对："不好意思啊，朝哥。"

贺朝面色如常："没事。"

等人走了，谢俞才趴在桌上没忍住笑起来，半张脸埋在臂弯里，越笑越止不住："你是不是有病？"

"笑够了吗？"贺朝说，"你这样嘲笑同桌是不是太好？"

贺朝掩盖实力的本事，这么多年几乎都渗入骨子里了。加上他之前跟着雷骏他们玩过一段时间，对于后进生每天上课怎么混日子，比谁都清楚。

谢俞有时候会忘记身边坐着的这个人，是十分钟内能想出一道压轴题三种解法的

"题王"。

贺朝说完，觉得自己刚才那流畅的操作真的厉害得可以，低头笑了笑，伸手去拿刚才递出去的草稿纸，手刚摸到纸张，却被谢俞抬手按住。

谢俞还是维持刚才那个姿势，只露了双眼睛在外面，不过眼底已经没了笑意，他五根手指按在那张鬼画符似的草稿纸上，问他："那我什么时候可以不用嘲笑我同桌？"

贺朝愣了愣，隔了会儿才反应过来谢俞这话是什么意思。

"你想什么呢？"贺朝笑了笑，"我考虑过了，我要是一下子冲到年级第一，别说老唐，学委都能直接晕过去。"

谢俞松开手。

贺朝把草稿纸拿回去，随手折了两下往数学书里塞。

他装了这么久，从高一入学到现在，一时半会儿还脱不开这个角色。如果一夜之间逆袭了，十有八九会被人当成换了脑子，说都说不清，没准还要被带到医院检查，看看是不是出了什么毛病。

贺朝甚至给自己做了一个励志逆袭的计划，连"期末考先进步二十名"这种细节都琢磨好了。

"不行，不能留你一个人罚站啊，"贺朝盯着谢俞的眼睛说，"而且你一个人打游戏也会无聊，这样想进步二十名好像太多了。啊，就先进步两名好了。"

贺朝说着说着，直接把目标砍掉个零，砍到了个位数。

谢俞轻踹了他一脚，失笑道："两名，你想进步到哪年？"

贺朝刚才那番话说得太自然，以至于谢俞一时间忘记了，明明他每次罚站都是因为被贺朝强行拉下水。

贺朝突然又叫他："老谢。"

谢俞看了他一眼。

"你记不记得我之前玩的那个幼稚游戏？"

谢俞说："你玩过的幼稚游戏可不止一个。"

贺朝被戗了，隔了会儿才说："用自己的方式对她好，不一定是她想要的。"虽然有时候爱就是把能想到的、能给的一切东西都捧出去，固执且一厢情愿。

谢俞听完，没说话。

午休快结束，有人在前排带头拍桌："哎，下节是不是我们的快乐体育课？"

临近期末考，体育课都被其他老师占得差不多了，大家都不抱什么期望，但是今天好像还没听到哪个老师说占了体育课，于是他们又燃起了希望："体委，我们的体育课还健在吗？"

平时对"体育"两个字格外敏感的罗文强，今天被人连喊了两遍名字，这才抬头："健在，健在。"

"说到体育课，那真是一场大戏！"万达来了兴致，坐在位置上跷着腿说，"本来体育课已经让英语老师占了，老唐过去抢课，两个人在办公室差点没吵起来。最后老唐抢赢了，谁知道老唐抢回来之后还是让我们上体育，英语老师差点没被气死。"

当时战况激烈，万达特意回教室拉着他们过去一起听。

谢俞不太乐意："走好，不送。"

万达："真的精彩，你一定不知道咱班老唐还有那么霸道的一面。"

"走，"最后还是贺朝把人拉起来，"去听听。"

结果走到门口他就听到英语老师在喊："我这单元课还没上完，还有这些课后习题我今天必须给他们讲了！"

老唐："孩子们需要运动，身体健康是学习奋斗的基础！"

操场上一共五六个班，同学们跑完两圈就可以自由活动。

体育老师叼着根牙签，蹲在跑道终点等他们，闲着没事干，手里还掐着表："该借器材的就找体委去借。"

体育老师说完，顿了顿又说："薛习生，你口袋里那本英语词汇手册露出来了，能不能尊重一下我？停止学习行不行？这样，你等会儿过来，我跟你打两局羽毛球。"

解散之后，只有薛习生一个人愁眉苦脸，其他人高兴得恨不得飞起来，尤其是罗文强，他帮其他同学借完器材之后就拉着刘存浩他们上篮球场打球。

罗文强边走边说："这还多个球，有人要吗？"

球场上人少，看着挺冷清，谢俞难得来了点兴致，捋起袖子，冲罗文强比了个手势："扔过来。"

罗文强有点惊讶，走出去两步才把球扔过去。

贺朝正好捏着瓶矿泉水从边上小卖部走过来，刚喝了两口盖子还没盖上，看着谢俞运球的模样,扬了扬嘴角:"小朋友,过两招?"

贺朝说着,把瓶盖盖回去,随手往边上扔。

两人一攻一防,没什么规矩地打了几场。

谢俞每个动作都干脆利落,带球过人、罚球线扣篮……一点不拖泥带水,看着相当过瘾。

最后两个人都脱了外套,贺朝里面只穿了件单薄的毛衣,凑近谢俞说了两句话。

然后谢俞反手把球砸了出去。

罗文强在边上做热身运动,压腿压到一半,隐约听到不远处有女生在喊:"手链,看到没有,真的是同款!"

万达用胳膊肘捅了捅罗文强:"上不上?"

罗文强扭头问刘存浩:"上吗,耗子?"

高二(三)班的课表这几天早就已经被人扒了个底朝天,想"偶遇"贺朝和谢俞的就会趁着他们上体育课的时候到操场逛两圈,这两个女生显然就是这个目的。

然而她们俩还没来得及隔着铁网往里头多看几眼,就见篮球场上,三个男生向她们走过来,为首的那个肌肉发达的男生手里还抱着个篮球。

刘存浩咳了一声,打头阵说:"两位妹子,饭可以乱吃,话不能乱说。"

罗文强:"我们班这两位同学,他们是好兄弟!"

万达:"知道好兄弟是什么意思吗?"

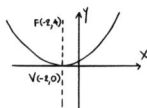

朝俞

ZHAOYU

第十章

谢俞反手把球扔给贺朝,然后两个人对调了位置。

贺朝运了几下球,余光瞥见聚在篮球场场外的几个人。这种天气,罗文强身上只穿了件无袖球衣,手臂肌肉尤为突出。

贺朝看了几眼:"他们?"

谢俞看着贺朝漫不经心的样子,没心思管什么"他们",皱了皱眉说:"认真点。"

"不是,他们围着两个女生干什么……"贺朝话还没说完,就见那两名女生手拉着手从万达边上挤了出去。

两名女生跑得飞快,简直拿出了校运会百米冲刺的速度,看起来很惊慌,跟逃命似的逃进了教学楼。

贺朝没看懂这个故事情节,也想象不出前因后果。

罗文强他们这几个当事人也不太懂。

万达站在原地摸了摸后脑勺:"怎么跑了?"

刘存浩反思了一下:"我们刚才说话态度还可以啊,温和有礼,又没凶她们。"

罗文强觉得心很累,抱着球回篮球场,实在摸不透女生的心思,边走边说:"问题是她们听懂没有啊……"

篮球场上零零散散三四队人。

(三)班占了半个球场,隔壁(四)班的只能拍着球往里面走。

(四)班分了两队人,看样子是要打友谊赛,挺正式,其中有个人脖子上还挂了口哨。

贺朝收回目光,打算认真跟谢俞一对一过几招。

然而他还没来得及把球投出去,就看到斜对面毫无预兆地飞过去一个球,直直地往罗文强那边砸。

罗文强反应快,往边上跨了一步,那球几乎贴着他的脸擦过去,重重地砸在对面的铁丝网上。

"砰——"

球重重地落在橡胶地面上，弹了好几下。

"不好意思，"（四）班队伍里有个男生站在离他们两米远的地方，寸头，说话的时候皮笑肉不笑，双手摊开作无辜状，"手滑。"

说完，他一路小跑，跑到铁丝网边上，弯腰把球捡起来，然后高高举起，手腕发力把球扔回场上："兄弟们接着！"

那队人哄闹一阵。

谢俞对那位皮笑肉不笑寸头的第一印象不太好，俗称看不顺眼，看到罗文强打球打得好好的，却第二次被他"手滑"打断，忍不住停下问："他是谁？会不会打球？手有问题还是脑子有问题？"

谢俞话刚说完，身后又是"砰"的一声。

随即而来的，是罗文强陡然变高的声音："你这人怎么回事？"

几次三番被人打断，脾气再好也忍不住。

"是这样，"那人笑了笑，指指罗文强他们那个篮球架，这才说出了自己的来意，"我们平时都用这个，用习惯了。"

（四）班这节不是体育课，（三）班之前从来没碰见过他们，今天（四）班估计是临时换了课。

敢情把球场当成自己家了。

罗文强一时间不知道该怎么回应，就见一个球猛地砸在了对方后背上，发出一声闷响。

那人回头，看到传说中的"西楼老大"站在两米开外，脸上没什么表情。

"不好意思，"谢俞说，"手滑。"

（四）班那人就是典型的欺软怕硬。

谢俞什么来历他清楚得很，不只是谢俞，还有边上那位靠着篮球架、看起来挺懒散的贺朝，贺朝虽然没说话，但眼神里明显带着警告。

刚才走过来的时候看到他们俩跟班里其他人分开打球，（四）班的人还以为他们之间关系不怎么样。

虽然不爽，但（四）班的人也不敢说什么，最后还是憋着气弯腰把球捡起来，再起身的时候脸上已经挂着一点笑意，把球轻轻拍过去说："你的球。"

105

刘存浩冲谢俞比了个"厉害"的手势。

一直到体育课下课，两个班各打各的，没再有什么摩擦。

等罗文强收运动器材的时候，万达才没忍住说："刚才俞哥简直酷炸了！（四）班那个梁辉……"

谢俞帮忙拿球，闻言挑了挑眉："梁辉？"

万达："就那个手滑的。"

梁辉在年级组里也算出名。

不过他的这种出名，跟他俩不太一样，他只敢在背后搞点小动作，耍完阴招，当面对峙还死不承认。

私下提及，他是什么人大家都心知肚明。

器材室里没什么人，谢俞把球往收纳箱里放，刚放完就听到万达继续八卦："体委不是总想着篮球比赛吗，姜主任说今年不一定有，就是因为他。"

"等会儿，"被万达提醒，贺朝才想起来，打断道，"是那家伙啊！"

高一那场篮球赛最后以闹剧收场，比分作废。

梁辉那队打球怎么脏怎么打。贺朝本来带着班里几个男生报了名，结果初赛还没上场，坐在边上看着都觉得头疼："搞什么？这种队还打什么！"

最后贺朝都懒得上场。

一面之缘，他对梁辉这个人没什么印象，也不知道他叫什么。

老唐替他们争取到了一节体育课，所以下午上语文课的时候全班同学都很捧场，看上去跟上公开课一样："老师，这题我会，我来回答！"

"这段文言文我会背！"

"我！"

老唐都不太好意思："你们这样，我不太适应。"

"不用慌、不用慌。老师，我们上课就是这么积极主动。"

"行了，我再提一下，"老唐摇摇头，笑了笑说，"离期末考就剩下两周时间，大家也不要有什么心理压力，注意复习方法。整理错题很重要，把各科错题多看几遍……"

期末考临近。

平时大家没别的娱乐时间，就一周两三节体育课，还都是老唐费尽口舌从各

$r=a(1-\sin\theta)$

科老师手底下抢过来的。那些老师虽然抢课抢不过老唐，但也不甘心就这样放弃，给（三）班同学留的回家作业越来越多。光数学试卷就留了两套，所有科目作业加起来，厚厚的一摞。

谢俞洗过澡，穿过走廊，走到贺朝寝室门口推开门进去的时候，那一摞作业，贺朝已经刷得只剩下一套数学试卷。

这人做题快，大部分题目都只在边上打了个钩，圈了选项。大题更敷衍，打了点草稿，答案特别潦草地混在草稿里。

谢俞带了支笔过来，单手擦头发，黑色水笔捏在另一只手里，他随手往贺朝桌面扔，语气不太好地问："哪套？"

贺朝停下来，连人带椅子往后退了退，转过去，侧身看他："模拟卷A，倒数第二题。"

谢俞走过去，低头看了一眼题目。

他刚才洗澡洗到一半，这人一通电话打过来，问他数学作业做了没，说有道题有点意思。

这题前面老吴特意打了个星号，让他们有时间可以看看，做不出来也不必强求，最重要的是感受一下题型。

"打个赌，五分钟？"

谢俞："赌什么？"

两个人都没想好，但赌了再说。

谢俞直接坐在贺朝床上，顺手撕下一页草稿纸。

窗外夜色如水。

窗户半开着，风从窗户缝里钻进来。

贺朝把挂在椅背上的外套递过去，想到上次他们俩比赛做题的场景，开玩笑说："让你一分钟？"

谢俞抬眼说："你很嚣张啊。"

手机计时器上的数字不断跳动。

时间一分一秒过去。

这道题题型新颖，难度虽然不算大，但重点在突破固有思路，五分钟时间还是太短，等计时器停止不动的时候，两人都还没算出最终答案。

不过贺朝心算快，在谢俞最后那个步骤基础上，又往下走了两步。

107

"小朋友,"贺朝扔了笔,侧头看他,"愿赌服输。"

谢俞低着头,手上没停,把最后答案算了出来,才说:"赌什么?"

"我想想,"贺朝心里一下转过很多念头,最后只说,"叫声哥就放你走。"

已经入冬,A市冬天虽然不怎么下雪,但湿冷的空气还是止不住地往毛衣里钻。

谢俞放下笔,身上还披着贺朝刚才递过来的那件外套,抬眼看他,似笑非笑说:"你要求这么低?"

说完,还不等贺朝回话,谢俞又毫无负担地叫了声"哥"。

他这两天着了凉,上回打完篮球出了一身汗,脱得只剩下里头那件单薄的打底衫,在篮球场上吹了半节课的风。

他现在说话的时候尾音略哑,还带着几分不经意的散漫。

"我走了,哥。"谢俞说完起身往外走,结果又折回来,"忘带钥匙,门锁了。"

虽然二中在寄宿方面照顾学生的意愿,想换寝室交张申请书,不出三天就能办下来,但是谢俞跟贺朝两个人的情况不一样。

之前他们还顾虑自己寝室里那堆课外辅导书、真题试卷,心说两人要是搬到一起住,难道半夜偷偷爬起来做题不成?现在没了这层顾虑,两人也动过换寝室住一起的念头。

然而姜主任收到申请书,气得一个头两个大,敲着办公桌喊:"你们俩,想干什么——是不是打算天天玩游戏玩到半夜?就你们这点小伎俩,我看得多了!"

贺朝尝试着为自己辩解:"其实我们打算好好学习……"

姜主任直接把申请书往垃圾桶里扔:"少放屁,想都别想,这事没得商量。赶紧滚回去上课。"

强行挤在一张单人床上睡的后果就是谢俞第二天起来浑身都疼,又被姜主任的广播吵醒,烦躁得差点直接把贺朝从床上端下去。

作业太多,校门刚开没多久,万达他们已经到了教室,边啃早点边互相"交流"作业。

万达抄作业抄到一半,敏锐地听到有人推门进来的声音,抬起了眼帘,先是松了口气,然后目光又停住不动了,嘴里咬着小半截油条说:"早啊,俞哥……你怎么了,腰疼?"

谢俞心情不太好，头也有点晕，直接往后排走："不是。"

"哎，别翻，"万达再度低头，发现刘存浩那本数学练习册已经被罗文强翻过去一页，"我还没抄完呢，你等会儿。"

两个人相安无事地抄了一会儿，万达抄得认真，拿早饭的时候头也不抬，随便摸。半晌，罗文强终于忍无可忍："你能不能别吃我的包子？"

万达把嘴里最后那口咽下去："我就说总觉得哪里不太对劲，我明明没买牛肉馅的……"

贺朝带了个水杯，在后面接水，听到这段对话没忍住，笑出了声。

笑着笑着贺朝想起来之前体育课上堪称诡异的一幕，随口问："你们上次围着两个女同学干什么呢？"

万达咀嚼的动作顿了顿。

罗文强抄到一半，停下来，跟万达对视两秒……

贺朝本来没当回事，也就随口一问，没想到这两个人反应不太对劲。他接完热水，把水杯往谢俞手里塞，又说："看你们这表情，有情况？"

罗文强紧张得舌头都捋不直了："没没……没情况！"

反正刘存浩不在场，万达灵机一动，直接把烂摊子往班长身上推："是……是这样，耗子之前不是参加过学生会嘛，学生会里有点事情找他。"

罗文强松口气，偷偷冲万达竖了个大拇指："厉害啊。"

听上去倒也合情合理，贺朝没再问。

谢俞拿着贺朝塞过来的那杯热水，手半缩在袖子里，露在外面的半截手指被冻得微微泛红，碰在杯壁上，问他："给我干什么？"

"能不能上点心，"贺朝叹口气，"感冒了不知道？下回打球你再脱外套试试！"

谢俞这两天确实不太舒服，也没在意，以为只是普通的着凉，小毛病而已。被贺朝这样一说，他捧着热水愣了一会儿。

在周大雷眼里，谢俞是个发着烧还能拎着棍子跟他出去干架的人。

有一回，谢俞发烧，顾女士让他吃完退烧药就躺下睡一会儿。周大雷不知道情况，过来敲门："打架去？隔壁街那家伙……"

周大雷还挺高兴地说："走啊，去我家摊子上喝几杯。"谢俞回绝的时候嗓子哑得不行，周大雷这才看出来不对劲，再一摸他额头，滚烫。

不算多大事。但正是这种他自己都没留意到的小细节，却有人将它放在心上。

手被一点点焐热了。谢俞自己都没有察觉到，随着慢慢上升的温度，本来烦躁的心情也逐渐变得明朗。

教室里人已经来了一大半，几乎都在抄作业，不抄作业的也忍不住对对答案，顺手改几道题。许晴晴过来收作业的时候，贺朝才刚开始补作业。

"朝哥，你又没写，"许晴晴见怪不怪，抱着作业站在边上边观摩边说，"人家都交一套试卷，你交半套。你还不如像俞哥那样干脆不交呢……这你也能填空，都没个上文，你选什么答案啊？"

贺朝胳膊底下压着的，是好不容易才从桌肚里翻出来的半套期末模拟卷。就算整篇阅读文章都印在了另外一张不知所终的试卷上，也丝毫不影响他答题。

贺朝说："做题，全凭感觉。感觉对了就行。"

许晴晴："我只感觉到你要完，英语老师不会放过你。"

随着一套接一套的各科模拟卷，同学们终于迎来了期末。

二中门口美食一条街飘着各种横幅，状元楼趁着期末考这个机会，又大张旗鼓地搞起了"全场八折"活动。

——喜迎期末，热烈欢庆二中考生参加期末考试，考试期间全场八折！

"状元楼，太过分了。"

"考试虽然痛苦，但考完就可以享受快乐假期，"刘存浩边指挥大家搬桌椅边说，"这样想想是不是轻松一点？"

谢俞得把桌椅并到左边那排去，刚拖着椅子走了没几步，看到有个女生在前面搬得很费力。

她桌肚里塞得满满的，全是书和资料，推起来太重，动作慢了又挡到后面要挪位置的人。

贺朝就准备了一支水笔，坐在第一组最后，把笔捏在指间转着，侧头看到他同桌帮人把桌椅从排头搬到了后面。

谢俞看上去还是那副样子，本来天气就冷，看他一眼莫名感觉周遭温度又降下去几度，导致那位同班女生一度怀疑谢俞是不是不爽她搬得太慢。

"这儿？"谢俞停下问。

"是……是的，谢谢你。"

贺朝看着看着，嘴角没忍住，一点点往上扬。

谢俞坐下之后才发现这人在盯着他看，不知道在笑什么，他隔空冲贺朝比了个口型：你有什么问题？

期末考试总共考了三天。

每个考场里氛围都很紧张，最后一个考场除外。

"后进生聚集地"还是那些老面孔，作弊考高分的也没用，照样被姜主任一棒子打回来。他们看上去个个都跟世外高人似的，心理素质极强，有说有笑。

也有比较在意成绩的，趁监考老师还没来，站出来动员："能不能过个好年，就看这次考试！

"在场的各位，我们虽然是年级倒数三十名，但也不能放弃希望，大家齐心协力，会一题是一题，只要我们把智慧凝聚在一起，传递到教室的每个角落……"

这帮把作弊说成传递智慧的考生，传来传去也就那样，虽然小字条整个考场乱飞，但他们的实力其实相差无几。

谢俞看了贺朝的答卷，几场考下来，贺朝确实把各科分数不动声色地往上拉了点。

这次期末考试总体来说加大了难度，比往年出的考卷都难，尤其是数学后面几道大题，不太好拿分，"后进生聚集地"根本没有智慧可以凝聚。

刚开始小字条还到处乱飞，很快便偃旗息鼓。

趁监考老师背过身观察图书角的空当，有人开始窃窃私语："怎么不传了？"

"传什么？不会啊！"

"太难了！让我记住这个出卷人的名字——吴正！"

周遭怨声载道，谢俞手里捏着笔，把所有题目都扫得差不多了，又把那张写满正确答案的草稿纸折起来，刚折到一半，就听身后那个傻瓜也跟着他们附和："真的难。"

贺朝没做几道题，早就放了笔，坐在角落里，看着没什么精神。他身上没穿校服，单手撑着下巴，又冲边上那位兄弟说了句："题目都看不懂。"

他还演上瘾了。

谢俞不动声色往后靠，手从桌子底下伸下去，屈起手指在贺朝桌底敲了敲："戏收一收。"

这人刚才考到一半还传字条给他，上面很嚣张地写着三个字：太简单。后来字条的话题就变了，开始聊假期怎么过。

阴天，天边昏暗的云仿佛要压下来似的。最后一门考试，所有人又疲惫又紧张。

姜主任的广播带点杂音，平时他们听到他的声音只觉得头疼，现在听着，竟意外地觉得焦虑的心情被安抚了。"距离考试结束还有十分钟，请各位考生注意答题时间。"

监考老师从边上那组晃过来，嘴里哼着小曲，边走边望了一眼窗外。

这回不是老唐监考。这位老师管得松，睁只眼闭只眼，没怎么管，估计想着就算让这帮人面对面交流，他们也抄不到什么。

十分钟很快过去，收卷铃响。

谢俞手里握着笔，盯着那张分数控在平均分以下的答卷，走了一会儿神。

这几天顾女士每天晚上都会给他打电话，又怕他有压力，又忍不住问他复习得怎么样。

"妈也不求你考试成绩能有多好，尽力就行，不然以后后悔的还是你自己。"

耳边明明是监考老师来回踱步的声音，谢俞却仿佛听到顾女士在叹气，她叹完气缓了缓又对他说："考完想吃点什么？把该带的东西都整理好……"

直到贺朝拍了拍他，把试卷从后往前传，他才把笔放下。

谢俞手里捏着试卷，有种说不出的烦躁。

半晌，他暗暗吐出一口气，把试卷传了上去。

考完，全场欢呼，边上有人边收拾东西边问："朝哥，感觉怎么样？"

贺朝没什么要收拾的，单手插在衣兜里，半坐在课桌上等谢俞，笑了笑说："我感觉挺好，尤其刚才那门，做起来得心应手，应该能有二十分。"

那人被"二十分"震了震，一时间不知道说什么。

谢俞把刚才那张草稿纸往垃圾桶里扔，扔完直接抬脚轻踹在贺朝坐的那张课桌桌脚上："走了，二十分。"

顾雪岚这次说什么也要来学校接他，谢俞站在楼梯转角接电话，拒绝了几次都没用，抬手按了按额角，不自觉地加重语气："真不用，我自己回去就行，对面走两步就是车站，也没多少东西。"

走廊上人来人往，顾女士的说话声被压下去大半，但谢俞还是清清楚楚地听到对面沉默了几秒。

紧接着，顾女士几乎小心翼翼地说："我把车停你们学校旁边？"

谢俞几根手指紧了紧，话到嘴边，绕了半个圈，最后变成："知道了。"

他很少听到顾女士用这种语气说话。

平常顾女士总是说两句就发火，尤其是提到黑水街和成绩相关的事，两个人各自克制着，才能心平气和地坐下来多说上两句。

二中校门口停满了车，从街的这头一直堵到两条街外。

谢俞拖着行李箱，绕了半圈才找到顾女士那辆车。

谢俞愣了愣——不是平时她总开的那辆宾利，是一辆黑色的车，很大众的款型，在这一长串的车里，跟其他车比起来毫不起眼。

"换车了？"

顾雪岚摘下墨镜，说："这辆是王叔的车。你东西都收好没有，别落下什么……"

谢俞走到后面，把东西往后备厢里放。

在二中门口这条路上堵了许久，车才缓缓拐出去。

一路无话。

等快到家，顾雪岚才问："什么时候出成绩单？感觉考得怎么样？"

谢俞低头看手机，短信界面上是贺朝发过来的冷笑话，还没等他嘲笑，这人自己打了一长串"哈"。

"就那样，"谢俞不知道怎么说，"成绩单还早。"

顾雪岚搁在包上的手交握在一起，最后又有点无力地松开。

二中发成绩单发得晚，刚放假那几天所有人都玩疯了，凌晨还在班群里聊天。等玩得差不多，大家才收了心思，开始琢磨自己这次到底能考成什么样。

万达：耗子，你怎么退队了？说好的风里雨里游戏里等你，你就这样抛弃我？

刘存浩：你玩吧。我这两天右眼皮老跳，总感觉等成绩出来了我可能要凉。

万达：这两者之间有什么关联？

刘存浩：我从今天开始要在我爸妈面前装装样子，表现出一副热爱学习的假象……到时候他们可能会手下留情，留我一命。

罗文强：有才啊，耗子。

刘存浩：过奖过奖，朝哥给我支的着儿。

谢俞洗过澡，头发还湿着，听贺朝在电话里讲班群的事。

贺朝嘴里叼着根糖，说话时带了几分笑意，有点懒散地说："耗子跑过来问我这么多

113

年是怎么活下来的。我随便扯了两句,他还真信……他都好几天没上游戏了,怎么喊都不上线。"

谢俞把手机开了免提,扔在床边,准备把衣服穿上。

房间里暖气开得足,谢俞赤着脚也不觉得冷。贺朝听到那头窸窸窣窣的声音,随口问:"你干什么呢?"

谢俞:"换衣服。"

聊了一会儿,通话结束。

谢俞把手机往边上扔,也不管头发还湿着,直接往床上躺。

刚才在楼下跟钟杰吃了顿晚饭,钟杰有意无意把话题往期末考试上引,"成绩"两个字提了无数次,顾女士听不下去,出来打圆场说:"成绩还没出呢,吃饭吧。"

钟杰这笨蛋即使多念了一学期的书,智商还是没变,阴阳怪气道:"要我说,也不用等什么成绩,反正出不出都一样。"

谢俞边吃饭边在心里默念:不跟这人计较。

谢俞想着想着,拿过手机,对着贺朝的聊天框看了一会儿,又点开班群。

班群里讨论成绩讨论了半天,没想到老唐为了照顾到他们假期的心理健康问题,真把前几天整理好的电子版成绩单发了下来。

班群里一片哀号。只是随口说说,真把成绩单往他们面前甩,他们也不太愿意看。

徐静:老师,能撤回吗?

罗文强:那个,其实我们也没有那么想知道成绩……

刘存浩:我以为我还能多活两天。

这次最耀眼的不是获得全年级英语最高分的许晴晴,也不是全班第一的薛习生,而是某位嘴里说着做题很顺手、能考二十分的家伙。

贺朝实际上各科平均分算下来有五十多分。班群里一个个都比自己考了好成绩还激动。

刘存浩:朝哥,你这简直是飞一样的进步!

许晴晴:太感人了,我居然想哭!

万达:快上游戏,我给你放几颗手榴弹庆祝一下!

罗文强:朝哥这次数学居然考了四十九分!这么高的分数!

第十一章

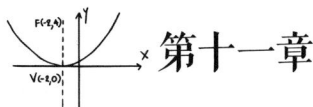

紧接着（三）班同学开始讨论怎么庆祝。

贺朝：庆祝什么？

谢俞低头打字，虽然也觉得这个庆祝的理由太奇怪，但还是回复：庆祝你数学考了四十九分。

刘存浩：四舍五入那就是五十分！朝哥，你太强了，这简直是你人生的新起点！

贺朝：想让我请客就直说。

刘存浩：上道！

刘存浩：我这还没开始暗示呢，您就领悟到了。

贺朝考"高分"就是一个借口，（三）班同学想借着这事出去玩才是真的，放假以来在家里宅着都宅出病了，还挺想念班里热热闹闹的氛围。

于是几个人约好了时间，打算出来聚一聚。

谢俞这两天倒也没什么别的事情，对最后讨论出来的时间没什么意见。

谢俞跟顾女士说要出门的时候，她正在储物间整理东西。

顾雪岚穿了件白色羊毛衫，才从厨房出来，腰间还围着围裙，正踮着脚尖在收纳篮里翻找："怎么？"

谢俞说："我出去一趟，晚饭不在家里吃了。"

"去哪儿？"顾雪岚从收纳篮里翻出一本相册，准备往旁边放，侧头看他，"我让你多看书，你这几天看了没有？一天天不知道都待在卧室里干什么……"

储物间里都是些旧物。

三年前从黑水街搬过来，很多东西用不上但又不舍得扔，她就全都放到了这间房里。谢俞盯着顾女士手里那本旧相册，想起当初刚来的时候，他经常来这间储物间。

很不适应，一点都不适应。

钟杰红着眼尖锐地对他吼"你滚出去，这是我家"，他绕来绕去，最后绕到这间房，靠着门板坐在地上，对着盖了层白布的旧物发愣。

有时候他也会翻翻以前的东西，翻到大雷找他仿照雷妈签名的试卷，翻到大美走之前给他写的"同学录"——谢老板，希望你每天开心！

谢俞顿了顿才说："同学聚会。"

顾雪岚对这种班级活动向来都很支持，巴不得谢俞多出去跟人交流，也比整天待在家里不知道干些什么好。

她问了都有哪些同学，又叮嘱安全问题："别玩太晚，跟同学好好相处，有矛盾的时候冷静想想，你也长大了，解决问题的方式成熟一点，别动不动就……"

谢俞手插在裤兜里，"哦"了一声。

一看就没认真听，顾雪岚叹口气，也没往下说。

顾雪岚本来想找找以前的东西，隐约记得账本上记了串银行密码，结果账本没找到，翻箱倒柜找了半天，倒是找到了谢俞小时候的相册。

等谢俞出门，她才低头，把相册翻开，第一张就是谢俞刚出生时候拍的照片。

皱巴巴的一团，躺在婴儿床上。

照片右下角，用黑色水笔工工整整写着：三月十四日，凌晨两点。

顾雪岚盯着看了一会儿，不知不觉忘了厨房里还炖着汤，一页页翻过去，把整本相册都翻了一遍。

她看完正打算把相册放回去，无意间碰到底下的一个硬纸盒。

纸盒里装着谢俞小学和初中时的课本，封面"谢俞"两个字写得相当漂亮，书里夹了好几张试卷。

顾雪岚看得入了神，连保姆敲门喊她都没听见。

谢俞以前成绩还不错，但是黑水中学教学质量实在太差——黑水街这片的人，愣是把初中上成了技校，文身、抽烟、喝酒、染头发，一样不落。学校里压根就没有几个好好学习的，她每次去黑水中学校门口接谢俞，看着他从学校里走出来，身边都是一群连书包都不背的、指间夹着烟往外走的孩子。

她无数次想，如果早点带他离开这里，给他更好的生活环境……

顾雪岚目光仿佛穿过这些课本，回到以前那些时光。

她愣了会儿神，又叹口气，把文件袋重新整理好放了回去。

r=a(1-sinθ)

谢俞从地铁站出去，走了段路，有点不太记得往哪个方向走，掏手机看导航的时候才看到贺朝发给他的短信。

——到哪儿了？

——江北路。

贺朝回复得很快：我来找你。

（三）班这群人订聚餐地点的时候特意把A市地图调了出来，想参加的人把自己所处的位置标出来，最后乱七八糟地连完线，找了个离所有人都比较近的地方——一个叫娱乐街的地方。

贺朝到得早，在集合点跟刘存浩他们挤在一家小咖啡店里聊了一会儿，其间一直低头看手机，等收到回信，才把嘴里叼着的那根棒子拿出来往垃圾桶里扔，起身说："我去接老谢。"

刘存浩他们正在手机上搜周边有什么好玩的，听到这话，头也不抬道："行行行，接你的老谢去。"

罗文强："千万记得回来给我们埋单啊。"

万达："别有了老谢忘了我们。"

贺朝笑着推门出去："我是这种人吗？"

大概都在为了过年做准备，这条街上人流量很大，路边几家服装店都在放歌，曲风不同，还混着不知道哪一家的一句"全场八折"。

谢俞没走几步，就看到贺朝从对面走过来。

街上人来人往，人们脚步匆匆。临近春节，整条商业街张灯结彩，店面门口都贴着春联，满目都是红色，由于气温太低，人们一开口，吐出来的全是白色雾气。

谢俞随口问："耗子他们都到了？"

"他们早到了，"贺朝说，"我去的时候体委那杯咖啡已经续了四杯。"

罗文强本来就能吃，碰上吃大餐的机会还会特意给自己留出更大的发挥空间，谢俞哭笑不得地问："他昨天是不是没吃饭？"

贺朝："我看他这回不仅没吃饭，可能连水都没喝。"

咖啡店就在前面，贺朝走着走着突然停下，谢俞刚想问"干什么"，就听贺朝认认真真地说："要不我们别管他们了。他们太能吃了，供不起。"

罗文强点第五杯咖啡的时候，还不知道走之前义正词严地说"我不是这种人"的朝

117

哥真的打算抛下他们。

许晴晴她们到得晚，一桌坐不下，只能去后排，几个女生凑在一起谈论："我觉得这个不错，看起来挺好玩的。"

罗文强喝咖啡喝得美滋滋，边喝边对刘存浩说："这咖啡真的不错，香浓醇厚……不过朝哥怎么还不回来？该埋单了。"

罗文强坐在窗边，咖啡都喝完了，才看到两个熟悉的人影从街对面走过来。

这次聚会总共来了十个人，同学们放寒假大都有自己的安排，很多人甚至不在本市。大家吃完饭，怀揣着"歌神"梦开始点歌。

贺朝问："老谢，等会儿来一首？"

"来个头。"

"来唱歌啊。"

（三）班同学的唱歌功力，在上次秋游的大巴上已经展示得差不多了，不过当时用的是喇叭，冲击力比不了话筒。罗文强兴冲冲地点了歌，还没唱几句，许晴晴捂着耳朵骂出一句脏话。

刘存浩正好过去点歌，听到这句，顺口安慰道："晴哥，冷静。"

万达："我们男人要坚强，这点痛算什么。晴哥，坚强。"

许晴晴反手扔过去一个抱枕。

谢俞起身脱了外套，把外套随手搭在边上。罗文强边唱边往他们这看，就差没在脸上写"朝哥快夸我"。谢俞笑了笑坐回去，用手肘碰碰边上那人："不吹了？"

"不吹，唱成这样，"贺朝说，"吹不动。"

贺朝说完，俯身从桌上拿了罐啤酒，食指钩着拉环，单手拉开易拉罐，又说："人和人之间还是应该真诚一点。"

罗文强闭着眼，唱得很是陶醉，随着节奏开始摇摆，然后飙出来一句猛烈的"喔"。

刘存浩坐在边上，一忍再忍，最后还是没忍住："兄弟们，体委刚才还点了哪几首歌？我去删了。"

面前大屏幕上方滚动着字幕，上头写着下一首歌。

"下一首《我的滑板鞋》，"谢俞听得头疼，很想转过身在墙上的控制板按一下静音，"他的。"

贺朝说："《死了都要爱》也是，删干净点，一首都别给他留。"

刘存浩比了个没问题的手势，又猫着腰从许晴晴那儿偷偷摸摸走了过去。

包厢里光线昏暗，效果灯忽明忽暗。

有人在调试其他灯效，包厢里灯暗下去两秒，然后又亮起来，紧接着整间包厢里亮起了满天繁星，映在天花板和墙壁上，不断旋转。

谢俞看了贺朝一眼，灯光正好照过来，打在贺朝脸上，然后又暗下去。

贺朝仰头灌下去几口饮料，察觉到身边这人的目光，也侧了侧头看他。

谢俞有点口渴，于是冲贺朝勾勾手示意他递饮料过来。

罗文强肺活量大，声音通过话筒传出来，比配乐还高上几度，直冲耳膜。等谢俞把剩下的半罐啤酒喝得差不多，才觉得包厢里有些热。

"我的歌呢？"罗文强一曲唱完，正安静等待他的那首《我的滑板鞋》前奏响起，结果等半天只等到一首《我爱你》，一脸疑惑地问，"这是谁点的歌，插队啊？"

贺朝起身从边上接过另一支话筒："我的我的，不好意思。"

这种小意外丝毫不能阻挡罗文强发挥，他吊完嗓子觉得整个人状态非常好，可以持续不间断地唱满三小时。他拍拍胸口说："这首我也会！朝哥，咱俩来情歌对唱！"

贺朝刚想说"谁要跟你来"，罗文强手里的话筒毫无防备地被人拿走。

此前谁也没指望能听到谢俞唱歌，按照这家伙的个性，能坐在边上接受他们的荼毒已经是极限。

许晴晴正在拆零食，看到谢俞抢话筒的时候，手上没控制好力道，薯片差点撒一地。

谢俞人已经越过刘存浩，走到屏幕跟前，声音通过话筒传出来："你唱哪段？"

调子都一样，只是歌词不同。

贺朝说："都行。"

整个包厢瞬间热闹起来。

本来他们只是瞎起哄图个新鲜，直到谢俞唱出第一句——

他音质冷，但唱这种温柔又热烈的情歌，并不显得突兀。

轮到贺朝的时候，他拿着话筒，差点没跟上配乐，节奏漏了两拍。

许晴晴拍了拍徐静："俞哥有点温柔……是我的错觉？"

徐静看着他们，收尾那段是合唱，两个人的声音重叠在一起。包间里太暗，只隐约看得见高瘦的身形。

一曲唱完，不管他们怎么喊"再来一首"，两位当事人都没什么反应。

"你们唱，"贺朝说，"下首歌谁的？"

下一首是刘存浩点的歌，罗文强死活要跟他合唱，刘存浩连忙去抢话筒："摁住他！罗文强，你只要不跟我一起唱，我们就还是好兄弟。"

罗文强被人一左一右地摁在边上，心情悲苦地喊："你们这样是不是太过分了？"

贺朝坐了一会儿，有点坐不住，正想问谢俞要不要出去，察觉到手机振动了几下。

包厢里太吵，根本听不到来电铃声，等贺朝反应过来，铃声已经停下，手机屏幕上显示一个陌生号码。

贺朝目光扫过那串数字，没什么印象，正打算把手机往边上扔，手机又振动两下，紧接着一条短信弹了出来。

——朝哥，我是小磊。

贺朝起身边拨电话边拉开包厢门走出去。

往前走了一段，电话那头传来几声"嘟"。他往后靠了靠，靠在墙上，低头盯着地上铺的砖红色地毯。

电话很快通了。

二磊说话还是带点傻气，他那边挺吵，夹杂着高铁检票的提示音。"朝哥。你还在A市吗？好久不见了，我今天刚到，回来办点事……最近有空吗，聚聚？"

贺朝手不自觉地去摸口袋，才想起自己现在连糖也不经常带了。

贺朝虽然说着话，但脑子不太清醒，都不知道自己到底说了些什么。他好像问了二磊最近怎么样、在干什么，二磊说这两年自己跟着表哥做点小生意，这次来A市出差。

二磊拖着行李箱往电梯走，抬头看了看几个出入口，发觉A市这个地方已经变得有点陌生："我这次大概待半个月，骏哥……"

他话还没说完，被贺朝打断。

"对不起。"

贺朝重复了一遍："对不起。"

r=a(1-sinθ)

方小磊顺着自动扶梯上去，站在出口，一时间忘了该往哪个方向走。

其实几年过去，当初执着的、哽在心上的事情早就忘得差不多了。

他被家里人和班主任劝着退学的时候，比起生气，更多的是迷茫。情绪剧烈起伏过后，安静下来，他发现自己失去了方向。

虽然在学校的时候成绩不好，对学习也一直提不起什么兴趣，好歹大家还都有个共同目标。

突然间走出舒适区，他无所适从。

火车站出入口，人头攒动。

他站在这片人流里，突然回想起第一次跟贺朝见面的情形。不过当时他跟贺朝还只是点头之交，开学没几天，连名字都记不住。

当时初三刚开学没多久，贺朝是班长，到老师办公室交表格。这人个子高，模样好，即使在罚站，方小磊还是忍不住多看了他几眼。

他和雷骏是学校里所有老师最头疼的两名后进生，尤其是雷骏，初中就野得很，在校外有一帮"兄弟"，不管出什么事，老师第一时间就想到他。

"真不是我打的，"雷骏站在边上，皱着眉，不耐烦地重复第三遍，"我没事打他干什么，是我打的我不会不认，那个点我跟二磊在网吧……"

班主任拍着桌子不悦地喊："不是你还能是谁！"

"老师。"

方小磊看着贺朝把表格放在桌上，然后又听到他说："这样说话不太好吧？上周五我也在网吧，就是学校对面小巷子里转进去的那家。"

"你去网吧干什么？"班主任哽了哽，试图给这位成绩优异的学生找个借口，"查学习资料？"

贺朝坦诚道："打游戏啊。"

想到这里，方小磊拖着行李箱往前走了两步，想说的太多，但最后只说："朝哥，找个时间，出来聚聚吧，我有些话想跟你说。"

贺朝打完电话回来后，一直喝饮料，伸手想去拿第三罐的时候，被谢俞摁住。

"你再喝试试？"

贺朝顺从地松开手。

许晴晴她们几个女生点的都是些比较甜美的歌，一连唱了两三首。

贺朝缓了一会儿，才说："二磊回来了。"

121

谢俞猜到这人肯定有事，没想到是这件事。他"嗯"了一声表示自己在听。

"他刚打电话，约我出去见一面，"贺朝抬手抓抓头发，"我……"

他还是不知道怎么面对，即使一直在试着往前走。

他问二磊过得怎么样的时候，生怕听到"不好"两个字。

耗子正好在切歌，包厢里安静了几秒钟。

然后贺朝听到谢俞对他说："哥，别尿。"

临近傍晚，天色微微有些暗。

这帮人唱歌唱了足足三个小时，结束的时候收拾好东西他们便在饭店门口分道扬镳。

谢俞到家之后，钟杰他们刚吃过晚饭。

顾女士切了果盘从厨房端出来，招呼他到沙发上坐坐："回来了？坐下来吃点水果？"

谢俞看了一眼钟杰，怕等会儿说两句又要呛起来："你们吃吧，我先上去了。"

谢俞洗完澡，黑水街聊天群里已经刷了几百条消息，有几条提到他的，他顺着点进去。

雷妈：@XY，给你收拾好房间了，假期有空回来住几天，你梅姨和大雷整天念叨你。

烧烤摊王子——雷：什么时候收拾好的，咱家还有空房？

雷妈：就你那间，我收拾了一下，你到时候滚到阁楼上睡。

烧烤摊王子——雷：你可真是我亲妈。

雷妈说是替他收拾了个房间让他多住几天，谢俞也没真打算住，挑个时间过去吃个饭。

跟钟家过个年要斥"巨资"表演一场小型烟花秀不同，黑水街的年味，从边边角角渗出来。

谢俞从车上下来，巷弄里几个孩子正追逐打闹着往外头走，手里拿着两盒擦炮，边跑边往地上扔，"嘭"的一声之后，又笑着往其他地方跑。

前天夜里下了场雪，到现在路上的积雪化得差不多了，只有屋檐上还有残留下来的积雪，望过去白茫茫的一小片。

印象里A市上一次下雪还是几年前，当时周大雷非拉着他出去堆雪人。

谢俞挺嫌弃："你这是少女情怀？"

"下雪哎，我长这么大都没见过，走啊，一起去堆雪人。"

最后谢俞蹲在边上，揉了个雪团，直接往周大雷头上砸："玩点别的。"

黑水街这片住宅区每家之间挨得近，家家户户门口贴了春联。多是阖家欢乐、吉祥如意之类的句子，红底黑字。谢俞走到那栋熟悉的单元楼楼下的时候，周大雷正踩在梯子上帮梅姨贴春联，左右两边是四个同样的字：财源滚滚。横批：发大财。

谢俞停下脚步，被这个场面逗得笑了笑，用手机拍了张照片，顺手给贺朝发了过去。

贺朝回得很快：有才华，替我跟干妈说声新年快乐，祝她发财。

谢俞低头回：你怎么样？

——约了下周周末。我没事，见一面挺好。

周大雷远远地就看到他谢老板往这边走，贴完春联从梯子上下来，屋里梅姨正在屋里叮嘱："等会儿都别提成绩的事儿啊……"

谢俞这次考了多少分，他们都清楚。

周大雷听着开始走神。

虽然谢俞之前在黑水中学的成绩挺好，但是这地方教学质量太差，初中英语教得跟小学英语一样。A市毕竟是大城市，谢俞过去了学习成绩跟不上也在情理之中。

"你听见没？"雷妈拍了他一下，"你梅姨跟你说话呢。"

周大雷："啊……听见了听见了，不过……"

周大雷说到一半没再说下去。

那个叫《题王争霸》的游戏，自从他上次挤进游戏大厅，荣获"倔强废铁"称号之后，他本来想卸载游戏，反正也是占内存。

结果没想到删个游戏也有一堆破事，点卸载的瞬间，系统弹出来一封信，内容大意是劝他三思，不可以放弃学习。

他只好回游戏大厅继续晃悠，无意间观看了一次X神做题。

按照《题王争霸》的答题设置，简答题有块白色的草稿板，点进去可以直接在屏幕上涂涂写写，临时做点小计算。

那个字看起来特别眼熟。

周大雷又回想起当初给"谢老板"打的那通电话。

虽然不太敢确定，也可能是他想太多，但他心里隐约觉得古怪。

谢俞上楼的时候，梅姨家里已经来了不少人。

吃过饭，大家都在麻将桌边聚着。

123

"你这两天还没收摊呢？"

"最近生意好，边上的店都关门停业，人不就都上我这来了吗？我打算再多干两天。"雷妈说着，扔出去一张牌，"四条！"

谢俞以前经常去摊子上帮忙，看看时间还早，反正也没事干，他拍拍周大雷的肩说："还是五点？"

拍了一下没反应，等说第二遍，周大雷才回过神来："啊，不用，不用你忙活。"

谢俞："你想什么呢？"

周大雷心说，我在想这个离奇的世界。

烧烤摊上人多，冬天天气冷，雷爸雷妈直接在街道附近的空地上搭个棚子。

虽然都不让他动手，谢俞还是过去帮忙点单、上菜。周大雷在隔壁桌接待，那桌人报菜名太快，周大雷拿着笔都来不及记："等会儿，多少串羊肉？"

"二十串，"谢俞把1号桌点的单往周大雷手里塞，又说，"半打啤酒，一份炒饭……"

一共七八样，周大雷连忙记下，惊讶道："你怎么知道？"

"听到的。"

他记忆力好，听一遍基本就能记住。

周大雷把两张单子递给雷妈，靠在塑料棚门口，想了想还是说："妈，我记得谢老板以前成绩挺好的。"

雷妈接过单子，手上忙活个不停，没工夫闲聊，随口说："哦，我也记得你小学一年级数学拿过一百分。"

傍晚时段客流量最大，九点之后基本就没什么人了。等最后一桌客人吃完，谢俞帮他们一块儿收摊，拖着塑料凳往仓库走。

"你劝劝他们，"忙活半天谢俞也有点累，放下塑料凳往回走，"快过年了就在家歇一阵。"

街上还有几个出来放烟花棒的孩子，点上去的瞬间，火光炸开，"嗞嗞"地烧了几秒。

周大雷扛着收纳箱，把东西放下之后，停在原地，脑子里一下转过好几个念头。最后还是没忍住喊他："谢老板。"

谢俞没回头："有什么事快说。"

"那个X是不是你？"周大雷问，"《题王》里的，什么破玩意儿我记不住了，是不是你？"

第十二章

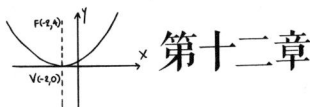

谢俞第一反应是否认,可"不是"两个字在嘴边绕了半天没说出来。

周大雷这话问得太认真。

谢俞跟他认识那么多年,平时总是看他嬉皮笑脸,心也大得很,认真起来的次数屈指可数。除了小时候喜欢的玩具被人抢走了,最近的一次就是大美走的时候,他坐在巷弄口,问谢俞:"大美还会回来吗?"

回不回来说不准,每个人都有自己的路要走。

谢俞看着他,暗暗叹了口气,还是说:"会回来的。"

寒假这段时间,周大雷有事没事就戳戳他,还都挑他刷题的时候,经常半夜来一句:睡了吗谢老板?你在干吗呢?

——没,打游戏。

——什么游戏?

谢俞本来没当回事,现在回想起来,才发现哪儿都不太对劲。

周大雷心里那个隐隐约约的念头不断往上冒,他走上前几步,敛了脸上所有表情:"你说话啊,你……"

周大雷没能说下去。

谢俞沉默一会儿,道:"是我。"

谢俞又反问:"你怎么知道的?"

这话说得周大雷火气直接冲上头顶,被欺骗的愤怒过于强烈,一时间他都忘了去思考他家谢老板为什么要这样:"我怎么知道——你自己心里没点数吗?我抄了你那么多年作业,你写的那字,不管是写得快了、写得慢了、连不连笔、潦不潦草,就算你换左手写,我都能认出来!"

谢俞实在是没想到自己居然败在这个上头。

"我跟你那么多年兄弟,你就这样骗我?"周大雷边骂边扯着谢俞的衣领往角落里带，"我头一次问你怎么成绩降成这样，你怎么跟我说的？说什么人外有人天外有天，人生就是起起落落——敢情都是骗我！"

周大雷说了一通，还是气得不行。

谢俞任由他骂，没还嘴，堪称有史以来脾气最好的一回："骂够了吗？没够再接着骂。"

周大雷蹲在墙角。谢俞看看时间，正准备回去，周大雷才伸手拉他，低声问："你到底怎么想的？你别走，蹲下来，我们好好聊聊。"

"蹲什么，不走赶不上公交车了。"

"那我们就边走边说，"周大雷立马妥协，"你走慢点。"

周大雷设想过很多种理由，没想到会是这种。

公交车最晚是九点钟那一趟，等车的时候，谢俞三言两语说完，周大雷听完之后连声说："姓钟的破玩意儿……"

他一开始是生谢俞的气，气完了，又控制不住替谢俞生气。此刻，他的手都在抖，满脑子都是脏话。

谢俞为了防止他当街秀黑水街大师级国骂技术，直接踹了他一脚："行了，车来了，你别在这杵着，回去休息。赶紧滚蛋。"

公交车从另一头缓缓驶近，光直直地打过来。

谢俞上了车，走进去两步，又趁着车门还没关退回门口，一手钩着门边上的栏杆，半个身体探出去："不想死就别往外乱说。我认真的，你最好想办法把你这张嘴堵上。"

周大雷也很想堵住嘴，回去翻来覆去，半天没睡着觉。

雷妈起夜，到客厅喝水，被黑灯瞎火还端坐在沙发上的儿子吓掉半条命。

周大雷在沙发上坐了半天，没忍住去翻手机通讯录，手指点在"岚姨"那一栏上，脑子里乱得很，想想还是算了，结果手一抖，不小心拨了过去……

寒假总共就一个月，发下来的那堆寒假作业谢俞基本上一个字没动，把自己的大名签上后再没翻开过。

顾女士这几天有意无意地跟他提请家教的事："你自己想想你这个寒假都干了些什么。"

谢俞下楼拿水："我这不是挺好，吃得好睡得好。"

顾雪岚："你别岔开话题，再这样下去你想干什么？你是不是看我现在不逼着你，你就……"

谢俞当初不太想请家教，主要还是觉得在学校控制分数已经够烦，请了家教需要把控的东西更多，也更容易露马脚。

顾女士说得多了，他还是那句话："妈，我自己心里有数。"

他说完，这回顾女士倒是没像以前那样，怒火攻心地反讽他"你有哪门子的数"。

顾雪岚坐在沙发上，手边就是遥控器。

电视上放着俗套连续剧，声音在耳畔环绕，顾雪岚的表情却丝毫没有受到影响，她沉着脸，眼底带了几分怀疑和探究。

顾雪岚回想起昨晚那通莫名其妙的电话。

搬离黑水街之后，生活步调跟以前截然不同，她和许艳梅她们之间的关系也逐渐疏远，除了逢年过节发个祝福短信之外，几乎没有别的交流。

周大雷在电话里说话颠三倒四，一会儿说自己不小心打错了，一会儿又叫她岚姨，欲言又止。她半夜被吵醒，脑子也有点晕，没太听懂他在说什么，伸手开了盏小灯，坐起身问："怎么了，大雷？"

周大雷说："岚姨，你有没有想过谢老板成绩……"

顾雪岚清清楚楚听到"成绩"两个字，这孩子又突然把话题扯开，胡言乱语一通，最后说："今晚月亮真圆。"

顾雪岚："啊？"

"看到这么皎洁的月光，我就想到了岚姨。"

顾雪岚本来就藏着几件烦心事，又被这通电话一搅和，半天没睡着。

她辗转反侧，入睡前脑子里浮现出的最后画面，是谢俞小的时候往桌上随便乱丢的奖状。

是什么奖项？

那时候她太忙了，忙着在几份工作之间连轴转，根本没精力注意这些事。

"有什么数，你说说看，"顾雪岚平静地问他，"你心里有什么数？"

顾雪岚说完，也不知道自己在怀疑个什么劲，猜想大概是这几天晚上没睡好。她抬手揉了揉眉心，又摆摆手说："行了，你上去吧，别站这儿碍眼。"

谢俞捏着玻璃杯，上楼之后在电脑前坐了半天，视频里那个外语教授在讲语法、句型，他一样没听进去。

"小朋友，在干什么呢？"

接到贺朝电话，谢俞才回神，低头喝了两口水，含糊不清地应了一声。

贺朝刚从出租车上下来，站在窗口付钱，随手把找回来的零钱往口袋里塞："喝牛奶？"

"喝水。"谢俞放下水杯，看了一眼电脑屏幕右下角的日期，记得贺朝跟人约的时间就是这周周末，又问，"见到人了？"

"没，刚下车。"

贺朝找到约好的地方——其实根本不用找，初中的时候，他们三个人常来这里，就是学校附近的小面馆。

印象中是很小的一间铺子，小且老旧，墙壁上都是油烟熏出来的泛着油光的黑色。

初中的时候零用钱少，到了放学时间饿得熬不住，经常你出两块我出三块，几个人凑钱来买碗面垫肚子。

"老板娘还记得我，送了碟小菜，"贺朝挑了个空位坐下，说话的时候手肘撑在桌上，"下次带你来。"

贺朝说话的时候语调都很正常，谢俞却没来由地觉得，这傻瓜现在脑子里应该乱得很。

贺朝确实有点无所适从。

面馆不知道什么时候重新装修过了，菜单上有熟悉的菜名，也有这几年新增的。贺朝盯着菜单上"辣酱面"三个字看了一会儿，暗暗吐口气，抬头往窗外看了一眼。

谢俞没多说什么，只说有什么事记得给他打电话。

谢俞赤着脚，整个人缩在宽大的电脑椅上，挂电话前又补了一句："不准抽烟。"

贺朝说："好。"

谢俞不太走心地把教学视频看完，睡前看了一眼手机，班群里消息不停地刷，许晴晴想看鬼片，又不敢一个人看，在班群里到处找人陪看。

贺朝那边却一点动静也没有。他想了想，临睡前把静音设置取消了。

谢俞再接到贺朝电话的时候接近十二点。

这要搁到以前，谢俞的做法绝对是拒接、拉黑、摔手机一条龙。

他猜想贺朝应该已经到家，结果接起来听到对面隐约传来几声车鸣，他问道："你在哪儿？"

贺朝没回答。

谢俞问第三遍，被问到差点耐心全无，贺朝才张口喊他的名字。

贺朝的话听上去不太理智，但贺朝念他名字的时候却特别认真——

"谢俞。"贺朝一连叫了好几声，带着复杂的情绪，和周遭那些杂音混在一起。

贺朝蹲在街边，把脸埋进掌心里，本来还没什么事，就想打给他报个平安，结果一听到他的声音，就控制不住地想叫他。

贺朝本来以为这事没那么容易过去。

结果真的站起来，往前走，走到它跟前，他发现并不像自己想象中的那么困难。

见面的时候，二磊上来直接对着他挥了一拳，打完之后问他："行了吗？心里舒坦了吗？"

那一拳可不是打着玩的，二磊几乎用尽了力气。贺朝被打得蒙了一秒，他后背靠着墙，然后抹了抹嘴角，尝到一点血腥味。

方小磊变化不大，胖了些，穿衣风格也偏成熟，比起同龄人，少了些学生气。

"以前的事情，算了。朝哥，上次你来找我，我也说不是你的错，现在我还想纠正一句，我不埋怨你，我想当面亲口跟你说。"

二磊的话不断在他耳边绕。

说不上来的重量积压在胸口，但是呼吸间，又好像一切都变轻了。

这种失去重心的感觉一晃而过。

贺朝看着面前街上的车流，车灯灯光刺透这片夜色，照得眼睛发疼。

谢俞急得有点烦，边套衣服边问："你现在在哪儿？"

贺朝还在学校附近。

几个小时前，三个人见了面，话说得不多。

当年的事情雷骏并不是当事人，二磊走得急，很多事情也没法问，只能往最坏的地方想。他揪着贺朝的衣领挥拳上去，把人按在地上揍得校方差点叫救护车："是不是你干的？别推卸责任——"

贺朝不解释也没还手，甚至私心希望他打得再狠一点。

之后雷骏没再去学校，直接去了中专，反正备不备考都没什么差别。他也不想知道关于贺朝这位"昔日好友"的任何消息。

再见面，就是在电技附近的小饭馆里。

雷骏只顾着恼火，忘了去想这人为什么会在二中，回去之后托人去查，发现不只是学校，连年级也对不上号。

他不止留了一级，念的还是A市最普通的高中。

二磊说："我是忙忘了，在外地到处跑……你跟朝哥这几年都没碰过面？"

"碰过，"贺朝往后靠，"前几个月，交流了一下。"

雷骏："拳头和拳头之间也算交流？"

到最后，三个人恍惚间好像又回到了以前那段日子。

谢俞记下地点，不放心贺朝一个人半夜还在外面乱晃，随手拿了件外套穿上，等出门上了车才发现走得太急，忘记带手机。

贺朝在街边蹲了一会儿。

街上来来往往没几个人，有群男女吹着口哨从对面饭馆里勾肩搭背走出来，看起来年纪不大。

即使天已经黑透了，但是有路灯照着，还是能看清楚对街的情形，几个女生互相推搡了一阵："哎哎哎，看对面那个。"

男孩子虽然蹲着，但看得出个子应该挺高，外套拉链没拉，低着头虽然看不清脸，但能感觉到这人身形和气质极其出挑。

贺朝没想到半夜还能遇到推销的。

他抬眼看了面前几个人一眼，"不扫码"三个字还没说出口，就被人扯着后衣领，相当粗暴地一把拽了起来。

"别打他的主意。"谢俞脸色不太好，眉眼间全是烦躁，见她们还愣着，重申了一遍，"他现在没空扫码。"

贺朝看着他，没说话。

过了一会儿，贺朝才问："你怎么来了？"

谢俞："来给我同桌收尸。"

贺朝没再说话，合上眼，这时候才真正觉得——过去了。

都过去了。

算解脱吗？贺朝想了想，觉得也谈不上。

但他开始明白老贺为什么当初不拦着他，就随他去，看他在原地毫无章法地，甚至用了最偏激的方法解决问题。

被人拉起来，跟自己站起来是两码事。

"回去吗？"夜里气温太低，再站下去指不定第二天得感冒，贺朝说，"这边不好打车，得去前面路口。"

谢俞犹豫了两秒。

他出门的时候顾女士早就睡下了，他也就没跟她打声招呼，现在回去，到家都凌晨了，反而不好解释。

贺朝侧头看他一眼："那去我家？"

贺朝家里没人。

老贺前几天刚走，在几个国家之间连轴转，这次回来总共歇了不到半个礼拜。看到贺朝那份期末成绩单，老贺什么话也没说，把单子扔在桌上，拉着他下了盘棋。

"不管你选哪条路，怎么走，"落最后一个子的时候，老贺沉声说，"我都相信你。"

谢俞在车上睡了一会儿，等快下车才被贺朝叫醒。

贺朝家里整理得很干净，是那种没什么烟火气的干净。除了家政阿姨每周会过来收拾一次之外，平时基本没什么人出入。

谢俞坐在沙发上，半眯着眼看贺朝收拾客房。他等了一会儿，耐心耗尽，拖鞋都没穿，赤脚踩在地板上，走过去问："你房间是哪间？"

贺朝没想到面前这位小朋友胆子倒是大得很："你要睡我房间？"

谢俞靠着门看他，丝毫没有身为客人的自觉："我的意思是，你睡客房。"

"你是我见过最嚣张的客人。"

闻言，谢俞挑眉。

贺朝："行，给你睡，先让我进去洗个澡。"

等贺朝简单洗完澡，拉开浴室门倒走出来的时候，谢俞已经合上眼睡着了。

谢俞躺在他的床上，敛了所有戾气，看起来特别乖的样子。

谢俞睡得浅，浴室的水流声停的那一刻，他动了动手指，潜意识里隐约觉得自己还漏了件事没做——没跟顾女士发个短信报平安。

但他又想，大半夜的，钟家那帮人基本都已经睡下，应该没人会注意。

谢俞出门的动静确实不大，但走得急，恰好被夜里起来喝水的阿芳撞见。

131

朝俞
ZHAOYU

他前脚刚出门，后脚保姆就聚在一起，阿芳没看清楚是谁，以为是钟杰半夜又闹脾气："是钟杰？"

"不是吧，钟杰今天没回来。应该是谢俞，哎，这都几点了还出门……"

钟家事多，谢俞半夜出门这种情况又前所未有，保姆都在猜他是不是和谁吵架了："吃饭的时候还好好的，又吵了？"

"太太最近想给谢俞请家教，谢俞不是不乐意嘛。"

"谢俞这次期末成绩……"

保姆小声议论完，正要回房，被不知道什么时候起来的顾雪岚吓了一跳。

顾雪岚身上披着件外套，看起来有些困倦。她站在楼梯口，扯了扯往下滑落的外套，问："怎么回事？"

顾雪岚这几天睡眠质量不是很好，听完事情原委，愈发觉得头疼，她抬手按压额角，停了一会儿才说："行了，你们去休息吧。"

谢俞这几年干了不少让她操心的事，尽管很多事情他有自己的想法，但说话做事还是会为她考虑，哪怕再不耐烦她问东问西，出门都会告知她一声。

这种不经意间展露出来的、让人难以置信的温顺，常常让她有种错觉——仿佛站在她跟前的，还是小时候那个喜欢缠着她的谢俞。

顾雪岚回房之后，根本睡不着觉，脑子里止不住开始胡思乱想，压着怒气给谢俞打电话，打了好几通都无人接听。

她胸腔里那股火气被这几声"您拨叫的用户暂时无人接听"浇灭了。

"怎么了？"钟国飞半梦半醒间发觉边上空了，睁开眼就看到顾雪岚穿得单薄，坐在床边对着电话发愣，"很晚了，还不睡？"

顾雪岚在床上躺了一会儿，还是睡不着，又轻手轻脚起身，下意识地往谢俞房间走。

等推开那扇卧室门的时候，她都被自己的做法惊得愣了愣。

她从来不会去翻谢俞的东西。

即使以前在黑水街条件不好，二手书桌抽屉上的锁形同虚设，拉开能看到摆在里头的日记本，她也没动过偷看的念头。

从小接受的教育，让她在这些方面冷静且克制。

但现在——

顾雪岚心说，她可能会为了能了解谢俞到底在想些什么，做些出格的事。

谢俞房间整理得很干净，顾雪岚走进去，目光掠过桌椅、电脑，最后停在那床略显

132

r=a(1-sinθ)

凌乱的被子上。

手机就落在床边。

顾雪岚犹豫了一会儿，手伸出去，又停住。

顾雪岚疲倦地叹了口气，正打算收手，手机屏幕却陡然间亮了。

——谢老板，我这几天思前想后，觉得这事还是得跟你妈说一下，你这样装下去也不是办法，你高考打算怎么整……

周大雷盘腿坐在沙发上，真情实感地发完一条短信，觉得话没说全，又低着头在手机屏幕上继续敲打。

从小不爱写作文的雷仔，为了兄弟可以写八百字。

他都被自己感动了！

周大雷这几天过得苦不堪言，心里藏着件这么大的事，打游戏都走神。

前天去广贸帮梅姨卸货，听梅姨在那边念叨："小俞这成绩怎么搞的，这次还下降了一名，原来那个年级垫底呢？好好地垫着底，往前蹿什么蹿……"

梅姨话才说到一半，他手里那箱货差点没拿稳。

周大雷低着头打完字，点了发送。

——咱就是成绩好！藏什么藏，就要让那个姓钟的笨蛋知道人和人之间的差距，让他知道什么叫闭着眼睛也能上清华、北大！

谢俞还不知道自己出这一趟门，家里都发生了什么。

他就没把这次夜不归宿当回事，结果刚到钟宅门口，还没换鞋，就看到阿芳表情不太对劲。

阿芳张张嘴，想说点什么，最后还是摇摇头没说话。

谢俞顺着她的眼神往客厅看，看到顾女士坐在沙发上——临近中午，她身上还是昨晚那套睡衣。

顾女士很爱打扮，就算不出门，也不可能大中午还穿成这样在家里待着。

谢俞嘴里那声"妈"还没说出口，顾雪岚已经站了起来。

顾雪岚脸色很差，眼里泛着红血丝，起身的时候身体僵硬到不用手撑着椅背都站不稳。谢俞目光触在她手里紧握的手机上，虽然不知道发生了什么，但心跳还是倏然间漏了一拍。

紧接着手机屏幕亮起。

133

短信预览栏里赫然是周大雷发过来的几条短信。

顾雪岚声音近乎嘶哑，一字一句地厉声问他："这是什么？你说话，这是什么？"

谢俞脑子里"轰"的一声，仿佛有什么东西忽然间炸开。

紧接着浑身血液仿佛一点点凝固。

他手机设了密码锁，周大雷发的那些短信挤在一起占了大半个锁屏界面，虽然没有全部显示，但几条短信内容东拼西凑起来，还是能看出大致意思。

"大雷他……"谢俞手指缓缓屈起，握成拳，下意识地选择把这件事继续瞒下去，"他开玩笑的，没这回事。"

顾雪岚一整晚没睡，从半夜呆坐到中午。其实她已经不知道时间到底过去了多久，好像很漫长，但又没那么漫长，她只看到外边的天逐渐亮了起来。

谢俞正想再硬着头皮补上一句"你别多想"，就听顾雪岚又问："那是怎么回事？"

她说话的时候喉咙发干，气势跟第一声问话不同，呈现出一种情绪剧烈起伏过后不太自然的沉静，一句话卡在嘴边，缓了几秒才说出口。

"你还打算骗我到什么时候？"

谢俞看到她这个反应，猜到周大雷估计直接把他给卖了。

刚才脑子太乱，他忘了考虑这一层。按照周大雷的性子，要是顾雪岚真追到他跟前问，他肯定立马变慌，根本藏不住事。

面对顾女士的质问，谢俞沉默一会儿，没有回答。

周大雷确实没想过，自己这几条短信，误打误撞地把事情直接捅了个底朝天。

昨晚他洋洋洒洒地发完短信，正打算扔下手机睡觉，岚姨一通电话惊得他差点卷着铺盖从床上摔下去。

顾雪岚没问几句，他就把该说的不该说的全部说了。

"这事我也才知道不久，谢老板不让我说，但我憋着难受。"周大雷边说边推开窗户透气，又说，"岚姨，他就是想让你在钟家过得好一点，少几个人说那些糟心事。"

顾雪岚再婚之后，这个重组家庭显得尤为尴尬，钟太太的位置不好坐，更何况家里头还有一个不闹点事就不舒坦的钟杰。

谢俞平时闷声不响，看上去一副"懒得管你"的样子。

顾雪岚总以为他还小，这些压力她担着就行，没想到周围人怎么说的、怎么看的他一清二楚。

顾雪岚回想到这里，手控制不住地发抖，想抬手把肩上那件外套往上拉，却发现根本使不上劲。

脑海里一片空白，强烈的脱力感以及失重感席卷而来。

她晕倒前仅存的印象，是听到谢俞慌乱地喊了一声"妈——"

周遭是来来去去的脚步声。

顾雪岚晕倒后，钟家乱成一团。

家庭医生拿着药箱从二楼下来，边走边叮嘱："还是那个毛病，都跟你们说了多注意着点，怎么不当心呢？平时多注意休息，不能操劳，要好好调养。"

谢俞还在发愣。

阿芳把家庭医生送出去，往回走的时候没忍住，站在主卧门口轻声说："太太这段时间身体一直不大好，你平时总在学校可能不知道，她前几个月还去了趟医院……她昨晚一宿没睡，就坐在楼下等你。"

阿芳话说到这，叹了口气："不管发生什么事，有话好好说。"

谢俞坐在顾女士床边，楼下那些声音逐渐变得遥远。他脑子里没别的想法，只觉得自己浑蛋。

他顿了顿，最后还是轻轻地碰了碰她的手。

顾雪岚醒的时候已经是傍晚。

阿芳正好在房里收拾东西，见她醒了，连忙挑几句好话说："他在厨房给你炖汤呢。他担心得不行，让他下楼吃饭他都不去。有什么事就好好说……挺懂事的一个孩子。"

谢俞在厨房里忙活了有一阵。

他切食材的时候周大雷正好打电话过来，电话接通的瞬间，周大雷清清楚楚地听到对面"砰"的一声。

手起刀落。

刀砍在砧板上，一声闷响。

周大雷吞了口口水："谢……谢老板？"

谢俞没说话，又砍下去一刀。

周大雷缩缩脖子，继续为自己做死前辩白，争取死缓："对不起啊，我也没想到会这样，人生真是充满意外和惊喜。昨天晚上我本来在打游戏，对面那队真的菜，然后我就想到了你，我的好兄弟……"

"行了。"谢俞放下刀，看时间差不多，热气滚上来，把刚才切好的食材往锅里倒，"这事跟你没关系。"

周大雷以为按照谢俞这个脾气，自己最多也就能争取多活两天，没想到直接无罪释放。

周大雷得了便宜，还觉得哪里不太舒服："啊？你确定不跟我算算账？"

"算什么账，"谢俞说，"是我自己的问题。你就那么想让我跟你算账？"

他还没那么是非不分。

这事再怎么说，也怪不到周大雷头上。

"那岚姨现在怎么样？"周大雷问，"没事吧？身体可得当心点。"

挂了电话，谢俞看着从锅里不断滚上来的热气，不知道为什么，脑海里突然冒出贺朝当初在教室里对他说的那句"用自己的方式对她好，不一定是她想要的"。

他想到这，又低头在联系人列表里找到"贺朝"两个字。

打了很多话，最后悉数删掉，只留下一个字。

——哥。

这锅汤炖了大半天。

等谢俞把汤端上楼的时候，顾雪岚已经靠着靠枕，在床上坐了一会儿。

与其说是生谢俞的气，她更多的是气自己。

这几年她跟谢俞的沟通变得少之又少。

她能感觉到，这个孩子，正在一点点学会独立，很多事情都不需要她帮忙，也……离她越来越远。

"妈。"谢俞想说"对不起"，但这三个字，就跟"我爱你"一样，对越亲近的人反而越难说出口。

顾雪岚看着他，既没继续质问，也没有苛责。

她把那碗汤接过来，沉默着一小口一小口地喝了下去。

"我也希望你过得好，"喝了几口，顾雪岚低着头看着碗里几颗红枣，眼角悄悄湿了一片，低声说，"只要你过得好。

"在黑水街的时候，我就成天想，想给你一个更好的生活环境，不说过上多优渥的生活，起码不愁吃穿。

"我没想过……"

顾雪岚说到这，顿了顿后又说："如果是这样，我宁愿我不是什么钟太太。"

谢俞不动声色地仰了仰头，眼眶明显泛红。

他从小脾气就硬，不管遇到什么事，从来不会掉眼泪，现在眼里无法控制地湿着，觉得不太适应，也有点丢人，他仰头把那股湿热倒回去，又喊了她一声："妈。"

顾雪岚抬眼看他。

谢俞又问："你是喜欢清华还是北大？"

顾雪岚回想起以前谢俞拿来哎她的那句"你看我是考个清华还是北大"，把碗随手放在边上，抬手抹了抹眼角，被他逗笑了："都行，只要你自己喜欢，什么学校都行。"

贺朝假期偶尔会去图书馆里泡一会儿，手机调设成静音模式，等合上书，捞过手机看时间的时候才看到谢俞发过来的那句"哥"。

避免在图书馆里吵到别人，贺朝把书还了回去，边拨电话边往图书馆外面走："怎么了？"

然后他就听到谢俞说："哥，我们下次比谁考第一。"

贺朝正想问是不是倒数第一，谢俞又说："正数的。"

贺朝从侧门走出去，听到这三个字，停下脚步，他知道小朋友想考正数第一意味着什么，都装了那么久，现在说要考第一，只剩下一种可能。

外面天色暗下去，贺朝靠着墙问："你是认真的？"

谢俞胆子挺大，坐在阳台护栏上吹风，手撑在护栏边沿，脚底悬空，从二楼看下去，他只能看到不远处几排路灯。

"认真的，"迎着风，谢俞缓缓闭上眼说，"你之前跟我说的那句话，我知道是什么意思了。"

一个月的假期说长也不长，眨眼间便过去了。

过年的时候，A市又下了场雪，地上堆起厚厚一层积雪。

班群里满屏都是"新年快乐"。

除了互道祝福，班群里最积极的活动就是抢红包。

为了抢红包，管理员甚至把谢俞踢出了群。

许晴晴：俞哥，等我们抢完再拉你进来。

许晴晴：大过年的，你这个手气，我觉得我们不太适合在一个群里抢红包，求放我们一条生路。

万达：千万不要质疑我们的友情！我们还是朋友！

刘存浩：虽然话是这样说，但是在红包面前，朋友也不算什么！

罗文强：耗子，你这话太精辟了。

贺朝那天晚上运气还不错，班群里老唐发的那几百，他抢到了最大的那份。

刘存浩：运气王！五十块！厉害啊朝哥！

罗文强：为什么我只有五毛，这不科学……一定要这么伤害我吗？

万达：哈哈哈哈哈哈，五毛？我五块！突然觉得五块钱也挺好的，很知足了。

顾雪岚送走最后一位客人，如释重负，在谢俞边上坐下。她刚才在饭桌上都没吃什么饭，边吃甜品边抱怨："春晚都没看成，刚才那个小品看了一半，后面讲的什么？那个人怎么样了？"

谢俞怎么知道！他压根就没有仔细看："有小品吗？"

谢俞又陪着顾女士看了几个节目，根本感受不到笑点。

手机振动两下，他偷偷低头看了一眼，是贺朝给他发过来一个红包。

许晴晴他们千防万防，连踢人这种阴损的招数都使出来了，万万没想到最大的那份红包还是落在了谢俞手里。

贺朝：抢到的，给你。

窗外正好在放烟花。

伴随着几声巨响，炸出满天琐碎又斑斓的星光，在夜空里一闪而过。

第十三章

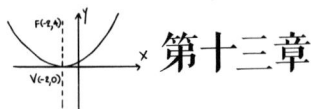

惊蛰将至,气温逐渐回暖。

立阳二中校外那条美食街横幅挂得比过年的时候还喜庆,远远望过去,整条街满目都是"欢庆开学"的字样。

玩了整整一个假期,许多人在寒假临近尾声的时候才开始补作业,暗无天日地补了好几天还是没补完,最后只能认命,打算开学的时候早点到学校再争取争取。

谢俞刚从楼梯上去,就听到从高二(三)班传出一阵痛不欲生的叫喊:"这也要交?"

"英语作文又是个啥?"

"哪位朋友做数学练习册了?我拿语文试卷跟他换……"

谢俞经过后窗的时候,手指屈起,指节抵在玻璃上,不轻不重地敲了两下。

刘存浩身为班长带头抄作业,手里高举着几份语文试卷,话还没喊完,听到敲窗的动静,吓得整个人差点跳起来。

外面风大,谢俞戴着连衣帽,快进门才想起来抬手把帽子拉下去。

大家都以为是姜主任过来巡视,教室里安静两秒,接着继续炸锅:"差点吓死我……俞哥,你不是我认识的俞哥了。"

"皮这一下你开心?"

"你就这样欺负弱小、可怜又无助的同学?"

贺朝到得早,在教室补觉,隐约听到声响,半睁开眼。

他提前一天返的校。

所有提前返校的寄宿生都低估了姜主任对播音事业的热忱,他们敬爱的姜主任从早上六点不到就开始喊:"新的学期,新的起点!"

贺朝支起身,看着小朋友走过来。

他本来还对姜主任说的那番话没什么感觉,目光触及谢俞的那一瞬,他才真正感受

139

到了新的学期。

新的一天。

贺朝笑笑,打了声招呼:"早啊。"

谢俞走到他桌边,微微弯腰,伸手帮他把堪堪卡在胸口的外套拉链拉上去:"早。"

阳光从窗户外边照进来,教室里明亮了几分。

刘存浩还在寻找愿意跟他交换作业的朋友。

贺朝从桌肚里翻出数学练习册,挑着做了一点,不过按照之前的稳步上升计划,错题率还是相当高:"耗子,我跟你换。"

刘存浩沉默着看了他几秒,又沉默着把脸转了回去,继续问:"还有其他朋友吗?"

贺朝:"怎么,你还瞧不起人?"

"不敢不敢,你可是四十九分,"刘存浩生怕打击他的自信心,尬吹了一通之后还是忍不住想让他面对现实,"但是朝哥,人不能太膨胀,你懂我意思吗?"

"耗子,现在的我你爱搭不理,"贺朝说着把练习册往桌上扔,"以后的我让你高攀不起。"

刘存浩一脸"我是谁?我在哪儿?我们班这位大哥好像疯了"的表情。

谢俞刚把水笔从书包侧边口袋里摸出来,听到贺朝这句话差点反手砸出去。

直到上课铃响,教室里才安静下来。

开学第一天,各科老师都在灌输"上次期末考得不理想没关系,从这学期开始努力"的观念,希望他们收收心,尽快调整学习状态。

尤其他们班老唐,把语文课当班会课,新课文没讲多少内容,光顾着给他们做开导工作。

谢俞听得有点困,手撑着下巴,余光瞥见贺朝摆弄了一节课手机:"打游戏?"

贺朝不动声色地退回到桌面,随口应了一声表示回应。

谢俞没在意,合上眼睡了会儿。

贺朝这才重新打开跟沈捷的聊天框,打字回复:你什么毛病?

他这几天都在琢磨给谢俞过生日的事儿,想来想去还是不知道送什么,就找沈捷问问,结果等了几分钟,等来两个字:拒聊。

沈捷:我觉得我们还是课下联系好。

沈捷：你别想再害我一次！

上回在老师办公室里闹了那么尴尬的一出，留下的心理阴影实在太深，沈捷牢记血和泪以及检讨书的教训，上课偷偷打游戏再也不会去找贺朝组队。

同样，聊天也是能免则免。

沈捷桌上立着课本，手藏在桌肚里，打字打到一半，抬眼确定老师还在写板书，才继续在手机屏幕上敲打：朝哥，求你好好上课！不要找我聊天了！

谢俞生日在三月中旬，算算没剩下多少时间。

贺朝最后只能趁课间十分钟把沈捷约出来，两个人在楼梯口聊了一会儿："你有什么建议没有？"

沈捷想说，如果是别人的话，我还能帮着参谋参谋，但是谢俞就……

谢俞这个人看起来特别让人捉摸不透，即使现在跟他关系近了一点，也还是不知道他的喜好。

"送什么呢？"沈捷绞尽脑汁，最后犹犹豫豫地说出三个字，"送人头？"

贺朝不知道该不该夸一下这位兄弟丰富的想象力："你正常点。"

沈捷低下头用手抹了把脸，内心十分绝望："反正蛋糕肯定得买，要不我们就从生日蛋糕上……"

楼梯口离走廊很近，沈捷那两声"蛋糕"喊得又响，万达正好从老师办公室门口回去，本来经过楼梯口没发现有人，听到声音脚步顿住，往回退了两步："什么生日蛋糕？谁要过生日？"

谢俞不太清楚开学以来贺朝跟万达那帮人有事没事聚在一起聊什么，只觉得这帮人有点奇怪，又说不上来到底哪里奇怪。

每次他一经过，万达就立马生硬地转移话题。

等万达半夜来敲他房门，问他想不想逛逛宿舍楼的时候，谢俞总算能为这种"奇怪"找到一个合适的理由："你有什么问题吗？"

万达站在门口，有点忧郁地说："我睡不着，最近压力太大了，想找你聊聊。"

谢俞靠着门，低头看了一眼手机上显示的时间。

十一点半。

早已经熄灯，宿舍楼里安静得诡异。

二中宿舍楼一共就六层，顶楼天台常年锁着门，不让学生上去。万达说是逛宿舍楼，还真带他往楼上走。

"其实我最近过得特别迷茫，"万达边走边说，"人生找不到方向，每天夜里都辗转反侧。"

换了平时，谢俞会说"关我什么事"。但联想到最近万达的表现确实奇怪，短短几分钟，谢俞脑子里转好几个念头，等万达推开顶楼那扇铁门的时候，他刚想说"你别想不开"，忽然被人从身后拥住，一只手遮住了他的眼睛。

眼前一片漆黑。

骨节分明的、带着温度的手，强硬地遮住了他的视线。

谢俞被带着往前走了几步，顶楼的风从衣服下摆钻进来。

然后那只手缓缓松开，于是在这片黑暗里，谢俞从他微微张开的指缝里瞥见一点细碎闪烁的光。

谢俞眼前陡然亮了起来。

天台上这块地方并不大，从顶楼往下看，是星星点点的灯火，还能听到从周边道路上传过来的车鸣声以及四处喧嚣的风声。

不知道从哪儿弄来的折叠桌，生日蛋糕就摆在桌上，天台被他们简单布置了一下，边上还立着几袋东西。

贺朝说话时略微往上扬的语调，在他耳边绕了两圈。

"生日快乐。"

不止一声。

（三）班寄宿生几乎都在，热热闹闹地凑成一团："生日快乐，俞哥！"

谢俞其实不太记得自己生日。

如果不是每年都有顾女士提醒，又一个劲地问他有没有什么想要的，"生日"这件事多半直接被他抛在脑后。

前些天顾女士还提过一次，谢俞边做试卷边听电话，等一道大题算完，已经不太记得顾女士在电话里都说了些什么。

"刚才玩我呢？你们哪来的钥匙？"谢俞扫了他们几眼，又说，"万达，你还人生道路失去方向，迷茫？"

贺朝轻咳一声："撬开的。"

万达试图转移话题，把蜡烛点上，催他许愿："俞哥，这妖风……你赶紧吹，不然该灭了。"

几个人围成一个圈试图把风挡住："快快快，要撑不住了。"

他们越催，谢俞脑海里越空，等蜡烛都灭了，他也没想出什么愿望。

其他人欢呼一阵，等着切蛋糕。

贺朝去袋子里翻刀叉，翻了两下发现下面全是零食："万事通，你买那么多零食干什么？"

万达不承认就是自己想吃零食："这种天台聚会的气氛……"

趁着这帮人吃吃喝喝的空当，贺朝随口问："刚才许了什么愿望？"

谢俞说："没许。"

"啊？"

见他不相信，谢俞又笑着重复了一遍："没许愿。"

他什么愿望都没许，但是感觉什么愿望都可以实现。

一群人谈天说地，话题从网络游戏到各自的暗恋对象。

男生之间的话题无非就是这些。

但是这些微不足道的烦恼，在目前这个还没被时间拉长的、并不辽阔的世界里，显得至关重要。

"第一次见她，她抱着书从老师办公室里走出来，低着头走路，差点撞上来……也没什么特别的，就是抬头的时候冲我笑了一下，我记到现在。"

天台条件简陋，椅子不方便带上来，大家就在地上简单铺了几份报纸，边角用饮料瓶压着。

谢俞坐在铁门边，微微往后靠就能靠上去，伸手从塑料袋里拿了一罐饮料，手指抠着拉环拉开，边听边仰头灌下去几口。

饮料顺着喉咙滑下去，凉的。

万达心里也藏着个人，这回受到几个人感染，跟着说了两句："是啊，根本不敢告诉她我喜欢她……"

万达平时聊八卦聊得比谁都多，一旦知道点事，压根就憋不住，缝上嘴也能往外漏风，却默默地把隔壁班那位女孩子藏在心里藏了那么久。

宿舍楼楼顶这扇门常年封闭，为了防止学生出些什么意外，门上除了锁，还贴了张牌子，上面是姜主任亲笔写的四个大字"严禁出入"。

谢俞听到一半，扭头问贺朝："这门你们拿什么撬的？"

贺朝不会承认自己上网找了一堆撬锁教程，然而实在没有这方面的天赋，跟这把锁较了好几天劲。他故作轻松说："靠脑子，我随随便便就撬开了。"

时间临近零点。

谢俞低头看了几眼手机，忙着回复微信消息。

除了顾女士发过来的生日祝福，还有黑水街群里几十号人，排着队，一人一句"生日快乐"，刷了满屏。

梅姨：十八年前的今天，你来到这个世界上，希望你能做你想做的事，去你想去的地方，幸福快乐每一天！

周大雷：谢老板，恭喜你又老了一岁，哈哈哈哈。

…………

消息太多，谢俞还在挨个回复，听到贺朝叫他"老谢"。

谢俞把那句"谢谢"打完，点击发送，抬头就看到贺朝不知道从哪里掏出来一个礼盒。礼盒上绑着几根缎带，看上去并不大。

"这是什么？"

"礼物啊，"贺朝说，"生日礼物。"

谢俞把手机往边上放，接过礼盒。

万达他们凑过来围观，尤其是万达，作为谢俞生日会"参谋部部长"，对贺朝挑礼物的过程非常清楚："朝哥挑了好久，简直废寝忘食，特别用心。说是神秘礼物，他还不给我们看。"

谢俞本来没什么想法，听万达吹成这样，也有点好奇。

扯开缎带，除去包装，里面就是一个简单的纸盒。

在所有人期待的目光中，谢俞把纸盒拆开，等他看到里面的东西，半天没说出话来……

万达那个角度不太好，他又往前凑了点："什么啊？是什么？"

他话说到一半，戛然而止。

"你拿出来看，"贺朝挺自信，显然对自己这次挑的礼物特别满意，"开关在底座后面，七彩灯效，很酷炫的。"

也只有这笨蛋会用"酷炫"两个字形容这玩意儿。

谢俞深吸了两口气，才有勇气继续直视这份"酷炫"的礼物。

这是一盏水晶灯，造型是一块相当俗气的大爱心，水晶爱心上印了他们的合照，就是校庆演出前坐在楼梯台阶上拍的那张。

四周不光印了一圈20世纪80年代风格的花纹，还印着几行傻乎乎的非主流字体的字：小朋友，缘分让你我们到一起，时光不老，我们不散，生日快乐。

激光雕刻的文字，视觉冲击力极强。

上面的照片看起来跟遗照一样，尤其酷炫的七彩灯光转换成白光的时候，黑白照片散发着惨淡的光芒。

更难以置信的是这玩意儿居然还能放歌，一首十分具有年代感的《三百六十五个祝福》强硬地钻了出来。

谢俞额角狠狠地跳了跳，被这份毫无品位可言的礼物震得不知道该说什么。

他觉得今天不是把贺朝从天台上踹下去，就是他自己跳下去。

"哥，"谢俞拿着那盏水晶灯，最后还是极其缓慢地说，"我真是谢谢你了。"

万达恍惚地坐回去，自言自语说："可怕，选来选去就选了这么个玩意儿？这难道就是传说中的直男审美？"

丁亮华小声吐槽："笨蛋审美吧？"

贺朝浑然不觉。

学校周边的店都没什么特色，最后无奈之下他在网上看了几家店。

看到这款水晶灯的时候，他就觉得内心受到了触动。

卖家封面上标着一行大字：这一次，他真的感动了！真的哭了！

谢俞是想哭。

不过绝对不是他以为的那种哭。

"真的谢谢你，"谢俞决定献上自己最后一丝耐心，"你的眼光……很特别。"

贺朝笑笑："你喜欢就好。"

万达把脸埋进掌心，实在不忍心去看这个送礼物的画面。

最后，这帮人没忘明天一早还有课。

贺朝起身，弯腰把天台上的垃圾往垃圾袋里塞。

贺朝把天台收拾完，又从衣兜里摸出来一把新锁。

谢俞扶着墙往下走了两步，回头看他——这人撬完锁还不忘买把新锁把顶楼这扇门重新锁上。

贺朝："为了其他同学的人身安全。"

谢俞是被一阵嘈杂的电流声吵醒的。

早上六点,姜主任已经开始在广播里抑扬顿挫地喊:"早上是我们精力最充沛的时候,千万不能懒惰,都给我打起精神来,迎接新的一天,迎接新的挑战!同学们,我相信你们已经准备好了!"

姜主任话音未落,走廊上已经热闹起来:"准备什么啊?"

"这是在残害祖国花朵!"

"哥们你别拦着我,我要爬上去剪电线,这个破广播我今天一定要给它拆了,有它没我,有我没它,这日子过不下去了!"

早上好几个人迟到了,昨晚在天台上畅谈人生的几个寄宿生都差点起不来床,六七个人齐刷刷站在教室门口,站成一排。

老唐脾气虽然好,但是这种一群人一起迟到的情况他也是头一回见:"你们怎么回事,昨晚都干什么去了?"

丁亮华支支吾吾半天才说:"对不起老师,我睡过头了。"

老唐从排头问到排尾。

得找借口,借口还不能重复。越往后回答越考验他们的想象力,最后连走路走到一半裤子突然裆破了这种借口都能让他们找出来。

"老师,我走到教学楼楼下的时候,突然听到下身传来一阵布料撕裂的声音……那一刻,我感觉我的时间停滞了,我的世界从彩色变成了黑白。"

贺朝直接不给面子地笑出声。

谢俞低声吐槽:"他脑子是不是坏了?"

老唐听完这个离奇的迟到理由,也不和他们多说,就让他们在门口站着,站到早自习下课。

眼看老唐转身进屋,谢俞正打算找个偷懒的姿势,结果还没转移身体重心,老唐又停下来:"谢俞。"

谢俞立马挺直了腰板。

老唐:"等会儿早自习下课,你来我办公室一趟。"

贺朝轻轻用肩膀撞他:"你干什么了?干坏事居然不带着我一起?"

谢俞不明所以："我还能干什么？"

这学期以来谢俞很少翘课，也没再打架闹事，让老师省心很多。

各科老师也经常议论这两位"风云人物"。

"那个贺朝，上学期期末考得不错啊，"一名女教师批完作业，把椅背往下放，打算躺着睡会儿午觉，嘴里念叨了两句，"老吴教导有方，四十九分，很不错了，我记得他以前总考十几分……"

午休时间，老师办公室里，几位老师你一言我一语地说了几句。

老唐没参与讨论，忙着整理手边的东西，直到谢俞敲门进来，他才抬头："来了？坐。"

谢俞以为老唐多半是找他谈上午迟到的事，正要说"下次注意"，就见老唐把手上那沓厚厚的资料往他手边推。

最上面那张A4纸上标着"考点归纳与总结"。

都是很基础的东西，从初中的知识点开始整理，头一行就是"议论文的表达方式"，重点的地方用红色标注。

谢俞看得愣了愣，一时间不知道该说什么。

"这些是我假期抽空整理的，还不太完善，你回去跟贺朝两个人一起看，或者复印一份也行。"

老唐拧开水壶瓶盖，把枸杞茶倒出来："你们现在的问题就是平时背得少，这些东西要多看多背，做题的时候才知道该往哪个方向去答题……"

说是"抽空整理"，但这沓资料一看就知道花了不少时间。

然后老唐又斟酌着说："以你现在这个成绩，高考还是有点危险。"

谢俞简直不知道他在说什么。

"不会没关系，但是老师留的课后作业，还是要尝试着做一做，"老唐叹口气，接着道，"还有，上课别总看漫画。"

开学这段时间，谢俞虽然没再继续装后进生，但给人的感觉还是不太认真、前途堪忧。

二中教学难度不高，平时布置的课后作业太简单，他跟贺朝都不怎么写——看两眼就知道答案，没有动笔的必要。与其把心思花在这些题上，还不如多做几道难题。

上课也是一样，他听到有意思的地方才抬头听一会儿，其他时间都在看自己买的那套竞赛题。

147

这学期开学到现在不过短短半个月，还没考过试，谢俞第一次意识到后进生这个包袱在身上挂得有多沉，甩都甩不掉。

谢俞张张嘴，想说"老师，我不是，我没有"。

"对了，还有这个。"老唐喝了两口茶，把水杯放下，又从抽屉里拿出来一个文件袋。

文件袋里是谢俞跟贺朝以前的考卷。

他们两个人从来不订正，但是现在每道错题边上都被老唐用红笔做了标注，不光标了正确答案，连解题思路、简易模板都用便利贴贴在边上。

谢俞彻底说不出话了。

他只觉得后进生包袱重得能直接砸死他。

谢俞没碰到过像老唐这样的老师。

以前在黑水街的时候，因为成绩突出，班主任经常让他去参加一些竞赛活动，除此以外他和老师没什么其他交集。来了二中之后，各科老师只求与学生相安无事。

看着这份资料，谢俞终于理解贺朝说的那句"我怕吓到他们"——这位（三）班班主任，是真的把他和贺朝当成需要帮助的学生。

还有平时为了他们学习成绩操心的学委——

贺朝不过期末考试成绩提高了十几分，（三）班这群人在班群里比自己考了好成绩还高兴。

手里这份资料陡然间变得越来越沉。

老唐看看时间也差不多了，摆摆手说："行了，回教室吧。"

谢俞拿着那沓资料回教室的时候，（三）班教室里闹成一团，学校大概又要组织什么体育活动，罗文强举着单子喊："还有人吗？还有谁想参加？"

贺朝坐在后面瞌起哄，见他来了，才止住嘴边的话。

谢俞直接把资料往桌上一扔，贺朝伸手翻了两页："老唐找你说什么了？这什么玩意儿？"

"资料。"谢俞说完，又暗暗吐出一口气，犹豫了一会儿反问，"你……那个计划书呢？我看看。"

"什么？"

谢俞说："稳步提高。"

罗文强还在台上问有没有人愿意参加活动。

有人刚从外边回来，听到这句问了一嘴："什么活动啊？"

罗文强说："篮球赛！激不激动？是不是感觉到男人的热血在燃烧？"

"不是说取消了吗？"

"听万达说是姜主任跟上面申请了好几次，好不容易申请下来了……"

去年篮球赛比到最后差点打起来，姜主任为了这事在全校面前通报批评惹事的学生，骂得挺狠，扬言说要砍了他们这个项目，以后都给他滚去踢毽子。

然而私底下向校领导求情、把篮球赛求回来的也是他。

上课铃响，他们还舍不得放弃篮球这个话题，被老吴进门的时候数落了两句："你们开会呢？听没听到上课铃？"

下午第一节课，老吴讲了几个新知识点，又让他们当堂做了几道训练题巩固巩固。

教室里只剩下拿文具的时候，修正带碰在桌面上发出的轻微声响，以及几位同学小声交头接耳问题目的声音。

谢俞捏着笔，桌上还是那本被所有老师误以为是漫画的竞赛习题。

贺朝趴在桌上，没睡着，伸手把谢俞手里那支笔一点点抽出来："你怎么想的？"

谢俞掌心突然空了，他把竞赛习题合上，心说还能怎么想，后进生包袱太重而已。

"在想要不要给别人留条活路。"

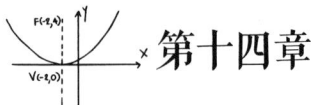

第十四章

贺朝正要说话，一个粉笔头精准无误地砸在他的桌角。

老吴给他们几分钟时间做题，心想题目简单，这会儿他们也该算明白了，抬眼就看到两位年级垫底凑在一块儿说话："后面两位，知道你们感情好，上课时间能不能多把注意力放在我身上……我就那么没有魅力吗？"

"有魅力有魅力，"贺朝相当配合，扬声说，"老唐是二中郭富城，您就是二中刘德华。"

谢俞对贺朝这种睁着眼睛瞎拍马屁的本事也是很服气。

老吴被夸得飘飘然，在一片哄笑声里，这位跟刘德华差了十万八千里的中年男人抬手理了理头发，从容不迫地接了一句："想当年，我也是学校里的风云人物。"

台下人笑得东倒西歪。

闹了一阵，几个本来昏昏欲睡的同学都清醒不少，老吴见好就收，示意大家安静下来："刚才让你们做的题，答案算出来没有？"

整节课就讲了几个新定理，课堂练习难度也不高。谢俞撑着脑袋听了两句，等老吴把那几题讲完，正好下课。

大家早就盯着黑板右侧那行课表上"体育"两个字看了半天，满脑子都是下节体育课。

老吴下了课还是放心不下两位年级垫底，单独把两人叫过去问："你们俩留一下，这节课我讲的题听懂没有？"

谢俞斟酌了一下："懂。"

贺朝："我也懂。"

老吴压根不信："你们懂什么懂！说了多少次了，不要不懂装懂，别以为我不知道你们下节体育课，就想着去操场玩是不是？"

"不是，是真的……"

$r=a(1-\sin\Theta)$

老吴毫不留情地打断:"你们这点小伎俩,我还不知道?我再给你们讲一遍这题。"

等老吴讲完题走了,罗文强继续吃喝上节课前的课间没有吃喝完的内容:"大家有没有想法啊,还有谁想参加的吗?"

虽然平时跟刘存浩他们组了个固定队伍,但面对正规比赛,还是想尽可能给班级捧个奖回来,罗文强继续暗示道:"其实我是这样想的,只要俞哥肯打配合,朝哥少点套路、多点真诚,咱班应该能挺进决赛。"

这话暗示得很明显。

谢俞被吴正强行灌输了一遍"不会不可耻,千万不要不懂装懂"的人生哲理,心很累,毫不留情地说:"那你就想想吧。"

贺朝:"我觉得我同桌说得对。"

罗文强无话可说:"你们俩觉不觉得自己有点过分!"

刘存浩听到前半句"俞哥打配合"这几个字,就觉得这个计划没戏:"你不如期待一下你的队友我突然球技猛增,变成二中流川枫。"

罗文强心情复杂:"耗子你滚吧。"

贺朝是真对这种比赛没兴趣,私下打打倒还好,争来争去的没劲。

"说真的,我就不了,"贺朝敛了笑,"你们到时候记得注意一下(四)班那队。"

这学期换了课表,(三)班体育课正好跟(四)班体育课撞在一块儿。

还没上课,操场上已经来了不少人,零零散散地坐在跑道上围成好几个圈,乍一看分不清哪个班是哪个班。

太阳光直直地照下来,晃得人眼晕,谢俞坐在贺朝身后借着他挡太阳,低着头摆弄手机,给顾女士回消息。

——最近怎么样,饭一定要好好吃,别熬夜。

——嗯。

谢俞刚敲下一个字,手机屏幕还是有点反光,他又往前俯了俯身,额头刚好抵着贺朝后背,清楚地感受到这人笑起来的时候,胸腔轻微震动。

然后他接着回复:知道了,挺好的。

说话间,(四)班的人拿着球过来,经过(三)班那个小圈,停下脚步,笑着扫了他们一眼:"你们班报了哪些人?"

不等他回答,(四)班的人又说:"球场上见。"

梁辉走在最后,没穿校服,腰侧还吊儿郎当地拴了条非主流细链,细链子上挂了个

151

十字架,他没说什么话,但是走过去之后,不动声色地回头看了他们几眼。

上学期跟(四)班的人在球场上闹了点不愉快,但罗文强他们没把这点小事放在心上。

罗文强看着他们走过去,只觉得有点怪,挠挠头问:"他们这是什么意思?"

谢俞回完短信,抬头正好对上梁辉晦暗的目光。

然后他看到梁辉缓缓抬起手,比了个侮辱的手势,只比画了一瞬,不确定到底对着谁。

离篮球比赛还有将近一个月时间。

二中篮球赛办得不是很正规,为了节省时间,压缩了比赛时长。

为了迎接这次篮球赛,罗文强加大了训练力度,不光是体育课和午休时间,就连课间十分钟他都要带着球队里的人跑下去练球。

贺朝跟谢俞两个人虽然不参加,但有空也会陪着他们作为"对手"练一阵。

"耗子,我发现你不光走位神奇,你的投篮技术也很让人诧异,"贺朝停下来,用衣领抹了一把汗,"你昨天还百发百中,今天怎么直接变成手残?"

他们班虽然心怀梦想,但球队总体实力不高。

尤其刘存浩状态不稳定,好的时候什么都好,状态不好时死活不进球。(三)班本来都已经准备好了来个一轮游,没想到第一轮险胜,挺进了第二轮。

谢俞也停下来,随口问:"第二轮抽签抽了吗?跟哪个班?"

罗文强说:"还没呢,明天比赛前抽。"

(三)班运气不佳,第二轮抽到了(四)班。

抽签的时候,姜主任正在广播里重复播报:"参加篮球比赛的同学,中午十二点球场集合。"

罗文强打开那张叠得方正的字条,上面赫然是一个数字:4。

(三)班同学都坐在旁边看台上给他们加油打气。周围坐满了人,甚至还有其他年级的人过来凑热闹,叽叽喳喳地吵成一片。

裁判接过那张字条,报了(四)班的名,梁辉他们起身往球场中央走。

随着裁判吹口哨的声音,谢俞隐约感觉到右眼皮跳了几下。

紧接着,那种不对劲的感觉越来越强烈——

开局（三）班明明占了优势，罗文强抢到球之后正准备传给刘存浩，（四）班队伍里那个穿六号球衣的紧贴罗文强不放，在裁判看不到的地方，故意绊了罗文强一下。

之后万达拿到球准备上篮，梁辉不光盖下他的球，在盖球的时候甚至故意撞上去，造成了所谓的"误伤"。

场上人多，两队人动作又激烈，不断挤压、攻防、对抗，谢俞几乎以为这两个发生在眨眼间的细微动作是他眼花看错的。

但不止这两次。

因为抢篮板的时候，他看到梁辉的手肘很明显地故意往刘存浩眼睛上撞。

刘存浩吃痛，手一松，捂着眼睛缓缓下蹲。

裁判紧急吹哨。

他们这些小动作做得极其隐蔽，背着裁判，甚至还互相打掩护，谢俞满脑子只剩下一句脏话，太阳穴狠狠跳了两下。

之前听贺朝说过这队人手脚不干净，没想到他们能坏成这样。

在（四）班这群人面前，罗文强他们这一个月为了这场篮球比赛做的所有准备就像个笑话。

"裁判，他们又犯规！有这样打球的吗？什么意思啊？"

短短十分钟时间就来了这么几出，罗文强一忍再忍，实在忍不下去。

梁辉摊摊手，无辜地说："不好意思，真的是不小心。"

虽然梁辉平时人缘不好，甚至不少人看他不顺眼，但篮球比赛这种集体活动，很容易激起集体荣誉感，（四）班同学你一言我一语地替他说话，有个女生说得尤其大声："我们哪里犯规……"

许晴晴当场就炸了，扭头说："你是不是眼瞎？"

谢俞也坐不住，还没来得及起身，就看到贺朝坐在边上慢条斯理地把矿泉水瓶盖拧上，然后反手猛地砸了出去。

里面还有大半瓶水，矿泉水瓶砸在台阶凸起的棱角上发出"砰"的一声巨响，最后撞在地板上。

本来还在争吵的两个班被这响声震得瞬间安静下来。

贺朝脸色很差，从罗文强抽到4号开始，眼神就一点点往下沉。

贺朝扔完矿泉水瓶，站起身，二话不说直接把校服外套脱下来，里面只穿了件短袖，然后他随手把外套往边上一扔："耗子，回来，换人。"

153

看台上其他围观的人只知道西楼谢俞"杀人不眨眼",传闻中的贺朝还挺好相处,现在一看,这哪里是好相处的样子。

"小霸王"这个名号不是瞎吹,气场太强,他们看着连大气都不敢喘。

刘存浩刚才被梁辉撞得太狠,直到现在还蹲在地上没缓过来,一只手捂着眼睛,有点模糊地看着贺朝跨过台阶往球场上走。

刘存浩感觉自己似乎看到了以前那个浑身戾气、把杨三好按在厕所地板上摩擦的贺朝,只是这次心境跟以前完全不一样。

贺朝走了两步,又停下来,头也不回地喊:"老谢,打不打?"

然后刘存浩看到他们班那位怕麻烦、死活不肯参赛、扬言不打配合的"大爷"也跟着站了起来。

谢俞把袖子往上一捋,回了一个字:"打。"

看这架势,不知道的还以为他们是去打架。

(三)班的人最先反应过来。

一种被瞬间点燃的热情和自豪席卷了他们,刚才被(四)班打压跌到低谷的士气再度高涨起来,心脏止不住地狂跳。

刘存浩被气氛感染,下场前没忍住也跟着放了句狠话:"(四)班的,我看你们是想找死!"

"不是喜欢犯规吗?"贺朝走到半途,弯腰把刚才万达失手砸出去的球拿起来,手腕发力,运了几下球,说话时语调听不出情绪,"接着犯啊。"

谢俞没说话。

他直接从看台围栏上翻下来,在一片沸腾声中不紧不慢地往(三)班球队里走。

两队人面对面站着。

贺朝把球扔给(四)班那队,球正好落在梁辉脚边。

梁辉说不害怕对面这两位"小霸王"肯定是假的。

他虽然平时在班里横着走,但也只敢窝里横,典型的欺软怕硬。此刻在众目睽睽之下,极速膨胀的自尊心和胜出欲让他顾不了那么多。

裁判又吹了几声哨,站在两队人中间,将他们隔开,生怕两队人打起来——尤其看台上这些人还在煽风点火,瞎起哄。

$r=a(1-\sin\Theta)$

（四）班的人也被彻底激怒，站起来喊："辉哥，加油！"

裁判头都大了："你们冷静点，干什么呢，打球还是打架啊……比赛第二，友谊第一。"

梁辉一开始没太听懂贺朝让他们"接着犯"到底是什么意思。

等贺朝他们重组的队伍聚在边上临时商讨完战术，重新上场的时候，他才领会到这句话的含义：犯规又怎么样？让你犯规都找不着机会。

贺朝刚才在看台上看了十分钟，把（四）班那帮人的套路摸得差不多了："等会儿你们配合老谢，他突破能力强，打快攻，就是打起来六亲不认，配合就别指望了，你们小心别被他误伤。然后体委你盯六号，我盯梁辉，架死他们。"

裁判选择性失明，只能不让（四）班这队人凑在一起为犯规打掩护，争取下半场把分数拉回来。

罗文强惊讶于贺朝对赛场的观察能力，愣了两秒，连连点头："行，我会注意的，不让俞哥伤害我。"

谢俞不太乐意，皱眉说："我？"

"你什么你！"贺朝手搭在谢俞脖子上，凑近了说，"你，单排玩家，永远的孤狼，别想了。"

贺朝上场就组织了一次来势汹汹的快攻，主场完全交给谢俞，（四）班这帮人没遇到过这么野的打法，一时间被攻蒙了。

梁辉被贺朝盯着，只能眼睁睁看着谢俞拿到球之后一连越过两个人，根本不给别人贴身的机会。

攻势太猛，两个人防不住。

"辉哥！"（四）班那个六号球员好不容易脱离罗文强的控制，还是没来得及上去把谢俞拦住，情急之下喊了一句，"拦啊！"

梁辉心说拦个头，贺朝防他跟防贼似的，根本过不去。

球从篮圈里落下的瞬间，看台上（三）班全体起身，发出一阵震耳欲聋的"哦——"。

谢俞配合倒也没那么烂。

主要因为筹备篮球比赛的这大半个月以来，他多少也跟着他们打过几次。罗文强这段时间防守技术大幅度提升，就是跟谢俞一对一打了好几场练出来的。

谢俞进了球，往回倒退两步，正好退到贺朝身侧，两个人击了一下掌。

贺朝扯着衣领扇了两下风，笑了笑说："我同桌真帅。"

155

谢俞换了个位置，准备回防，用只有他们两个人才能听得到的声音说："你也很帅。"

罗文强刚才差点扭伤脚，站在篮下，一边趁着这个时间暗暗活动踝关节，一边察觉自己眼眶有点热——这是男人的热血啊。

"俞哥！酷！"

"帅爆了！"

梁辉听着耳边这些声音，暗暗吐了口气，胸口剧烈起伏一阵。他略微弯腰，手上运着球，眼神阴骛。

（三）班回防，（四）班那队开始占主导地位。

梁辉带着球进攻，本来以为能够扭转局势，结果没想到谢俞以攻为守，直接抄了他的球，连对峙这一步骤都直接省略。

两次下来，梁辉逐渐摸清（三）班的作战套路，专门安排人防守谢俞，两个人防不住就三人连防："防死他，把谢俞防住了，剩下的人都容易解决。"

梁辉盘算得很美，想控制住谢俞，维持两队的比分，压着（三）班别让他们追上来。

这招却正中贺朝下怀。

（四）班那群人以为谢俞是主攻，贺朝是个组织整个队伍行动的后卫，哪料谢俞被他们防住之后，这一轮的主攻就变成了贺朝。

贺朝假动作和套路层出不穷，打球跟耍人似的，几个回合下来就把比分追了上去。

看台上只剩下（三）班的人在喊话，（四）班士气越来越低迷。

"好球！"谢俞出了汗，把外套拉链往下拉了点，卡在胸口，这时候才想起来去看边上那块比分板，"还差一分。"

贺朝："分分钟的事。"

离比赛结束时间只剩下半分钟不到，还差一球。

（三）班这帮人加快了节奏。

谁都没有注意到梁辉防守的同时，给边上那个六号球员使了个诡异的眼色，六号不动声色地点了点头，本来还在挡谢俞的球，突然间惨叫了一声，整个人连连后退，最后跌倒在地。

六号倒在地上喊："裁判，他撞我！"

梁辉："他带球撞人！"

谢俞没想到他们还能突破下限，坏到这个地步。

"不玩犯规改碰瓷，你们队玩得挺溜啊。"贺朝刚从谢俞手里接过球，听到这话停

r=a(1-sinθ)

下动作，"你再说一遍，谁撞你？"

场面失控，两个班的人从看台上下来，聚成一团，你推我搡。

"别吵，不要动手，友谊第一！"裁判吹了好几声哨，仍然没有控制住混乱的局面，嘴里叼着口哨又喊了一声，"友谊第一！"

二十分钟后。

两个班齐刷刷站在姜主任办公室门口，沿着走廊站了长长的两排。

"你们两个班怎么回事，啊？打篮球打得热血沸腾，篮球场都不够你们发挥的，怎么个意思，要不要再给你们建个拳击场，办个自由搏击大赛？"

姜主任本来准备去会议室开会，东西都收拾好了，结果没想到篮球比赛出了事，这回不只是两个篮球队之间的矛盾——而是两个班浩浩荡荡四十几号人发生摩擦。

姜主任骂了几句，(四)班的人不服气，还在那边喊："是他们先……"

谢俞被这帮人烦得不行，正想骂回去，贺朝用手背碰了碰他的手："别说了。"

"还没吵够？"姜主任沉下脸，搬出了一套去年就说过好几次的话来，"篮球比赛，还比什么，以后都别想了，都给我滚去踢毽子——"

两人站在排尾，谢俞听到姜主任说这句，反应过来贺朝那句"别说了"是什么意思。

姜主任好不容易帮他们争取回来的篮球比赛，结果现在又弄出这种事。

走廊上几阵风吹过来，谢俞被吹得清醒不少。

(三)班全体低着头，没再说话，任由姜主任越骂越狠，他们看上去跟理亏似的。

姜主任差点背过气去，临近上课，他也不想耽误两个班的上课时间，缓了缓，最后还是说："你们好好反省反省，回去每人写一份检讨，明天早上交到我办公室。两千字，少一个字你们明天就提着脑袋来找我！"

姜主任走后，两个班的人也互看生厌，谢俞正准备下楼，却听到梁辉在背后冷笑了一声。

谢俞脚步顿住。

贺朝拉着他，怕这位暴脾气的小朋友二话不说上去把梁辉摁在地上："行了，下节老唐的课。"

然而梁辉却拖长了语调，阴阳怪气地说："你们班那个骚扰学生被重点学校开除的

157

老唐啊……"

贺朝松开手："你瞎说什么？"

老唐上学期临时转来二中的时候，众说纷纭，什么传闻都有。

有人说他是二中重金挖过来的，也有人说他在原来学校犯了事——这个版本当时在学校贴吧里火了一阵，后来帖子被管理员删除，来去如风，没人把这件事当真。

梁辉这脏水说泼就泼，泼完也没骨气真在教导处门口跟他们再打一架。

他刚才在篮球场上已经吃过苦头，谢俞挥上来的那拳打在他腹部，那里直到现在还隐隐作痛："有种明天晚上放学别走。"

谢俞眉头一挑，这种约架的口吻很熟悉，他正打算问"在哪儿打"，就听梁辉熟练地报出了一串游戏名以及时间、地点。

"《创世纪》断情崖！晚上九点，就问你们班敢不敢来！"

（三）班全体无语。

《创世纪》是这两年兴起的热门网游，风靡校园，几乎人手一个账号。

谢俞回想起暑假那会儿周大雷就是因为沉迷《创世纪》才为了件紫武跑出去跟人打架，结果意外遇到了贺朝，两人面对面写检讨。

看着梁辉那张脸，谢俞觉得自己越来越猜不透这人的脑子里到底装了些什么。

明天正好是周六。

梁辉这个提议虽然幼稚，但是不得不说相当"文明"，毕竟真打起来，收拾烂摊子的还是老唐和姜主任。

于是罗文强代表（三）班接下了这封战书："来就来，谁怕谁！"

由于违反秩序，（三）班和（四）班一起出局，取得的成绩直接作废。语文课上，老唐利用课堂时间教育了他们一会儿："凡事不能冲动，有什么问题非得冲上去动拳头？你们也不小了，要为自己的行为负责……"

班里鸦雀无声。

老唐以为他们默不作声、低头一个劲地盯着裤裆猛瞧，是过于羞愧的表现，语调不由自主地放软了些："这次的事情就当给你们个教训，希望下次不要再发生这样的事。"

午休没时间睡觉，谢俞把手边厚厚的一摞书推到课桌中央，准备躲在书本后面睡一会儿。

贺朝用手肘碰了碰他:"看班群。"

"什么?"

谢俞没睁眼,脸枕在臂弯里,手往桌肚摸半天才摸到手机,就着这个姿势不情不愿地睁眼点开未读提示。

罗文强:有谁要参加的,来报个名,然后加一下咱班的帮会——我刚托人帮忙建的。

徐静:好!

许晴晴:算我一个。

万达:我刚才去打听了一下,隔壁班五个奶妈、四个法师,剩下基本上全都是剑客,梁辉打的是什么职业还不知道,他有三个号……

看着(三)班这帮人迫不及待上游戏干架的样子,谢俞头有点疼:"他们是认真的?"

如果只是面对面打架,估计阵势没那么浩大,换成游戏之后简直是全班参与,只要手里有账号,一个个的都恨不得把隔壁班按在地上摩擦。

下午四节课大家显然心不在焉,满脑子都是回家打游戏。等放学铃响,刘存浩第一个收拾好书包往外冲:"再见兄弟们,我要赶紧回去精进一下我的连招技术,话不多说,游戏见!"

谢俞正靠着走廊栏杆打电话,顾女士在对面叨唠了好几句,走廊太吵,他听不太真切,只回了几声"嗯"。

刘存浩从他身边经过,挥挥手喊:"走了,俞哥!"

刘存浩跑得太快,塞在书包侧面的水杯被颠得摇摇欲坠,贺朝手撑着窗沿提醒他:"耗子,水杯!"

顾雪岚话说到一半,听到电话里传来的略显凌乱的脚步声,以及男孩子充满活力的说话声——属于校园的吵闹、喧嚣。

谢俞等了一会儿,没等到顾女士说话:"妈?"

"没事,"顾雪岚回神,最后叮嘱了一句,"回来的路上当心点。"

周末回去两天,谢俞带了几本作业,想了想又往包里塞了套试卷。他正要把书包拉链拉上,背后传来贺朝的声音。

贺朝中午打球出了一身汗,总觉得浑身不舒服,趁放学回寝室简单冲了个澡。

"明天晚上断情崖,来不来?"

"不去。"谢俞都不太敢去想那个画面,"太傻。"

159

嘴里说着"不去"的某人回到家之后，眼看离两个班的决战时间越来越近，犹豫一会儿还是登录了自己以前那个叫"X"的游戏账号。

谢俞对《创世纪》这款游戏没太大感觉，还是以前周大雷用生命跟他"安利"他才去注册的账号："我用我的人格担保，真的很好玩，不好玩你把我的头割下来当球踢！"

不过他没玩多久，账号等级停在四十六级，很多技能没解锁。

谢俞低头给贺朝发过去一句："你还有没有多余的账号？"

贺朝回得很快："有，你等一下。"

谢俞退出私聊界面，发现班群里还在聊关于晚上决斗的事，比平时讨论学习激烈得多。

（三）班班群里热聊了一阵，紧接着一个不可思议的ID跳了出来。

[a＝(Vt－V0)/t√]：这是哪个游戏？

薛习生问了两遍，得到答案之后握着鼠标，找到《创世纪》官网，点了下载。

贺朝把账号和密码发给谢俞的时候，也跟着感慨了一句："咱班学委居然打破了他十七年来从来不碰网络游戏的纪录。"

谢俞心说，岂止是打破纪录，他们班学委还说过网络游戏就是无聊至极的青少年精神鸦片，耽误他的学习。

贺朝给他的是一个满级号，战士，主攻近战。

哪儿都挺好，就是……

"这名字什么玩意儿，"谢俞一通电话拨过去，还没等贺朝说话，又说，"你傻啊？"

电脑屏幕上那个从胸口一直到肩膀有道黑色文身的狂战士，外观酷炫，手里拿着把青龙刀，头上却顶了个傻到不能再傻的名字：↘想妳俄會上癮ㄚ。

贺朝没察觉出哪里不对，他这个账号本来都没有认真取名，刚才谢俞问他要，他才想起来临时改一下："你看我的。"

贺朝的游戏角色是个刺客，从头到脚一身黑，戴着帽子只露出来一双眼睛，头上顶着：__愛妳俄會入迷♂。

谢俞："……"

（三）班大部分人已经上了线，为了多争取点时间磨炼一下配合度，帮会在线人数越来越多。

当学委顶着"请勿沉迷游戏"的ID名字出现的时候，（三）班全体沉默。

紧接着两个傻乎乎的"情侣名"出现在帮会列表里，（三）班全体终于在沉默中爆发了。

游戏里大家的名字各式各样，一时间分不清谁是谁，于是大家转回班群语音聊天，也为了方便等会儿打配合。

许晴晴家里声音有点吵，应该是还在吃饭，他上来就忍不住喊："学委就算了，这俩笨蛋是谁？"

万达边戴耳机边说："走错帮会了吧？"

刘存浩："这？"

"我跟老谢，"贺朝说，"有意见？"

"没有没有，不敢。"刘存浩以为不是班里的人，听到贺朝这话，试图挽回自己刚才说过的话，绞尽脑汁尬吹道，"其实……这个名字吧，烦琐中流露出一丝贵族气息。"

谢俞忍着下周一见到贺朝直接把他从走廊这头踹到另一头的情绪，顶着"↘→想妳俄會上癮丫"的名字参加了这场帮会战。

刘存浩当了两年班长，把与生俱来的领导力带到了游戏里，技能倒是没怎么练，光是拉着他们走方阵就花了半个多小时。

"不管我们的技术怎么样，我们的气势一定要走出来，入场就要碾压他们，"刘存浩慷慨激昂地在语音里喊，"战士站在最前面，法师往后靠，奶妈站最后，走位整齐一点，我喊三二一，大家一起往前走……"

二十几个人在游戏里走起了"4×6"的小方阵。

方阵边上，有个叫"↘→想妳俄會上癮丫"的战士一动不动，人物眼神中甚至透露出一丝冷漠。

刘存浩不断重复着"三二一"，贺朝在混乱中喊了一声："老谢，走啊。"

谢俞开了麦："再喊我就下线。"

晚上九点整，断情崖上浩浩荡荡挤了一大批人。

其实这场所谓的干架没什么技术可言，人数太多，就是一场大混战。

但是（三）班那个缺了一个人的"4×6"的小方阵整齐划一场的时候，（四）班的人还是震惊了一把。

"对面那个法师残血了，谁上去补一刀！"

"奶妈呢？奶我一口！我要死了，奶妈你看看我啊！"

　　"谁给我控住那个笨蛋？给我控住他！"

　　大家都在语音聊天里七嘴八舌地喊，谁也没有注意到一个ID名为"请勿沉迷游戏"的五级新手号中了敌方好几个技能攻击，血条眼看着就要空了——直到薛习生开麦问道："怎么吃药？"

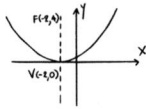

$$r=a(1-\sin\theta)$$

第十五章

断情崖是《创世纪》里的热门帮会战地点，热门的原因很简单：要实在打不过，与其死在敌人剑下，不如自己从悬崖一跃而下。

死也要死得有点尊严。

这场两个帮会之间的较量很快上了热门，引发多方围观。

"右下角物品栏。"贺朝说，"学委往后躲，实在不行就跳崖，耗子上去帮忙挡一会儿……对面哪个是梁辉？我上去打他。"

贺朝开局收割了好几个人头，战术阴险，走位风骚。

刘存浩冲上去把五级新手号护在身后："你家老谢已经在打了。"

"↰想妳俄會上癮ㄚ"单枪匹马杀进敌方阵营。

谢俞虽然很长时间没玩这个游戏，但是周大雷成天闲着没事就喜欢研究新型连招，研究出来了就在他面前狂秀："谢老板，你看我这招，我决定给它取名叫雷仔之刃，你觉得怎么样？"

谢俞毫不留情："我觉得很土。"

周大雷："……"

梁辉被头顶非主流ID的战士缠得没办法动弹，不过短短五分钟时间，他们这边已经被打得只剩半支队伍。

你来我往，一时间看不清楚周围的景色，满屏幕都是特效。

"残血，一刀。"谢俞还没等周围的人反应过来，又说，"死了。"

梁辉装备不错，大概他是把玩游戏的心思都放在高价装备上头，游戏角色看起来光鲜亮丽，实际操作算不上多好。

这个时间，薛习生终于吃好药，回血后放出去了好几个伤害力几乎为零的技能，向大家展示了五级新手号的倔强。

二十分钟后——

系统提示:(三)班帮会战胜(四)班帮会。

这场胜仗打得酣畅淋漓,刘存浩嗓子都快喊哑了,到最后揭晓胜负的一刻更是拼命狮吼:"赢了,兄弟们!我们赢了!"

谢俞被刘存浩这声震得头疼,下意识想伸手拔耳机,紧接着耳机里又出现一阵更响亮的叫骂声:"你要死啊,作业写完没有?还打游戏?"

刘存浩声音太大,把刘爸刘妈招了过来,他们推开门就是一顿痛骂。

刘存浩被骂得瞬间老实,低声下气说:"妈,我就再玩十分钟……我发誓,真的。"

而另外一边,却有位家长不按套路出牌。

"怎么不玩了?再跟同学们多玩一会儿啊,这个游戏看着挺有意思的,我看别人家孩子都买装备,你看上了也买,妈妈给你打钱。"

(三)班同学被这位家长惊得说不出话。

然后他们听到薛习生无奈地说:"妈,不用,我不玩了,我要去背单词。"

刘存浩简直想哭:"为什么人和人之间的差别可以这么大?"

谢俞手搭在耳机线上,跟着耳机里传过来的笑声一起笑了起来。除了刘存浩还在为命运的不公而哀号,其他人都狂笑不止。

他笑着松开手,正打算退出游戏,却看到(四)班的人在"世界"频道用小喇叭当众喊话。

"愿赌服输。"

"对不起。"

这场比拼本就是他们班主动提出来的,他们现在只好认输。

只不过虽然低头认错,(四)班帮会聊天框里可不是这样的画风,梁辉气得把键盘敲得啪啪响,最后按下发送键才发现自己发错了地方。

一行字突然出现在"世界"频道。

"每次考试平均分都垫底的班,玩游戏玩得当然厉害了。"

两个班的矛盾从篮球比赛开始,闹到现在收不住。本就是年轻气盛的年龄,他们根本控制不住情绪。

谢俞的手僵了僵。

他本来就被这事闹得不爽,现在看到这句,只觉得一股火直接冲上头顶。

(三)班班群里安静下来,直到有人没忍住骂了一句,然后所有人炸了:"他们什么意思?"

164

（三）班同学还没来得及多骂几句，就看见"世界"频道杀出来一个熟悉的、审美异于常人的ID名。

"↘→想妳俄會上癮ヤ"：找死？

谢俞刚发完，另外一个同款ID也杀了出来。

"__愛妳俄會入迷╱"：成绩差是吧？就这次期中考试，睁大眼睛看清楚，谁才是第一名。

（三）班全体沉默。

他们怎么也没有想到，薛习生还没发言，最先站出来放狠话的居然是班里两位成绩堪忧的后进生。

虽然气势强到爆炸，嚣张、盛气凌人，莫名地还有点热血，但（三）班同学并没有被这种热血冲昏头脑。

罗文强声音开始发抖："不是，虽然你们这话吧说得很帅，但为什么那么嚣张啊？你们知道自己在说什么吗？"

万达："醒醒啊！求你们两个人清醒一点！"

刘存浩："朝哥，人真的不能太膨胀！"

离期中考试还有不到两周时间。

这学期开学以来就组织了一次月考，他们班这两位雷打不动的年级垫底虽然成绩都提高了一点，但幅度不是很大。

（三）班同学高兴归高兴，但联想了一下这两位平时的上课状态，有充分的理由怀疑应该是他俩蒙题的运气变好了。

这帮人反应太激烈，谢俞跟贺朝想插话都插不进去，贺朝好不容易断断续续说了一句："没事，就算让他们三十分都稳赢，其实我跟老谢……"

还没等他把话说完，（三）班同学一个个退出了群聊。

刘存浩：再见，听到"三十分"那儿实在听不下去了，他们让我们三十分我们都不太可能赢。为了咱班的尊严，我下线去学习了。

万达：我也学习去了。

罗文强：学习。

语音聊天里最后剩谢俞跟贺朝两个人。

贺朝哭笑不得，他最开始只是生气，跟着同桌一起撑撑场子，既然话都发出去

165

了，干脆跟这帮同学把话说开，没想到他们压根不愿意听。他感慨道："人和人之间的信任呢？"

贺朝感慨完，又喊了谢俞一声："老谢。"

"嗯？"

"之前那个计划，稳步……"

谢俞退了游戏，摘下一侧耳机，打断道："还稳什么。"

梁辉那句话不断在脑子里绕。

谢俞火冒三丈，之前关于后进生包袱的顾虑被这把火悉数烧光，脑子里只剩下一句话：直接打一顿得了。

贺朝松开鼠标，也说："行，打。"

周末两天班群里很安静，基本没什么人冒出来说话，就算有也是临时上线问学委几道题，问完又没了踪影。

"对了，桌上那袋东西你等会儿走的时候也带到学校里去，别忘了，"周一一大早，顾雪岚没喝几口粥，又放下勺子唠叨，"妈给你买的保健品，补充身体营养的。"

"知道了。"

谢俞应完感觉到手机振了两下，点开看到学委正在给罗文强讲一道几何题，他看了几眼又放下手机，继续低头吃早饭。

顾雪岚问："同学？"

"嗯。"

两个人的谈话模式总是这样，搁在以前，谢俞没感觉出哪里不对，他本来话就少，有空说不如动手做点事，但自从上次把话说开之后，他也开始多注意顾女士话里的意思。

谢俞隔了一会儿才开口："我们班学委，在班群里教人做题目。前几天……"

谢俞不擅长说这些，好好的一场游戏帮会战被他三言两语说得特别平淡，但顾女士还是听得很高兴，最后还好奇地问："那他平时就不干点别的？"

谢俞说："不干别的，他的生命里只有学习。"

路上有点堵车，谢俞到校时上课铃快响了。（三）班教室安静得近乎诡异，往常隔很远就能听到这帮人吵成一团，今天竟然一点动静都没有。

谢俞刚走到后门门口，就看到后边黑板报上不知道什么时候写的四个红色、加粗、直击心灵的大字：逆天改命！

贺朝也到得晚，进教室的时候正好跟谢俞撞上，他手扶着门框，堪堪停下，又伸手

r=a(1-sinθ)

搭在谢俞肩上,微微弯腰说:"站这儿干什么,不进去?"

贺朝说完,往教室里看了一眼,也看到了"逆天改命"这四个字:"这是什么?这期板报的主题?"

谢俞反问:"你觉得学校会给这种主题?"

(三)班今天学习氛围格外浓厚,一个个都在埋头苦读,万达正好做完值日从外面进来,贺朝冲他勾了勾手指。

万达放下抹布,另一只手里居然还拿着一本小小的单词本:"早啊,朝哥。"

贺朝:"早,解释一下?"

"啊,这是耗子写的,"万达说,"说要鼓励一下大家,不能放弃希望,咱班这次期中考试就是背水一战。"

(三)班全体压根不指望这两位能考出什么好分数,最多期待一下他们跟上次考试那样多蒙对几题,落下的那些平均分就只能靠他们再拉上去。

早上他们已经聚在一起开过紧急班会,设想了最差的情况,虽然困难,但也不是完全没有可能。

当时刘存浩手里拿着张纸,另一只手用笔在上面圈圈画画:"我们假设一下,要是这次朝哥考十分……不,我们得再保守一点,我们就按照零分算!这样我们每个人只要多考……"

万达正要回去继续学习,就听贺朝来了一句:"背什么水?我跟老谢拿几个满分还是不成问题的。"

贺朝这样说就算了,平时人狠话不多的谢俞居然也跟着"嗯"了一声。

万达脚下差点一滑,内心百感交集,完全不知道他俩这种谜之自信到底是从哪里来的:"你们神经病啊!在做什么梦!清醒一点行不行?"

万达根本不给他们说话的机会,一路喊着"求你们清醒一点",跑回了座位。

谢俞站在门口,心情有点复杂:"我们很清醒。"

贺朝还维持着刚才那个姿势,勾着谢俞的脖子,被万达搞得愣了愣:"真的很清醒。"

贺朝说完,又冲着万达的背影扬声喊:"你别不信,拿个满分而已。"

这话一出,崩溃的不止万达,刘存浩恨不得反手把手里那本单词本往这两人脸上甩:"信什么信?我们之间没有信任!你能考满分我就把期中考卷吃下去!"

167

早自习铃响，各班嘈杂的声音逐渐低下去。

英语老师拿着课本从办公室出来，隔着半条走廊就看到（三）班门口站着两个人："你们俩站门口干什么呢？赶紧回位置上坐好，上课了不知道？"

谢俞暗暗吐出一口气，不再多跟他们纠结这个话题，走到后排把椅子拖了出来。

"（三）班今天学习气氛不错啊，"英语老师一进教室就感觉到这股非同寻常的氛围，俯身在电脑上调试听力文件，"背单词背那么认真，是不是感受到了期中考试的压力？"

英语老师把音量调大，又说："你们也不用那么紧张，用平常心去对待这次期中考试，调整好心态……"

她根本想不到，（三）班这帮人只是为了跟隔壁（四）班较劲，誓死争口气而已。

谢俞跟着做了一套听力题，他为了坐车，早上五点多就起床，听了两题开始犯困，最后趴在桌上，几根手指钩着笔，写出来的英文字母也越来越潦草。

贺朝侧过头就看到同桌半合着眼，眉眼困倦的样子。

谢俞做题很快，没等一道问题问完，就精准地画出来个选项。

谢俞一边勾画一边在心里暗暗琢磨，他自认入学以来还是给自己留了点余地的，偶尔也会解半道易错题，给各科老师一点意外之喜："你看你这题，这思路不是被你想到了吗？他让你平时不好好背公式，不然怎么会写了个开头就卡在这……"

没想到这种精心琢磨的小惊喜并没有在同学及老师心上留下什么痕迹。

"还有多余的笔吗？"贺朝问。

"你笔呢？"

"习惯了，没带。"

装了那么久，"业务能力"太熟练的后果就是谢俞翻遍了桌肚也没找出来第二支笔，还是一如既往的"贫穷"。

两个人就这样沉默着对视了一会儿。

谢俞收回目光，用笔戳了戳前面同学的肩，想问还有没有多余的笔，然而平时对他们"毕恭毕敬"的这位兄弟居然有了点小脾气。

他头也不回地说："大哥，不要打扰我做听力，现在是我们班生死存亡的关键时刻，我不能分心。"

谢俞按了按眉心，对这帮人彻底绝望了。

英语老师倒是对（三）班这种堪称魔怔的学习状态表示特别满意，下课的时候收拾

$r=a(1-\sin\Theta)$

好东西，出教室门之前笑着来了一句："不管你们是中邪了还是怎么的，我希望咱（三）班能够继续保持这种状态……"

整个课间，（三）班教室里除了有同学交头接耳讨论题目，没有其他动静。

（三）班学委桌前几个人排着队，跟寻医问诊似的。

只见薛习生从容不迫地扶了扶眼镜，帮万达解决完一道立体几何题，手里拿着笔，又说："下一个。"

许晴晴毕恭毕敬地上去，把化学练习册摆在薛习生桌上："薛老师，六十八页第三题，请您指点一下。"

罗文强排在许晴晴后面，等待的过程中还不忘利用时间多背几个数学公式。

谢俞的想法很简单，既然再怎么说也没人相信，倒不如少点废话，到时候直接用考试成绩说话。

贺朝却仍然不肯放弃，整个人看起来尤为闲散，跷着腿，挺无所事事的样子，抬手冲罗文强喊："体委。"

罗文强抬头："啊？"

"你哪题不会？"贺朝说，"我教你。"

罗文强还以为是什么事，听到这个，一口气憋在胸口，窒息般的感觉席卷而来，他好半天都没缓上气来。

他正忙着顺气，就听见贺朝追加了一句："你不信你拿过来我做一遍给你看。"

谢俞扯扯贺朝衣角，提醒道："算了。"

贺朝低声说："我觉得我还能再抢救一下。"

谢俞："你再说下去，需要抢救的指不定是谁。"

罗文强确实觉得自己现在非常需要一辆救护车。

他最后深吸一口气，婉拒道："朝哥，是这样，我的时间很宝贵的，一分一秒都不能浪费。你懂我的意思吗？"

贺朝："你怎么就不相信我呢？强强，给彼此一个机会不好吗？"

回应他的，是罗文强毅然决然离开的背影。

罗文强反应太强烈，谢俞扯着贺朝衣角的手松开，没忍住笑着往边上靠。

贺朝抓了抓头发，也没了那种"再抢救一下"的心思，都不知道该说些什么："这帮

169

人，学会信任就那么难吗？"

谢俞说："哥，我觉得你该学会放弃。"

（三）班黑板报"逆天改命"边上还加上了期中考试倒计时，整个班因为这个倒计时变得愈发紧张起来。

老唐好几次都想劝劝他们放下手里的课本，多出去走走："劳逸结合，学习也要适度，你们这一天天的，连体育课也不想上了，干什么呢？"

然而（三）班同学简直拥有钢铁般的意志，老唐怎么劝也没能劝动他们。

期中考试当天，除了姜主任在广播里喊"各班把考场座位排一下，半小时后去各自对应的考场"，剩下就是拖拽桌椅的声响。

连着两周高强度的复习，（三）班每个人看起来都不是很有精神。

刘存浩拿着抹布，把板报上的"1"擦掉，然后郑重地在倒计时后面写了个"0"。

"大家稳住，"刘存浩眼底是这两周熬夜熬出来的黑眼圈，虽然疲惫，但眼睛里闪着坚毅的光，"我们能赢。"

谢俞拖着桌椅，感觉他们这架势不太像背水一战，更像马上就要被洪流淹没、死前还在残破的小舟上垂死划桨的一船乘客。

谢俞跟贺朝两人虽然成绩有点起色，但还是免不了去最后考场考试的命运。

走廊上人挤人，同学们都急着换考场，水泄不通。

"上次说的正数第一，"楼梯口堵了半分钟，贺朝停下来，看了谢俞一眼，"比比？"

第一门语文，谢俞就带了两支笔，其他什么都没拿，连橡皮都懒得带，压根不考虑涂卡涂错了没东西擦的情况。

"行啊。"

谢俞说完低头关手机，再抬头，梁辉他们几个人正好从厕所里走出来。

梁辉眼神晦暗，吊儿郎当地把手插在裤兜里。

广播里不断重复着几句提示。

两拨人互看两眼，最后谁都没有搭理谁。

"请各位考生到指定考场，请各位考生到指定考场，距离考试开始还有十分钟，注意时间。

"第一门考试科目，语文。

"距离考试开始还有十分钟时间。"

这次期中考试考卷是A市几所普高联合出题，难度比往年有所提升。

170

还没开始考试，"后进生聚集地"已经有人倒头就睡，等监考老师进教室的时候，他们甚至打起了呼噜。

缓慢又悠长的几声呼噜，让监考老师的脚步忽然顿住。

监考老师是个陌生面孔，他显然对这个考场很有意见，边清点试卷边皱眉扫了台下一眼。

台下干什么的都有，有几个胆子大的，自以为隐蔽地低头摆弄手机。

"不着调，成绩差"就是这个考场的代名词。

伴随着一阵急促的考试铃，监考老师把试卷一组组发下去，从排头传至排尾。打呼噜的那个终于被铃声惊醒，抹抹嘴角勉强睁开眼睛。

这个考场完全没有可以让人紧张起来的考试氛围，谢俞却觉得喉咙有点发干。他一接过试卷，手肘就压着考卷直接开始写名字，另一只手把剩余的试卷往后传。

贺朝伸手，把谢俞手里那张试卷接了过去。

"考试正式开始，考试时间一百二十分钟。

"考生注意，切勿携带与本场考试不相关的用具……"

监考老师伴着广播，慢悠悠地来回踱步。

谢俞写完名字，粗略扫了一遍考卷。

他本来以为这次考试难度应该跟月考差不多，结果意外地看到了两道新题型。

然后他才留意到最上面出题人那栏，列着几位外校老师的名字。

二中对这次考试相当重视。四校联考，考试成绩直接关系到各校的颜面——虽然二中向来没有什么颜面可言，平均分死活上不去。

"怎么样？"谢俞刚答了没几题，后背被贺朝用笔戳了一下，"能拿多少分？"

"想拿多少拿多少。"

谢俞说完，又不动声色地往后靠："害怕吗？求我，我考虑让你两分。"

贺朝左手拿着笔，在他后脑勺上轻轻敲了一下："你很嚣张啊！你求我，我让你二十分。"

其他人浑然不知角落里两位年级垫底生在说些什么——简直是一段让人不敢相信的对话。

这帮人只有班级、姓名、考生号写得顺畅，写完之后就开始咬笔盖，盯着题目一个字

171

也看不进去。

他们很快发现平时总跟他们一起哀号"这题好难"的某位年级垫底生这次考试却没什么动静。

少了个人一起哀号，总感觉考试的时候缺了点什么，边上那位同学睡了一会儿醒过来，看到贺朝还在答题，犹豫着问："朝哥，你今天状态好像挺不错……"

贺朝把试卷翻过去一页，随口说："是挺不错，二中会因为有我这样的学生而感到骄傲。"

监考老师本来想睁只眼闭只眼，懒得管他们，然而这帮人动静闹得越来越大。他放下手里的书，重重地咳了一声："都安静点。"

那位同学不得不把想吐槽的话咽了回去。

他看着贺朝，觉得自己实在理解不了这种堪称盲目的自信。

谢俞每道题都答得简明扼要。等他答完，又从头到尾检查一遍，扭头看了看墙上的时钟，估摸着还能睡半小时左右。

谢俞余光瞥见贺朝还在写作文，收尾阶段。

这人平时的字总是飘上天，答题没正形，捏着笔不管写什么都让人感觉是在瞎蒙。现在收了那种随意，他低垂着眼，写得挺认真。

谢俞没注意看贺朝作文写的什么，只是枕着胳膊合眼的时候，听着隔壁几个人聊天，脑子里突然浮现出贺朝上学期写的那篇《背影》。

他在这个考场传过答案。

他绞尽脑汁地想该怎么跑题才能跑得更远，怎样写一篇完美的零分作文。

——像一场奇妙又荒唐的梦。

谢俞想着想着睡了过去，中途隐约听到姜主任在广播里喊："距离考试结束还有十五分钟，请各位考生把握好时间。"

考场上的这一百二十分钟格外漫长。"后进生聚集地"的所有人逐渐安静下来，扔下笔，听天由命，睡倒了一大片。

监考老师看着这幅奇观，摇了摇头。

这次期中考试试卷难度明显超过他们平时在学校里做的那些试卷。

几门考试考下来，大家心如死灰。疲倦之余，有些人甚至不知道自己这次到底考得怎么样。

"完了完了，这回真的要完，"最后一门考试收卷铃响，刘存浩交完试卷，走出考场的时候都是扶着墙走的，好不容易走回教室，进门就喊，"各位战友，来，汇报一下战况。"

罗文强："山穷水尽。"

许晴晴："逆不了天，改不了命。"

万达："阵亡。"

整个班只有谢俞跟贺朝两个人看上去像没事人一样，

贺朝正把桌椅往回搬，听到刘存浩喊话也举了手，单手撑着桌椅说："超常发挥！"

刘存浩感觉到他千疮百孔的心彻底碎了。

谢俞半坐在课桌上，伸手抓着贺朝的后衣领，直接把他拽了过来："不长记性？你再说，耗子下一秒能从楼上跳下去。"

各科老师也挺担心学生的这次考试成绩，从监考情况来看，平均分可能会创下历史新低。

老师办公室里，几位老师聚在一起讨论分数问题："估计挺悬，以前我们跟其他学校的差距也就是两三分，这次可能是五到六分。"

"尤其是数学，这次数学题出得太难，我们平时都在给他们抓基础，这种题做得少。"

几位老师聊到一半，又想到了什么，扬声问："唐老师，你周末是不是要去十六中评卷？"

四所学校联考，每个学校都会派几名老师过去参与评卷。

这次高二年级组派去评卷的老师是唐森和吴正，老唐刚收拾好东西，正准备去教室，听到这句，点点头说："对，我跟吴老师一起去。"

评卷是个苦差事，一天下来眼睛难受得不行，没几个老师乐意周末还去评卷。

"辛苦你们俩了，"其他老师摇摇头，说完又小声感叹了一句，"不知道这次你班那两位考得怎么样……"

提到（三）班的那两位，办公室里陷入一阵沉默，然后老师齐齐叹气。

临近放学。

顾女士打电话过来说她已经到校门口的时候，贺朝正因为"超常发挥"四个字引起众怒，被刘存浩、罗文强两个人联手追着"混合双打"。

看出来班里气氛低迷，贺朝也挺配合，任由他们追打，缓解了一下气氛。

贺朝被他们追了半天，中途变道改从窗户翻出去，手撑着窗沿，脚下悬空的一瞬说："你们就这样对同班同学使用暴力？"

贺朝翻出去之后直接往谢俞边上挤："老谢，救我！"

罗文强停下脚步，撸袖子之前问了问谢俞的意见："俞哥，我能揍他吗？"

电话那头，顾女士说了一大段话，谢俞没怎么仔细听，下意识对顾女士敷衍了一声："嗯。"

罗文强："谢谢俞哥！那我就不客气了！"

老唐抱着作业从办公室出来，看到这几个人聚在走廊上打闹，松了口气。他就怕这群孩子因为这次考试情绪受影响，没想到他们心理素质还不错："行了，都回教室里坐好，跑来跑去的像什么话。"

刘存浩脚下动作刹住，收了手："老师，我们的成绩什么时候能出啊？"

"不出意外的话，试卷周末两天就能评完。"老唐沉吟一会儿又说，"出成绩还得再等几天。"

话是这么说，但唐森第二天一大早出门赶地铁去十四中评卷的时候，怎么也想不到意外说来就来。

"辛苦各位老师了。"一名戴着眼镜的女老师把试卷分下去，然后十几名教师挤在一间教室里，没再说话，整间教室里只有翻试卷的声音。

十四中是A市几所普高里的领军学校，升学率虽然不如那些重点学校，但较为稳定。

这次十四中专门准备了几间空教室给这些老师阅卷用，吴正跟唐森紧挨着。

吴正评了两份试卷之后，翻出眼镜盒，把眼镜戴上，低头继续在答题得分框里填分数。

评卷的过程虽然枯燥，但偶尔看到一些令人哭笑不得的错题，几位老师都会拿出来说一说："这位同学，对立体几何辅助线很有想法啊，林林总总……我数数，画了十三条？"

几位老师埋头评了一阵。

其中一位是十四中很有话语权的数学老师，从事教师职业几十年，也是这次联考卷

$$r=a(1-\sin\Theta)$$

的出题人。他评完一张试卷，又从边上拿出另一张。

这张试卷却评得他眉头紧皱。

"王老师，怎么了？"

"这个考场的人怎么回事？搞什么？"

那位王老师说着，又翻过去一张，更加确定这沓试卷里的答案几乎都是互相抄来的，错的地方都一模一样，这种糊弄人的把戏看得他无言以对："答案共享，集体作弊，倒是挺团结。"

岂止是团结，简直超乎想象。

王老师失去耐心，很快评完了大半试卷。

还剩下最后两张试卷，他毫不在意地随手翻过去，只想赶紧摆脱这个"团结"的考场，然而当他看到那张试卷上的字，手却猛然顿住。

红笔笔尖停在半空。

——那是一份相当漂亮的答卷。

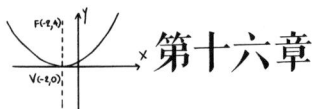

第十六章

　　这些老师评卷评了整整一个上午，手边摆着厚厚一摞试卷袋，整个上午评到的最高分也不过138分。

　　这次题难，能过130分已经称得上是高分。

　　然而眼前这份答卷，不光字写得好，还掐着考点，逻辑缜密，从头到尾都挑不出什么差错。

　　满分！

　　王老师眼睛一点点亮起来。

　　"不容易，"等评完卷放下笔，他几乎都要忘了后面还有一张试卷没评，翻来覆去地又把这张满分卷看了几遍，不由得赞叹，"满分，太漂亮了，不知道这是哪个学校的学生。"

　　难得出个满分，他不光是惊喜，整个上午评卷的疲惫都因这张满分卷一扫而光。

　　坐在王老师身侧的其他老师闻言也凑上去看："出了个满分？"

　　"看看档案袋，上面写有学校……"

　　有老师把档案袋翻了个面，定睛一看，有些意外，抬高了声音说："二、二中？"

　　吴正跟十四中的那帮老师离得有点远。

　　他越来越担心自己学校那帮兔崽子，心想别人学校都已经出了个满分了，叹口气，打算停下来休息一会儿。结果刚拧开矿泉水瓶盖，他猝不及防听到"二中"两个字。

　　"哎，吴老师，你们学校的！"

　　吴正把瓶盖拧回去："你看错了吧？"

　　"立阳二中，没错啊。"

　　吴正彻底蒙了，站起来的时候差点被桌脚绊倒："不可能啊，我们二中学生的最高水准，撑死了也不过130分。"

　　王老师缓了一会儿，才从满分卷的喜悦里缓过神，想起后头还剩一张试卷没评。他

r=a(1-sinθ)

把满分卷翻过去，然后手又顿住了。

这回不只是顿住，手指甚至忍不住微微发抖。

吴正走到王老师边上，没赶上刚才那张满分卷，顺着王老师颤抖的手指和难以置信的目光看过去，入目就是后面那份还未评分的答卷。

分数栏边上，这份答卷的主人自己用黑色水笔打了个醒目的分数：150。

字迹洒脱随性，笔力劲挺。

"简直是在胡闹！"王老师深呼吸两下，又说，"吴老师，你们学校的学生，很有个性啊。自己给自己打满分？"

吴正："不……"

他想说这不是我们学校的学生吧，我们学校怎么可能有这种学生？而且这字也没什么印象。

吴正的话还没说完，王老师打断道："行，我倒要看看，到底拿不拿得了满分。"

这位不知名考生不光自己一上来就预定了个满分，而且整张试卷填得满满当当，跟炫技似的，一道大题光是解法就写了三四种。

他偶尔还会在某道题边上来个批注：这题不行啊，出题人怎么想的？

四校联考卷出题人王老师本尊简直不敢相信。

谢俞还不知道他和贺朝两个人的数学考卷在评卷老师面前造成了多大轰动，更不知道这些老师差点在十四中评卷现场打电话叫救护车。

他上午抽空去了趟黑水街。

刚下车，他想起前阵子梅姨在群聊里说自己最近有点咳嗽，又顺路去药店给她买药。

（三）班班群里还在统计分数，消息从昨天晚上开始就弹个没完。

万达：完了，我数学怎么算也只有九十来分。

刘存浩：强哥，你空间都在发什么？被你刷屏了。

罗文强：听说转发会有奇迹发生。

谢俞趁着药店店员结账的空当，点进罗文强的空间扫了两眼。

空间里都是一些奇奇怪怪的转发，例如"转发这块石头""转发这张神奇的餐巾纸""转发这张幸运符"……

刘存浩：这玩意儿真的有用吗？

177

罗文强：死马当活马医吧，你看评论，有人说什么"突然暴富，回来还愿"，看起来好像还挺灵的。

万达：已转发。

许晴晴：已转发。

谢俞付完钱，心情复杂地往广贸走，觉得（三）班这帮人真的很拼。

许艳梅在会议室里开会，明明她做的是服饰批发，每次开会讨论却跟做什么大买卖似的。

"什么玩意儿？卖什么啊，是我话说得不够明白，还是他脑子有问题？"

许艳梅说着，手拍在桌上发出"啪"的一声："这票谁愿意跟着我干？"

她喊着话，压根没注意到会议室门口多了个人。

"干什么？"谢俞手里拎着几盒药，站在会议室门口看她，脸色有点不太好，"抽烟抽得挺开心啊。"

大家都知道广贸一姐平时天不怕地不怕，唯独怕这个干儿子，其他人见状自觉往外走："走了梅姐，这票跟你干，有事一通电话，随叫随到。"

许艳梅烟都没地方藏："这个，其实我可以解释……"

谢俞皱眉，懒得听："烟拿过来。"

许艳梅闭了嘴。

谢俞直接把那根烟掐灭了。

有段时间没见面，这孩子好像又长高了点。

许艳梅被压了一头，谢俞又一上来就抢占道德高地，导致她隔了会儿才想起成绩的事儿："你等会儿，兔崽子，我还没跟你算账，要不是雷子跟我说——"

许艳梅操起边上的塑料衣架，反手就打，谢俞身上不轻不重挨了几下。

谢俞说："哪儿没算，你这账都跟我算几轮了。"

寒假那会儿，许艳梅在微信群里炸了一次，要不是他拦着，估计她能大半夜从B市打车赶过来。

"你还顶嘴！"

"行，我的错，"谢俞推开窗户通风，把手里的药往桌上一放，又说，"这次期中考试给你拿个第一回来。"

各年级考试成绩名列前茅的总是那拨人，别人都巴不得成绩永远别出来，只有这拨人盼着成绩赶紧出来，看看这回到底谁是第一。

只不过这次期待考试成绩早点出来的，除了这些优等生，还有（三）班几十号人。

周一，（三）班的人到得都很早，进了教室，连书包都没来得及放，就聚在一起讨论成绩问题。

偶尔走廊上有隔壁（四）班的人经过，两班的人不动声色互盯一阵。（三）班同学虽然心里没底，但输什么都不能输气势，他们暗暗挺直了背。

"你们说，今天成绩能不能统计好啊。"

"应该能吧，试卷周末不都评完了吗？咱二中别的不说，出成绩的速度堪称一流。上次月考，我还没准备好怎么赴死，成绩就出了。"

"老唐之前不是说还得过几天。"

"要不然，万达你去办公室门口探探情况？"

万达肩负重任，弯着腰在办公室门口躲了几分钟。

他隐约感觉到办公室里气氛不太对劲，但又说不上来哪里不对劲，可能是因为太安静。还没打探到什么消息，正犹豫这墙脚还应不应该听下去，老唐拉开门走了出来。

万达麻溜地想往厕所里钻。

老唐沉声道："别藏了，你过来一下。"

正是上学高峰时间，校门口人头攒动，整条街被家长开过来的车堵得水泄不通。

谢俞靠着车窗，耳机线从校服衣兜里往上延伸，手机里那篇英语听力题正好播到尾声，进入提问环节，然而声音被前面路口纷乱的喇叭声压了下去。

他低下头，想调音量，看到贺朝发过来的几条消息。

——到哪儿了？

——我在车站等你。

贺朝发完消息，又等了一会儿，冷不防被人从后面拍了拍肩。

谢俞单手插在衣兜里，耳机还没拿下来。周围人来人往，满街都是校服，他明明跟别人穿得没什么不同，却还是相当惹眼："走了，愣着干什么？"

贺朝没看到有公交车往这边开，随口问："你走过来的？"

谢俞说："前面路口太堵。"

"太堵还是太想接我？"

"要点脸。"

"我决定给你最后一次机会。"

"太堵。"

谢俞走在前面，说完又放慢脚步，重新回答了一次："接你，行了吗？哥。"

两人走到教学楼楼下，刚从楼梯拐上去，迎面就撞上了万达。这人也不知道大清早地发什么疯，就在楼梯口蹲着，贺朝被他吓了一跳："你干什么？"

万达在楼梯口蹲了将近十分钟，就为了第一时间堵他们。

"老唐叫我蹲在这里堵你们。"万达蹲得脚有点麻，扶着栏杆起身说，"让你们来了就立马去趟办公室——你们俩是不是犯什么事了？"

犯事谈不上，顶多就是让各科老师每人吃了好几粒速效救心丸。

吴正站在饮水机边上，接了水，还是觉得自己呼吸困难："唐老师，还有吗？再给我来两粒……"

唐森面前除了速效救心丸，还摆着几张试卷——这几张试卷，不是满分就是接近满分。

他又把这几张试卷摊开看了两眼，尤其是右侧姓名栏。

考生姓名：谢俞。

考生姓名：贺朝。

当时评完卷，他跟吴正两个人留在十四中教室里，面对面沉默着呆坐了大半个小时。

二中建校那么多年，哪里见过这样的成绩。

不只是稳压四校，这种成绩就算搁在唐森以前教的重点学校里，也并不常见。

谢俞跟贺朝两个人这一去，半天都没回来。

万达好奇得抓心挠肝的："这算不算明目张胆地翘课啊？他们到底去哪儿了？干什么呢？"

刘存浩被他念叨了一整个上午，头都大了："与其坐在这里，你不如趁着午休时间出去跑跑业务。"

万达："耗子，你这个提议不错。"

结果班里那两位的行踪还是成谜，万达却打探到了一个意外的消息。

万达人缘广，各班都认识不少人，串去（七）班的时候，刚好有人从办公室里抱着作业回来，他拍了拍万达的肩，随口问："你知不知道你们班这次平均分有多少分？"

万达扒着窗户回头："啊？我们平班均分？"

"是啊。我都怀疑我眼花。"那人没看到具体成绩，只扫到老师电脑屏幕上罗列出来的各班平均分，直到现在还处于震惊状态，"比年级平均分高出足足四点几分。"

万达："你眼花了吧？"

再三确认过这个情报的准确性，万达回教室的时候整个人都是飘的，满脑子只剩下几行字：我这次一定考得很好！不！我们（三）班的同学这次一定都考得很好！逆天改命！

"他眼花。"然而等万达回到教室，迎接他的却是糟糕的各科分数。各科课代表早已经把考卷发了下去，刘存浩表情惨淡，把万达那几张在及格线边缘徘徊的试卷拍在他面前，"他绝对是眼花。你自己看看，就这分数还四点几，做梦呢。"

万达不肯死心，对自己糟糕的成绩陷入沉思："那我们班其他人呢？"

刘存浩亮了亮自己的试卷："不遑多让。"

罗文强："实力均衡，旗鼓相当。"

"是真的，"许晴晴刚把英语试卷全部发下去，听到他们在聊各班平均分，犹豫一会儿，最后还是说，"真的，四点六，我也看到了。"

直到上课铃响，（三）班全体也没搞懂那四点六分到底是从哪儿多出来的。

也没人发现班里还有两个人的试卷扣着没发。

罗文强异想天开地决定相信玄学："难道我的好运转发真的有奇效？"

"换个靠谱点的思路行吗？"刘存浩说着，立马开拓了一条新思路，"不如我们想想，其他班这次考得到底有多烂？"

万达抓心挠肝地想知道行踪的两个人，此时正在空教室里参加重考。

谢俞对这个安排一点都不感到意外，换了谁都很难接受两个年级垫底生突然之间一跃成为正数第一、第二，总分更是直接跟四所学校的其他考生拉开一道无法逾越的鸿沟。

宣布重考消息的时候，谢俞没太大反应，只说："老师，我有个问题。"

老唐以为他们想多了，幼小的心灵受到伤害，连忙解释："我们不是不信任你们，这是出于……"

"考试时间太长了。"

"啊？"

谢俞说："用不了那么久，半小时就够。"

贺朝对重考没什么异议，他最在意的只有一件事："为什么我数学只有148分？"

闻言，吴正默默地握紧了手里那瓶速效救心丸。

"扣的2分是卷面分。"吴正缓了缓才说，"兔崽子，你在试卷上吐槽出题人出题水平不行，你还想拿150分？"

临近上课，喧闹的走廊逐渐安静下来。

吴正坐在讲台边上，眼睛一眨不眨地盯着前排两位特殊的考生。

整间教室里总共只有三个人，其中一位考生答完题，扔了笔，直接趴在桌上睡觉，从吴正那个角度看过去只能看到他的后脑勺；另外一位闲着没事干，捏着笔在草稿纸上涂鸦。

谢俞趴下去之前，脑子里只剩下一个念头：半小时还是有点长。

他合上眼没多久，隐约感觉到强烈的视线。被人看得不太自在，他又睁开眼，正好对上贺朝毫不掩饰地打量他的目光。

"你俩干什么呢？写完就直接交！"

吴正说着看了眼腕表，这张数学卷，这两人满打满算也就考了二十来分钟。

吴正都不知道该说他们什么好，这两天他受到的冲击已经够多了，实在承受不住："交交交，交完赶紧回教室上课。"

其实吴正从头到尾都没往"作弊"这个方面想，比起"作弊"，他更相信这两个人寒假一起出去散步的时候不小心被雷给劈了——劈坏了脑子。

因为这两人的成绩，用"作弊"来解释都解释不通。

就贺朝那种花式答法，哪个作弊的会这样给自己找事？上哪儿去找这样的答案？

"等会儿。"谢俞刚走两步，又听吴正在身后叫他们。

吴正轻咳一声，问："你们寒假有没有出去组织一些什么活动？"

贺朝不知道他这话什么意思，还是回答："有吧？唱歌。"

吴正真的很想问，那天天气如何、打没打雷，最重要的是雷劈没劈到他们两个头上。他缓了缓，最后把这些没头没脑的问题悉数咽下去，摆摆手说："行了，赶紧走。"

语、数、英，再加上一门理综，他们考了一个上午。

说是重新出题，其实一张试卷上就十道大题，但都不是什么普通题，难度几乎可以

$$r=a(1-\sin\Theta)$$

和重点学校持平。

谢俞交完卷出去的时候各科题目还在脑子里晃悠。

他正想着，冷不防手里被人塞了张纸，他问："这是什么？"

出了教室，被正午阳光晒得有点热，贺朝拉开外套说："本大师送你的大作。"

谢俞把手里那张草稿纸打开，背面除了潦草的公式算法，还有一幅抽象风格的简笔画。

笔触凌乱，隐约能看出来是个人形，如果不是联想到刚才重考的时候这人总盯着他看，根本看不出来画的到底是谁。

贺朝对自己的画技挺有自信："惊喜吗？"

"惊喜。"谢俞慢条斯理地把草稿纸折起来，冲他勾了勾手，"你过来一下。"

贺朝凑过去，正想说"要求不高，请哥吃饭就行"，然后身上直接挨了几下，他几乎被谢俞踹着下楼。

吴正听着走廊上打闹的声音，摇摇头，又把目光落在面前这几张重考试卷上。

四校联考，二中出了两个高分。

确认成绩无误后，这个爆炸性消息很快在年级里传开，紧接着消息不光在高二年级组里流传，还传遍了全校——分数高得离谱，所有考试科目不是满分就是逼近满分，而且跟年级第三名直接拉开三位数的差距。

（三）班同学毫不知情，一开始还沉浸在"其他班这次考得也太差了"的想法里。

下午第一节是老唐的课。

分数已经统计得差不多，知道这帮孩子都急着想知道分数，唐森带上了成绩单，打算跟他们分析分析这次的成绩，让他们对接下来半个学期的学习有规划和目标。

"咱班这次平均分，比其他班高出四点六分……"

贺朝被谢俞赶着，赶到班级门口，就听到（三）班教室那阵欢呼声，大有掀翻屋顶的架势："他们发什么疯？"

谢俞抬手挡了挡耳朵。

万达第一个跳起来喊："是真的！"

刘存浩眼眶泛红，他一个大男人，眨眨眼就能落下泪："我们居然真的做到了！"

罗文强："这是奇迹！我们创造了奇迹！"

老唐不太懂他们在自我感动些什么："你们等会儿，我话还没……"

然而刘存浩他们根本就等不及，本来对这个平均分还将信将疑，现在连老唐都亲

183

口证实,难以置信的狂喜席卷了他们。

他们班这次真的成功逆天改命,凭借着他们的力量,拖着两位年级垫底生,成功地把班级平均分拖了上去!

这帮人激动得不行。

直到谢俞面无表情地在门板上敲了两下:"报告。"

"你们俩来得正好,过来,站边上。"

老唐说着,又把手上那份成绩单翻过去一页,继续琢磨该怎么宣布这事。

(三)班其他同学就看着两位"年级垫底生"并肩站在讲台边,谢俞看起来像是没睡好觉,手插在衣兜里,往墙上靠。

"是这样,这次年级第一、第二都在我们班,谢俞同学以数学150分、语文146分、英语148分、理综300分、总分744分的成绩位列第一……贺朝同学总分差了1分,不过……"

老唐话还没说完,只听台下"嘭"的一声。

刘存浩连人带椅子往下摔,摔的时候他还想抓着课桌借点力,最后没抓住,结结实实地倒在地上。

身为同桌,万达伸手扶他:"疼不疼?应该不疼吧?梦里怎么会疼呢?"

不光是刚才还在喊"我们真厉害,我们创造了奇迹"的(三)班同学全体陷入沉默模式,隔壁(四)班那帮人也好不到哪里去。

梁辉脸上青一阵白一阵。

他上午体育课的时候已经买了饮料,分给班里人庆祝,说这次期中考试肯定把(三)班的人压得稳稳的。

结果当时说过的每句话,现在都像一记耳光,不断往他脸上扇。

怎么可能?

"是不是作弊?他们班那两个……真的假的?"

"别瞎说,重考过了,"(四)班班主任也惊讶,但惊讶归惊讶,有些话不能乱说,"年级组老师连夜重新出的题,比你们期中考试题目难多了。"

全场寂静。

过了一会儿才有人轻声说:"这个成绩,几乎是全科满分啊。"

梁辉默不作声,手里那支笔快被他掐断。

唐森报完成绩，整节课下来，都没人再多说一句话。

谢俞接过试卷就回座位上补觉。

刘存浩屁股还疼着，也只有这份疼痛能让他分清现在真不是在做梦，这是真的。

他趁老唐背过身写板书的空当，扭头看了最后一排一眼，脑子里还在"嗡嗡嗡"地吵个没完。

——耗子，现在的我你爱搭不理，以后的我让你高攀不起！

——我跟老谢拿几个满分还是不成问题的。

——这题我会，我真会，你拿过来我做一遍给你看。

刘存浩头越埋越低，最后把脸埋进自己掌心，内心复杂地骂了一句。

谢俞还不知道班里同学有那么多内心活动。他跟贺朝之前就提示过这帮人，是他们自己不肯信，沉迷逆天改命无法自拔。

"等会儿怎么说？"贺朝用笔戳了戳他，被刘存浩盯了半天，回过去一个微笑，笑完低声说，"你看耗子的眼神，感觉他想杀我。"

谢俞没睁眼，反讽道："能怎么说，说你本来就这么优秀？"

贺朝没话说了。

早上在办公室里，老唐也问过他们一次，只是他们当时不知道该说什么，憋了半天。老唐以为他们有什么难言之隐，也不逼问，只说："不方便说就算了，等你们什么时候想说再来找我……但是这个成绩的事，不管到底是什么情况，我肯定得跟你们父母说。"

顾女士还算矜持，在电话里连声道歉："不好意思啊老师，给你添麻烦了。"

而贺朝他爸上来就是一句："我知道。我儿子本来就这么优秀。"

这句话把老唐噎得不行："啊……好，贺朝家长，你知道情况就好。"

下课铃响，老唐正好把手头上那篇新课文讲完。顺便布置了几项作业，发现台下这些学生还呆坐在座位上，一点动静都没有，他说："下节体育课，你们怎么还坐着？这不像你们啊，这么留恋我的课？"

等老唐收拾好东西出了教室门，刘存浩作为班级代表，才缓缓站起来："解释一下？"

刘存浩话音刚落，（三）班其他同学齐刷刷往后排看。

谢俞第一次感觉到这帮同学身上居然有某种逼人的气场。

这帮同学也不知道是不是跟着谢俞混久了，居然很想用暴力抒发情感，解决问题。

贺朝不动声色地往后退了退，连人带椅子退到门边，张口胡诌，试图缓解气氛："其实寒假的时候，我跟老谢两个人一起出了一次车祸。当时月黑风高，我俩走在路上，迎面过来一辆小电驴……"

谢俞在听到"小电驴"三个字的时候就绷不住了："你有什么问题？能不能扯点正常的？"

贺朝："那我再想想。"

贺朝还没想完，刘存浩带头，边撩袖子边跨过两组桌椅往后排走："兄弟们，我们打一顿再说。"

薛习生比刘存浩更夸张，他经过值日角的时候甚至顺手拿了把扫帚。

"老谢，"贺朝起身，把谢俞从座位上拉起来，"跑！"

贺朝话音未落，谢俞就被他拉着冲出教室。

（三）班同学跟在后头一拥而上。

他们顺着楼梯往下，三步并两步，还剩最后几级台阶时直接跳下去，反正下节也是体育课，他们出了教学楼就直接往操场跑。

薛习生跑不过他们，跑了两步直接把扫帚往前扔，刚好砸在贺朝脚边。

"这么凶干吗？"贺朝脚下踉跄，"这还是我认识的那个学委吗？"

场面相当壮观，声势浩大，吓得原本在走廊上打闹的人都自觉退回各教室。

其他班的同学压根不敢吭声，等大部队都下去了，这才趴在围栏上凑在一起往楼底下看，齐声感叹："刺激啊，真牛。"

"站住！别跑！"

"兄弟们，绕过去从跑道包抄他们！"

"晴哥你带着女生，左侧方突击准备！"

一堆奇怪的战略部署之后，是薛习生怒气值飙升的一句隔空喊话："你们这是恶意拉低班级平均分！你们太过分了，没有一点集体荣誉感！"

谢俞第一次被人追得绕着操场跑了好几圈，心情复杂且狼狈。

他边跑边用手肘碰了碰身侧那位："还跑？"

（三）班这帮人更改了好几次战术，从四面八方朝他们扑过来。

贺朝也是怕了这帮人，缓了口气，停下脚步："那就不跑了吧，再跑下去这节课都跑不完。"

刚停下没多久，刘存浩从后面扑到谢俞身上。谢俞被后面这股力道撞得往前跟跄两步，没站稳，正好撞到贺朝身上。贺朝措手不及，也失去了重心。

"兄弟们，"刘存浩逮到人就喊，"抓住——"

罗文强从跑道另一头飞速赶来，边跑边相当豪迈地把身上那件外套脱下来往草坪上一扔，纵身一跃，稳稳地压在刘存浩身上："不把话说清楚，你们俩今天一个都别想跑！"

几个男孩子跟叠罗汉似的，一个接一个，把他们俩结结实实地压在跑道上。

刘存浩本来想压制一下班里这两位大佬，结果罗文强这位重量级选手一扑过来，把他也压得够呛："体委，你多少斤啊？换个人来行不行？"

罗文强很委屈："耗子你嫌弃我？"

谢俞跟贺朝对视半晌，不知道是谁先扬起嘴角笑了，然后这笑跟会传染似的，随着胸腔振动，一点点传了过去。

谢俞笑着别开眼，手掌撑在塑胶地面上，头也不回地对背后那几个人说："赶紧滚下去。"

几声清亮的口哨打断了"叠罗汉"运动。

体育老师手里拿着统计表，从办公室里走出来："那一坨——就是你们，排队了，还挤在那儿干什么？"

听到这话，罗文强他们麻溜地站了起来。

等所有人排好队，体育老师亮了亮手里那张统计表，又说："这节课我们测一下长跑，我刚才在窗户那边看你们，发现你们已经跑了几圈做热身，不错，很积极。那我们就直接开始测，男生先跟着我走，一千米。"

所有人怨声载道。

刚才课间已经消耗过多体力，等体育老师喊"预备——跑"，大家压根提不起精神，慢慢悠悠地往前跑，最后跑出来的成绩堪堪压在及格线上。

两圈半跑下来，除了某两位体力过人的同学，其他人直接瘫软倒在地上。

体育老师任由他们集体瘫软，又去对面给女生测八百米："女生们准备一下啊。"

谢俞弯着腰，手撑在膝盖上方，低声喘了两口气。

贺朝坐在跑道边上，被人从身后戳了戳。

"怎么回事啊你们？"万达刚坐起来，又差点没坐稳躺回去，有气无力地问出了重点，"我真的想知道提高成绩的秘诀。"

贺朝示意他靠过来。

万达耗尽自己最后一丝力气，往贺朝那边挪了几厘米。

"大力补脑丸，提高记忆力，再复杂的公式、定理只要看一遍就不会忘记。"贺朝越说音调放得越低，乍一听还真挺像那么回事，"搜淘宝店铺，好评加返图，还可以领取一元现金红包。"

万达暗暗把淘宝店铺名记了下来："真的吗，朝哥？"

贺朝："这你也信？"

谢俞离得近，心说贺朝这睁着眼睛胡扯的功力又增进不少。

两圈跑下来，除了感觉累，刘存浩他们脑子意外地清醒。

这事也不太方便问，不管到底是什么原因，这两个人总不可能闲着没事拿他们寻开心，加上刚才闹了一通，他们已经发泄得差不多了。

刘存浩反手拍了拍万达的脑袋，试图把话题引到别的地方去："你们说（四）班这次，是不是该认输了。"

"我都快忘了这茬儿，"罗文强仰头灌下去几口水，又说，"等会儿下课，我就站在（四）班门口晃两圈，暗示暗示，有谁愿意跟我一起去？"

去什么啊，谢俞不太敢想象那种"站在（四）班门口晃悠"的场面——这是傻瓜吗？

谢俞："别看我，我不去。"

谢俞跟贺朝两个人以前是（三）班的门面担当，现在更是成绩担当，就算不愿意去，最后还是被这帮人拉着在（四）班门口来来回回转了几圈。

"你想想你们是怎么对我们的，"罗文强边走边说，"你们好意思不去吗？"

"好意思啊。"

梁辉他们从中午开始就在消化这件事，直到现在还没消化完，上课根本没办法集中精神，满脑子都是那个逆天的"744"。

结果一下课，扭头就看到（三）班的人齐刷刷地站在走廊上，透过窗户往他们班里看。

这排人里，除了谢俞没什么表情，其他人表情都相当丰富。

一个个傲视群雄，牛得不行。

尤其是（三）班那位班长，就差没用鼻孔看他了。

$r=a(1-\sin\Theta)$

从中午出成绩到晚上放学，学校贴吧里最火、最热的帖子是两份逆天的成绩单。

各式各样的坊间传闻不断涌现，众说纷纭。

晚自习下课后，谢俞洗过澡，拉开独卫的门出来，听到手机在书桌上响了半天，擦着头发走过去看消息通知。

通知栏里是万达发过来的一个帖子链接，上面赫然标着几个大字：惊！两位"小霸王"疑似出车祸撞了脑子！

万达：现在你跟朝哥的形象大概就是这样。

万达：他们还希望你们能够去医院看一下脑科……

谢俞看了两眼，发现后面的走向越来越离奇，什么高科技换脑技术，什么基因突变，甚至还加上了时下最流行的"穿越""重生"设定。

贺朝带着试卷敲门进来的时候，谢俞刚把那篇充满想象力的帖子关掉。

"看什么呢？"

"脑残贴。"

"万达发的那个？"贺朝反手把门关上，又说，"里面那篇小说写得还挺好，你看了没有，叫什么……《重生之二中小霸王》。"

189

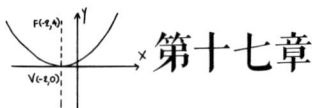 第十七章

刚恢复"学霸"身份不到二十四小时的谢俞，第二天进了教室就趴在课桌上补觉。

整个上午，他什么课也没听。

男孩子坐在最后一排，枕着臂弯，看上去挺懒散。脸被碎发挡着，只能看到半边脸，眉眼清冷，哪怕睡着了也还是那副让人不敢接近的样子。

他桌上那摞教科书几乎都是全新的，完全没有翻阅过的痕迹，任谁看了都不会把他跟四校联考第一名联系到一起。

各科老师和同学盯着那个熟悉的后脑勺，几乎都以为昨天经历的一切是一场梦。

每节课下课，窗户外边都有其他班的人过来偷看。

现在他们多了一层想法：这可是行走的744分啊，梦里都见不着的744分。

（三）班教室里还算安静。

期中考成绩出了之后，老师几乎每堂课都在讲解试卷，然后订正错题。

到了交作业的时间，许晴晴这才从数学试卷里抬头，数了数手边的英语作业，发现还差两个人没交，隔着过道喊："朝哥，你们的作业呢？"

贺朝手指抵在嘴边，示意她小点声，然后坦然回答："没写。"

许晴晴抱着一摞作业过去，看了一眼睡着的年级第一，又看了一眼坐在旁边的年级第二，实在是看不懂他们的世界。

"我能问一嘴为什么不写吗？不然等会儿老师问起来，我不知道该怎么说。"

"这个啊，"贺朝说，"你就直接说她布置的作业太简单。"

许晴晴把英语作业交过去的时候，腿都在抖，她从来没有想过自己有生之年还能够对老师说"你布置的作业太简单"这句话。

很显然，在英语老师将近十年的执教生涯里，也从来没有碰到过这种不做作业的理由。

英语老师沉默半晌，把手里的茶杯放下来，道："行了，我知道了，试卷放这儿吧。"

"作业太简单?"

"唐老师,你们班这两个到底是怎么回事啊?"

从出成绩那天起,高二年级组办公室里就没有平静过。

姜主任第一时间接到消息,连裤子都穿反了,急急忙忙从教职工宿舍跑过来:"什么?多少分?"

不光是姜主任,二中领导也一个接一个过来看试卷,校长更是对着试卷好半天说不出话来,最后憋出一句:"好,好样的,不愧是我们二中的学生!往校史里记!就写'二中学生创造奇迹,逆袭力压四校'!"

其他班级的老师除了好奇,也难掩羡慕——一个班里能出两个有望拿A市高考状元的学生……

"他们,有点特殊情况。"唐森知道得也不是很具体,重复了一遍,"特殊情况。"

办公室里这几位老师正聊着这个话题,门又被人一把推开,正站在门边饮水机旁接水的那位老师有些意外地叫了一声:"徐老师?"

徐霞站在办公室门口,手里拿着份文件,表情不太自然:"我来找王老师,有份文件转交给她。"

"王老师不在,你放她桌上就行。"

徐霞轻声应了一声。

这间办公室她待过,虽然待得不久,但是布局、装饰,她还是很熟悉。

她四下打量,最后鬼使神差地把目光投向了她原来的那张办公桌。唐森批着作业,隐约察觉到什么,抬起头正好看向徐霞的眼睛。

唐森不明所以,冲她笑了笑,就算打过招呼。

徐霞也笑,只不过笑容有些勉强:"唐老师,听说你们班这次,出了两个……"

唐森这两天被"分数"这个话题围绕着,早就失去了一开始震惊的心情,现在只希望这件事能快点过去,免得影响这两个孩子的日常生活:"啊,没有没有,不值一提。"

徐霞现在的心情说不复杂肯定是假的,那份复杂里更多的是后悔和不甘。(三)班出的这两个高分让人大吃一惊,连带着(三)班各科老师都沾不少光。

如果还是她带这个班——她几乎是带些愤恨地想——也不知道她是在愤恨谁。

然而她又突然回想起以前的种种细节,从开学第一面开始,再到杨文远,最后是月

191

考那天，贺朝站在楼梯口问她：就因为我成绩差？

徐霞不敢想下去，脸颊有点发热。

越想下去，她脸越挂不住。

她没多逗留，把文件放在王老师办公桌上，转身出去了。

"徐霞当时那个表情，你们是没看到，太爽了！"

万达从办公室门口溜回来，就拉着刘存浩，一个扮老唐，一个扮徐霞，开始了他的表演。他脚步虚浮，浮夸地喊："啊，听说你们班——"

刘存浩淡定地摆手："不值一提、不值一提。"

（三）班这群人闹成一团。

谢俞换个姿势，还是被他们吵得睡不着，坐起身，对着万达他们这几张凑在一起傻乐的脸也发不出火，缓了缓问："搞什么？"

万达见他醒了，打算再演一遍，普天同庆。

（三）班这群人在后排围了个圈。

谢俞伸手去够桌角那瓶水，看万达相当浮夸地又演了一遍。

贺朝还是一如既往地捧场："可以可以，演技不错啊。"

"过奖，"万达抱拳，"都是父老乡亲们抬举。"

谢俞本来觉得没什么意思，喝了口水，把瓶盖拧回去，实在是他们笑得太夸张，最后谢俞还是没忍住跟着他们一起笑出声："无不无聊？"

其实恢复成绩之前，谢俞多少也犹豫过。

但他逐渐发现，不论成绩好坏——是把班级平均分拉下去，拉得让人恨不得闭上眼从楼上往下跳，还是现在的"高出四点六分"，这帮人的态度都没什么太大变化。

虽然他们刚开始恨得牙痒痒，但隔了一段时间都消化得差不多了。

刘存浩来找贺朝问题目的时候，还能嘲讽两句："我真是服了你们，你们俩可真是咱学校数一数二的两位哥——不管是正着数，还是倒着数。"

"什么意思，夸我还是损我？"

贺朝正在看题目，手里捏着笔，随口说："给你两分钟，重新组织一下语言。"

刘存浩算是见识到什么叫风水轮流转，以前贺朝主动给他抄作业他跟见了鬼似的，现在还真是应了那句"高攀不起"。

$$r=a(1-\sin\Theta)$$

他闭上眼，来了一通尬吹："你们牛！男人中的男人！二中骄傲！所以这道题到底怎么解？"

然后刘存浩就听见贺朝说："这题有几种解法。你看你是喜欢简单粗暴的，还是喜欢有点创意的……"

刘存浩心说，大哥，放过我好吧？我就想普普通通地解道题。

谢俞实在看不下去，直接把贺朝手里那本练习簿抽走："哪题？"

谢俞讲题没一句废话，思路清晰，几句话的工夫，刘存浩茅塞顿开。

贺朝指了指自己："我讲得有那么烂吗？"

谢俞反问："烂不烂，你心里没点数？"

刘存浩听完题，又抬头看了看日常斗嘴的两个人。

他刚才没说出口的是：不管正数还是倒数，都是我们认识的那两位哥啊——为了维护女生担下莫须有罪名的贺朝，篮球赛上二话不说将起袖子就下场的谢俞。

（三）班同学对他们俩的认识早就超过了成绩范畴。刚分班那会儿，他们只知道这两位让人闻风丧胆，但接触下来，完全不是那样。

谢俞把练习簿合上，递还给刘存浩，余光瞥见薛习生正不眨眼地盯着他们看。

那眼神相当复杂，盯得人毛骨悚然。

薛习生每天坚持不懈地想跟他们交流学习方法，他们躲都躲不开。薛习生不满："你们恶意拉低班级平均分就算了，就不能跟我交流一下学习方法吗？"

贺朝也察觉到学委如狼似虎的眼神，提议说："去沈捷那儿避避？"

谢俞："你确定？那个疯子，不了吧？"

期中考成绩出了多久，沈捷就疯了多久。

一个平时考试只能考那么点分的兄弟，一夜之间冲上云霄，还站在他面前告诉他"不好意思，其实我就是那么厉害"。

每回考试坐在谢俞前面的那位兄弟也在（八）班，整天跟沈捷两个人恍恍惚惚地互相倾诉心事。

本来他在最后考场里，再怎么考、考得再烂，身后总还有两个人在默默支撑着他，让他不至于跌至谷底。考试成绩出来之后，他都可以自信地对他家长说：我不是最差的！爸、妈，你们看，还有两个比我更差！

现在他背后的两个人说不见就不见了。

他简直丧失了活下去的动力，世界从彩色变成了黑白。

193

朝俞

ZHAOYU

谢俞和贺朝说着话，玻璃窗被人敲了两下。

姜主任那张脸跟拍恐怖片似的出现在窗边。

平时晚自习偷偷玩手机，总是被姜主任站在窗口悄悄观察，留下的阴影太深，贺朝觉得后背有点发凉。

不过这次姜主任并没有多说什么，冲两位"二中的希望"招了招手："你们出来一趟。"

姜主任一路上都在说"等会儿不要紧张，放轻松""拿出我们二中学生最良好的面貌"，越说越让人摸不着头脑。

他们直觉不是什么好事。

跟着姜主任一路走到校长办公室门口，对着门上那块牌子，谢俞右眼皮止不住地跳了好几下，心中有种不太好的预感，隐约猜出姜主任把他们拎过来是想干什么。

"举着试卷，站好了，两位同学靠近一点……

"陈校长，您往边上站一点。

"挺胸抬头，我数三二一，喊'茄子'。"

校长办公室里站了六七个人，校领导分成两排，西装笔挺。

二中校长即使头顶秃了一块，还是执着而又精致地在所剩无几的头发上抹了点发蜡，油光锃亮。他把手搭在谢俞肩上，面露微笑，看上去春风得意："茄子。"

贺朝："茄子。"

谢俞："……"

"微笑，那位同学，笑一下行不行？不用那么……"摄影师半蹲着，想说别那么阴沉，话说到一半又觉得这个词用得不是很恰当，改口说，"不用那么严肃。"

二中校长之前说要把他们俩往校史里记，谢俞以为这话就是说着玩的，没想到这帮校领导还专门叫了摄影师过来给他们照相。

刚才一进门，还没看清楚办公室的情况，校长就拿着一条绶带往他身上挂。

红底黄字，还有两道长长的金边，上头写着：优秀学生。

"载入校史！这张照片一定要摆在正中间！

"围绕二中学生创造奇迹，写个导语……"

"他们就是太高兴了。"等拍完照，姜主任也有点承受不住，带着他们出去，"你们下午还有课吧？早点回去。"

谢俞二话不说把胸前的绶带取了。

贺朝反手关上门，正要下楼，又在楼梯口停住："姜主任。"

姜主任回头："还有事吗？"

贺朝笑了笑说："我这次考得还行。"

"嗯？"

"我同桌考得也不错。"

这套路挺深，姜主任听到这儿还搞不懂贺朝到底想说什么："嗯。"

然后贺朝才说："所以我们是不是能换个寝室了？"

之前他们过来申请换寝室的时候，姜主任气得不行——两个年级垫底生还想凑一个寝室，那不得玩疯了！他想也不想就直接把他们俩轰了出去。

没想到他们还惦记着这事。

姜主任犹豫道："你们……"

贺朝："我们互帮互助，一起学习，共同进步。"

谢俞靠着楼梯扶手，听这人胡扯，听到一半没忍住抬脚轻轻踹上去。

姜主任考虑了一会儿，联想到他们俩这次的成绩，还真被贺朝那番"共同进步"的宣言给唬住了，最后松口道："行，那你填好申请表，放学前交到我办公室。"

二中办事效率很高，申请表交过去，没多久就走完了所有程序。

当天晚自习下课，谢俞宿寝室门边那张入住名单上已经多了个人名。

谢俞一个人住惯了，桌上摊着张试卷，屈着腿坐在椅子上看贺朝前前后后忙活。原本空着的另外半间房被堆满，他一时间还有点不太适应。

他试图把注意力转到题目上，没看两眼又放下笔，发现贺朝那点东西早就整理好了，用纸箱装着。他问："你什么时候开始准备的？"

"前几天，想离我同桌近一点。"贺朝搬了几趟，后背出了点汗，边脱外套边说。

谢俞听得愣了愣。

贺朝东西不多，几个箱子就搬完了，他把原寝室门上贴了很久的那张"冲刺高考"也拿了过来。

梅姨打电话过来的时候，贺朝刚收拾完，拿着换洗衣物去浴室洗澡。

许艳梅激动得话都说不利索："还真是第一？"

谢俞听着浴室里的流水声，漫不经心地"嗯"了一声。

"你家里那个谁，没找你麻烦吧？"许艳梅冷静下来，又往"那个谁"身上罗列了一通脏话。

谢俞在脑子里转了几个弯，才把"那个谁"跟钟杰对上。

"没，你别瞎操心。"

钟杰有什么反应他倒是不知道，顾女士让他不用管这个。成绩出了这么些天，他确实没接到过钟杰的电话。

又聊了一会儿，谢俞边聊天边分心把手边最后一道题解了出来。

"行了，那我不跟你扯了，你注意身体……"

等梅姨唠叨完，谢俞挂断电话，把手机往边上一扔，这才看到某个洗完澡不好好穿衣服的人拉开门出来。

"你会不会穿衣服？"

"啊？"

谢俞指了指他身上那件衬衫。

贺朝反手把浴室门关上，只顾着擦头发，他本来连衬衫都没打算穿。

突然，寝室门被人敲得哐哐作响。

"大哥！"

"你们在吗？"

"哈喽？"

门外好几个声音混在一起，万达嗓门尤其大，那声"大哥"喊得热情洋溢。

（三）班几位寄宿生在门口等了两分钟，正准备继续撞门，门就被人从里面拉开了。

贺朝挡在门口问："有事？"

万达把手里那个从其他寝室顺来的苹果塞过去："朝哥，听说你搬寝室了？乔迁之喜，我们特意过来祝贺。"

贺朝拿着苹果，觉得这帮人实在有些夸张："谢谢，我就搬到对门。"

"客气啥，搬到对门也是搬！"

说是祝贺乔迁，其实是借口。这几个人每人都拿着本厚厚的练习册，就差再带个小板凳过来坐下听课。

问题实在太多，谢俞本来也不是能耐住性子一遍遍教的人，他抬手按了按眉心，对排在后面的那位说："自己再感受感受题目。"

贺朝："闭上眼睛，用心去感受。"

万达捧着数学练习册叹气："这题我刚才已经在寝室里跟它灵魂交流了超过四十分钟，感受了很久，还是没能明白它到底是什么意思。"

万达叹完气，趁着排队的空当去看谢俞桌上那套做了一半的试卷。

这题目难度很高，别说四十分钟，给他四十个小时他也解不出来。

贺朝嚣张地放话出去说作业太简单，各科老师倒也没生气，而是按照这两个人的水平给他们单独布置作业。尤其吴正，出题难度直接向重点学校看齐。

万达还听说过吴正心情舒畅地在办公室里说："我平时总是压抑着自己的内心，很多难题不方便拿出来给他们做……就不信难不住他们，还真当我是吃素的？"

等他们讲完题，临近熄灯时间。宿管大爷吹着口哨在楼下来回晃悠，手电筒强光四处游走，偶尔透过窗户照进来，把整间寝室照得亮堂不少。

谢俞正要赶人，发现这帮人聚在一块儿还聊上了，话题越聊越歪："我周末下了部片，要一起看吗？"

"什么片子？"

"还能是什么片，男人看的片子。"

男生之间，丰富"夜生活"的方式无非那么几种。

谢俞不打算参与这场高中男生深夜热聊，也不想看片丰富夜生活，然而"不看，滚"这三个字说了等于白说，那位同学已经调出了手机视频："我跟你们说，这部真的刺激，绝世好片，欲罢不能——"

其他人心驰神往："哦？"

贺朝："你们别闹，回自己寝室看去……"

他话还没说完，惊悚又猛烈的声音在寝室里炸开。

诡秘，阴沉，忽高忽低。

原本漆黑的手机屏幕上慢慢地映出一个人影，那个人影由远及近，手里提着个脏兮兮的玩偶——直到凑得不能再近，那人才猛地抬起头，露出被长发遮掩大半的、布满可怖伤痕的脸！

那人嘴角挂着一抹怪笑，那笑越扯越大。

197

朝俞
ZHAOYU

贺朝几乎在声音刚响起的时候就抓上了谢俞的手，整个人僵了一下，脏话卡在嘴边，好不容易才咽下去。

是挺刺激。

"这部我知道，小说改编的，原作写得特别好，我小时候看完原作两个晚上没敢睡觉。"万达说完，才意识到刚才两位大哥好像说了什么话，"俞哥，你刚才说啥？"

然后贺朝听到身边这位没良心的朋友改口说："没什么，这片子不错。"

万达又问："是吧，朝哥呢？"

贺朝抓着谢俞的手又紧了几分。

"我觉得不太行，"贺朝演技一流，完全看不出破绽，"造型俗套，这也太假了，一点气氛也没有，就这样你还两个晚上不敢睡觉？"

其他人丝毫没有发现哪里不对劲，听得心服口服。

只有谢俞实在没忍住，跟他咬耳朵："说这话前，先松个手？"

贺朝："不松。"

熄灯后的寝室一片漆黑，伸手不见五指。

手机屏幕发出的光打在几个人脸上，配上音效，竟显出几分诡异。

谢俞对这种惊悚剧情没多大反应，全靠这帮人一惊一乍，把原本粗制滥造、故弄玄虚的恐怖片氛围往上调高到了意想不到的境界。

"啊！"

"我的妈呀！"

"这人是不是也要死了？"

"我手有点酸，等会儿，我找个地方架一下……"

贺朝也就只能在万达他们面前逞个强，等这帮人完全沉浸在电影剧情里，才低声说："这片子也太吓人了！"

谢俞拿他刚才说过的话回他，学得还挺像："造型俗套，没有气氛。"

贺朝出声提醒："够了啊。"

桌子太矮，举手机的人举了半天有点累，正在四下搜寻哪里能架手机。

边上不知道哪位兄弟惊慌失措，谁离得近就扯谁，这一扯——手机直接被他失手扔了出去。

r=a(1-sinΘ)

这场时长一个半小时的电影他们看得很是艰辛，中途手机被甩飞三次。

"稳住，别再扔了。这手机还想不想要了……"

"我很稳，不知道是谁一直在扯我。"

最后影片落幕，临走前这帮人还犹豫了一会儿，想组个队结伴回去："我四楼，有人顺路吗？"

沿着走廊往回走的时候，万达甚至还忍不住感叹："大哥不愧是大哥，他们俩真淡定。"

然而被夸淡定，并且对"晚上不敢睡觉"一事进行深度鄙视的某位大哥，关上门扭头就问："一起睡吗？"

谢俞坐在床上看他："你别跟我说你不敢一个人睡。"

贺朝能屈能伸："不敢。"

这场夜间电影大概是这段时间以来，这帮寄宿生唯一的消遣。

高三，高考。

这个话题从高一刚入学的时候就不断被人提及，只是他们一直都没什么紧迫感，总觉得还有很长时间，还离得很远。

然而这次四校联考的排名，让高二年级组所有考生提前感受到了高考的压力。

他们也是第一次感受到，现在所处的这个阶段，再往前迈一步，就是高三了。

"不出意外的话，这个暑假咱得提前返校，争取在暑假完成第一轮复习。"期中考试过去，紧接着就得准备期末考试，不少同学期待放假，老唐提前给他们打好预防针，"这次排名情况不理想的，也不用担心，咱们还有一年多的时间……"

老唐在早自习上围绕着暑假返校的事，进行三百六十度发散式演说，谢俞听到一半没再往下听。

199

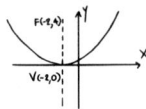

第十八章

老唐说完，翻开语文课本，还以为时间充沛，想带着大家过一遍古诗词，浑然不知早自习已经接近尾声。

"过了那么久吗？"老唐感到迷茫又困惑，不得不捎上他的茶杯往外走，"我不就说了两句话……"

贺朝伸了个懒腰，手往上扬起，然后干脆搭在脑后，笑着说："老师，你那可不止两句，你还不够了解你自己。"

"少贫，"老唐也笑了，又说，"等会儿记得把你跟谢俞两个人的作业拿过来，我单独给你们批。"

等老唐走出去，贺朝才垂下手，敲了敲谢俞的桌面："我没写完，你的呢？借一下。"

提到作业，谢俞皱眉说："你觉得我写了？"

贺朝轻咳一声："这样，我们分一下工。你写数学，剩下的我来。"

对这个分配，谢俞没有异议。

两人补作业的速度很快，上午第一节化学课过去半小时，各科作业已经被补得差不多了。

贺朝还剩下最后两道英语翻译题，写的时候他还不忘替昨晚自己看恐怖片的表现辩解："哥还是很刚硬的，但人生总是有许多意外，可能是上天不想让我过于完美……"

谢俞正用橡皮擦辅助线，打算换条新思路。

老吴这段时间给他们出的题越来越难，跟整他们似的，谢俞在最后一题上面卡了将近十分钟，冷不防听到这句，反手把橡皮砸了出去。

化学课下课，老师收拾好东西前脚刚走，教室后排就闹翻了。

"又打？"刘存浩正准备起身收作业，听到动静，往后排看了一眼，"今天两位大哥还是这么有激情。"

罗文强把试卷折起来扇风："他们不热吗？"

刘存浩："那你去给他们开个风扇？"

临近六月，天气逐渐热起来。

又是一年炎夏。

贺朝这人平时在寝室里恨不得脱光了，整日衣冠不整地在谢俞面前瞎晃悠，谢俞刚开始还说几句，后来也就随他去。

倒是顾雪岚有时候给谢俞打电话，发现儿子寝室里热闹了许多，经常没聊两句，就听到自家儿子用又厌烦又纵容的口吻低声说"别闹""你能不能滚"。

顾雪岚没忍住问了一嘴："谁啊？"

"室友，我同桌，搬过来有一阵了。"谢俞抬手按了按眉心，有点头疼，见顾女士还是没反应过来，又说，"就是之前回回年级垫底的那个。"

顾雪岚这才有点印象。

贺朝晾完衣服，从阳台回来，正好听见，倒是一点也不怕生："阿姨好！"

顾雪岚隔空跟这位"室友"聊了两句。

男孩子声音清朗，又会说话，很容易让人心生好感。

谢俞："妈……"

顾雪岚跟贺朝聊得正高兴，干脆嫌弃起自家儿子："让人贺朝听电话吧，我跟他聊会儿，你继续写你的作业去。"

贺朝站在谢俞身后，一只手搭在他肩上，听到这直接把手机顺过来，低声说："别不服气，哥以前可是十里八乡出了名的妇女之友。"

谢俞没搭理他。

情商在同龄人面前直降成负数，他也就能在妇女行列里找点存在感了。

顾雪岚难得能找到个跟谢俞年纪差不多的聊聊天："谢俞那孩子脾气不大好，要有什么冒犯的地方，不用忍……他那个性，我知道。"

贺朝看他一眼，笑笑说："脾气是有点差。"

顾雪岚："是啊，也不知道像谁。"

天还没热到开空调的地步，谢俞起身开窗。

风顺着缝隙一阵一阵地刮进来，吹得他头脑冷静许多。

"行了，"谢俞夺过手机，说，"有完没完？"

朝俞 ZHAOYU

顾雪岚挂电话前又唠叨了一通："期末考试什么时候？虽然上次成绩不错，但也不能骄傲自满……"

掐指算算，离期末考试确实不远了。

听说这次期末考试比期中考试还正式，四校联考都算小儿科，这次很可能整个A市所有学校合在一起用同一套模拟卷。

大清早，伴着广播室里风扇转动的声音，姜主任为大家在炎炎夏日里又添上一把火："同学们，期末考试就要来临了，你们准备好了吗？竞争是残酷的，不努力就会被淘汰，只有尽力去拼！去搏斗！像太阳一样燃烧！"

宿舍楼内一片哀号："我真是谢谢你了！"

"这鬼天气，不用动我也可以自燃……"

谢俞简直头疼。

姜主任的广播从宿舍楼一直扩散到教学楼。

"经过上次考试，大家此次考场变动非常大，还有从最后考场杀出来的两位同学，保持住这种往前冲的劲头，创造奇迹，没有不可能！"

二中对这次期末考试非常重视。

校外美食一条街挂的那些横幅在太阳底下被晒得发烫，金色字闪着光。

翻来覆去还是那些语句，这些店家一次性批发了许多考试专用横幅，每年到时候了就拿出来挂一阵。

——考出好成绩！

——喜迎期末，全场八折！

在考试低气压的笼罩下，到了考试那天，大家默默地排好座椅，该去哪个考场就去哪个考场。

整个过程相当安静自律。

谢俞翻了一遍以前的错题就当复习，前后加起来不超过五分钟。

广播里考试注意事项放了两轮。

"大家好，临走前我想宣读一下我的遗言，"刘存浩带好了考试用具，站在讲台上虚弱地说，"如果我不幸身亡，《创世纪》里那个满级法师账号，将无条件赠送给我的好兄弟万达。"

万达："耗子，虽然你说出来的话很傻，但我居然有点感动。"

刘存浩继续悲痛："我的24号球衣，我的信仰，就交给我的好兄弟文强。"

罗文强起身冲讲台敬了个礼，入戏很深："我一定会好好保管！"

"我跟老谢呢？"贺朝看了半天，被这帮人逗乐了，扬声问，"我们不是兄弟？"

刘存浩本来还气若游丝的声音瞬间高了八度："你这个第一考场2号座位的，没有资格继承我的遗产！还有你边上那个！你们俩都没有继承权！"

不只是刘存浩一个人情绪起伏剧烈，第一考场所有人都感觉自己这次考试仿佛活在梦里。

他们第一考场，一向人员固定，从不作弊，庄严而又虔诚地对待每一次考试，现在却坐在考场里忐忑不安地迎接两位学霸。

第一考场第一排排头两个位置还空着。

其他人看着那两个空位，交头接耳："真是他们俩？"

"我手有点抖。"

"各位考生注意，离开考时间还有五分钟，请回到各自的考场……"

广播声音刚落下去，交谈的声音戛然而止。

谢俞看了一眼教室门口的门牌，然后伸手推开了第一考场的门。

第一考场的氛围，跟"后进生聚集地"的氛围简直天差地别。

没有人聚在一起嗷嗷叫，只有一帮争分夺秒埋头翻书、就算只剩下一秒钟也要看两个英语单词的学霸。

谢俞推开门的瞬间不由得恍了恍神。

贺朝走在后面。

他整个人闲散得不成样子，黑色水笔敷衍地塞在校服口袋里，完全不像是过来参加考试的。还没走到教室门口，他就靠着窗户冲教室里的陌生同学们来了句"朋友们好"。

全场没人敢吱声，除了薛习生——（三）班学委坐在第一排第六个位置上，他虽然成绩算不上特别拔尖，但很稳定，每次排名都在前十。

薛习生皱眉，从英语词汇手册里抬头："贺朝同学，请安静一点。"

贺朝比画了个"没问题"的手势。

谢俞没那么多话，他往后伸手，抓着贺朝衣袖，拉了身后那笨蛋一把。

"考试即将开始，请各位考生收起跟本次考试无关的用具……"

广播催了好几遍。

谢俞刚拉开座椅——椅子在地板上发出轻微的声响——还没坐下去，就感觉到边上那位女同学整个人颤了颤。

"我很吓人？"监考老师还没来，谢俞头往后靠了靠，低声问，"怎么跟见了鬼一样？"

贺朝顺着谢俞的目光看过去，也看到了隔壁组手不停抖的那个女同学，她不光手抖，连大气都不敢出。

贺朝心说，怎么会吓人，我同桌多可爱啊。

然而话到嘴边，贺朝又想逗逗他："有点吧，不然你笑一笑表示一下友好？"

贺朝说着伸手去拉谢俞的嘴角，想手动给他弄个友好的微笑。

隔壁组女同学抖得更厉害了，手里那支笔都拿不稳了，笔从指间落下来砸在桌上。

这次考试还没开始，她的心态就崩了个彻底。

考试铃响前的几分钟，监考老师才携试卷从走廊对面过来。

第一考场这帮学霸只对考卷难度有兴趣，眼里只有题目，根本不在意监考老师是谁。他们正抓紧最后时间埋头复习，只听到一阵由远及近的高跟鞋踩地声。

"上次是意外，"贺朝把笔捏在手里，说，"不信这次再比比？"

谢俞轻扯嘴角："不意外。你低的那两分，是人和人之间的差距。"

两个人实力不相上下，真正角逐起来，决定胜负的也就是那么一分两分。

谢俞仔细想了想，他从小到大感兴趣，并且以此为目标奋斗过的，好像只有"倒数第一"这个位子。

高跟鞋踩地声在高二（一）班门口停住。

徐霞暗暗告诉自己"不过是两个学生"，这才推开教室门走进去。

徐霞脸上没什么表情，进门就开始清点试卷。

贺朝倒是有点意外，看她一眼，手上转笔的动作停了两秒："她啊。"

徐霞把试卷按小组分好之后，再抬起头，目光不经意地从前排两个人身上滑过去。

谢俞连个余光都没赏给她，试卷还没发，他干脆趴在桌上睡觉。

他后面那位斜坐着，后背靠着墙，坐姿懒散且随意，在她望过来的时候，毫不避讳地对上她的眼睛。

尴尬、无地自容，还混着某种说不上来的情绪，让她仓促地移开眼。

考试铃响。

她松了口气。

（一）班考场不怎么需要监考，徐霞在讲台上坐了一会儿，起身四下转两圈。

伴着试卷翻页的声音，她又想起那两个高到不可思议的总分。

心底那份不肯相信以及好奇心不断驱使着她，转第二圈的时候，她终于放慢脚步，装作不经意地去看谢俞和贺朝两人的试卷。

这一看，击退了她心里所有叫嚣着的"不可能"。

不知道是因为天气太闷热，还是因为她真的喘不过气，徐霞胸口闷了半天。

谢俞没注意到徐霞的反应，这次A市统一考卷，题目出得确实难，有几道题他也拿不准到底写没写在点上。

期末考试连着考了两天。

考完回到原教室，大家都在对答案。

"耗子，"万达刚从考场回来，扶着门一脸凝重，"对不起，我可能没有办法继承你的满级法师账号了，我也要死了。"

罗文强："还有我，我也不行了。"

刘存浩内心悲苦，想不到遗产继承人也纷纷离世，继而又扬声问："朝哥，你们感觉怎么样？"

贺朝永远充满自信："感觉很好。"

刘存浩："你每次感觉都不准。上次跟我说超常发挥，是挺超常，简直不是正常人。"

贺朝对"不正常"这个定义有异议："我哪里不正常？"

谢俞："你摸着你被扣掉的卷面分再说话，皮一下开心吗？"

贺朝没话说了。

教室里吵了一阵，老唐进教室讲假期和返校的事。

"这两周大家养精蓄锐，接下来的一年非常艰苦，假期出行注意安全。"老唐带了很多届毕业班，每回提到高三这个话题，还是忍不住替这帮孩子担忧。

假期太短，短让人有点悲伤。

就那么几天假期，他们多半还要被家长按着学习，压根没人期待这个假期。他们对老唐的叮嘱也不甚在意："哦，知道了。"

"走的时候把东西都收拾好，返校咱就不在这间教室了，调到智远楼去。"

二中几栋教学楼分工明确，智远楼离操场较远，相对而言也比较安静，每年高三学生都会被安排进这栋楼。

教室门牌从高二（三）班，变成了高三（三）班。

等似有若无的假期过去，返校补课那天，大家还觉得新鲜。

刘存浩不知道哪里来的一种"大哥"气势，觉得走在路上背都能挺得更直。他这学期住校，边收拾东西边说："以后我们就是二中资历最老的了，二中上上下下，都得尊称我一声学长！"

谢俞刚洗完澡，刘存浩的声音隔老远从走廊另外一头传过来。

他赤着脚踹了踹刚到寝室就往床上躺的贺朝："什么情况，他们这学期都住校？"

贺朝没睁眼："说是来回太费时间，分秒必争冲刺高考。"

那就热闹了。

（三）班这帮人凑在一块儿，还冲刺高考？指不定天天瞎搞。

"你还洗不洗了？"谢俞又问。

外头太阳大，高温天气。

贺朝本来是想躺一会儿，等同桌洗完澡他再去，现在那股热气消散不少，他也就懒得动弹。

贺朝抬手遮着眼睛，缓了一会儿才起身拿换洗衣物去洗澡。

"咱寝室有苹果吗？"贺朝洗到一半，想起来万达他们送的"乔迁贺礼"，探头问，"我们是不是也要送一下？"

"什么？"

刚返校，哪里来的苹果。

最后刘存浩他们这些"新住户"一人收到了一张A4纸。

罗文强正在打扫卫生，好奇地把纸翻过来："这什么啊——"

贺朝："好东西。"

谢俞靠在门边，不是很想去看那个画面。

A4纸上是飞扬跋扈的"贺朝"两个大字，满满当当地占了大半张纸。

这算啥，送自己的签名？

"我想了想，也没什么可以送的。不如这样，等我日后飞黄腾达，你们就可以拿着我的签名卖个好价钱，肆意挥霍……"

贺朝话还没说完，罗文强手里扫帚已经蠢蠢欲动。

返校不到两个小时，男生宿舍楼就发生了一起大规模"群殴"事件，兵荒马乱，声势浩大引发一至六楼的寄宿生围观。

谢俞置身事外，看着贺朝被这帮人从三楼追到顶楼，又往下跑，连着跑了两个来回。

"朝哥，你有种就站住！"

"要不要脸了？你见过有谁签名签你那么大的吗？是不是还得给你装个框裱起来？"

一片讨伐声中，贺朝认真又欠揍地说："裱起来，这个想法可以啊。"

谢俞还在罗文强寝室门口，听着听着没忍住低头笑了。

贺朝被他们追得没办法，停下来挨了几下。

一群人挤在楼梯口，罗文强拖鞋都掉了，单腿蹦着下去捡。

贺朝靠着扶手，趁着他们不注意，对谢俞做了个口型"救我。"

"闹完没有？"谢俞笑着看了一眼时间，"还去不去教室了？"

老唐让他们简单收拾一下，下午回教室开个会，估计不是发新书就是聊期末考试的事。

听到这，刘存浩松开手，低头扫了一眼腕表："都这个点了。"

贺朝三两步从楼梯上走来，勾着谢俞脖子低声道："你有没有良心，我被他们追了半天，你就站这儿看好戏。"

谢俞看着他，毫不避讳地说："知足吧，其实我也想揍你。"

一行人从宿舍楼走出去，路上绿荫遍地，然而并没有什么遮阳效果。

燥热的风扑面而来。

只有高三返校，其他几栋教学楼空无一人，安静得让人有些不太习惯。

还没到教室门口，他们已经听到老唐在发表演讲，声音顺着窗户往外飘："座位就不给你们重新排了，还按原来的坐。天很热，大家坚持一下，咱们争取早点把第一轮复习完成，多给你们放几天假。"

（三）班教室到了一半人，同学们都在打扫教室卫生。

谢俞走到门口，往教室里看了两眼，又看到门牌——

高三（三）班。

谢俞进去的时候已经没什么可以干的活，最后跟贺朝一人分了半块黑板："这半块我的，你滚去那边。"

朝俞
ZHAOYU

即使分工明确，谢俞洗完抹布回来发现自己那半边江山已经被贺朝占了。

"抢我地盘？"

贺朝："这是弱肉强食的世界。"

谢俞手上还沾着水，真想把抹布往这人头上招呼。

男孩子个子都高，挤在黑板前面推搡了一阵。谢俞伸手去抓贺朝手里那块抹布，贺朝侧过身，低头看他："行了，不跟你闹了。"

老唐该讲的都讲得差不多了，站在边上喝水，看着这俩觉得好笑，又摇摇头，把目光落在窗边。

许晴晴虽然在擦窗，但明显魂不守舍，同一个地方反反复复地擦，隔了好一会儿才回神。

"知道你们都对上学期期末成绩很感兴趣，排名都整理好了，咱班这次成绩还不错，比预期的好。大家对自己要有信心。"

老唐从办公室里拿了成绩单，准备好好给他们分析考卷，分析之前，忍不住提了另外一件事。

（三）班全体就听见老唐慢慢吞吞地说："这次全市前五，我们学校占了两个名额。"

全场寂静。

即使班里两位可能是撞坏了脑子的学霸在四校联考的舞台上一鸣惊人，但总归只是四所学校，跟重点学校还是有很大距离。

现在"全市前五"这个消息一出，大家还是被震得魂飞魄散，半天说不出话。

不光是（三）班同学消化不过来——

老唐录完成绩的那天，整个下午，办公室电话就没停过，不光是本校的领导过来问，其他重点学校也都惊讶于二中杀进来的这两位，想知道他们到底是什么来头。

刘存浩最先回过神，在裤兜里摸半天，最后摸出来五块钱，往书桌上一拍："我押排在前面的是俞哥。"

万达："我……我也押俞哥。朝哥太飘了，根本不是我能抓住的男人。"

罗文强："我今天就赌上我的尊严，我也选谢老大！"

谢俞本来对这个排名不甚在意，随手翻了两页新教材，发现这帮人已经开始打赌了，而且局面一倒一，有点好笑："这有什么好赌的？"

这帮人可能想追求一下仪式感。

贺朝等了半天，没人押他，坐不住了："你们还是人吗？就算是表面兄弟情也要意思一下啊，一点都不懂事。"

刘存浩："不好意思，我们不想意思一下。"

贺朝起身走到前排去，打算自己押自己，但是摸了半天也没摸着零钱。他俯身在万达桌上敲了敲："那个，借点零钱？"

万达还没来得及说不，贺朝又说："这是你发财的机会，考虑清楚了，机会只有一次，今天你借我十块，日后我……"

万达："我不！我拒绝！"

然而出乎所有人意料，没人愿意押的"皮一下皮掉两分卷面分"的劣质股，这次还真扳回了一局。

老唐低头，边看成绩单边说："这次贺朝同学以总分743分的成绩位列全市第二，跟第一名仅相差两分……"

万达手里那叠钱差点没拿稳，心说这次还真的失去了发财的机会。

重点学校那批尖子生他们是见识过的，实力相当恐怖，每次分数出来光是看着都让人胆战心惊。

不过这次全市前五名之间仅有几分之差，况且离高考还有一年时间，下一次考试指不定谁在前谁在后。

谢俞这次语文作文拿的分数比预期低了两分，名次排在贺朝后面，第三。不过作文这一块，评卷老师带着自己的主观偏好，有个一两分差距也很正常。

谢俞听完成绩有点头疼，他大概能预料到二中校史里又会给他腾出来一个版面，写什么"力压全市，共创辉煌神话"。

上次在校长室里的画面他都不敢回想。

贺朝揉了一把他的脑袋："想什么呢？"

谢俞面无表情："在想这次会用什么样的姿势上校史。"

老唐还在继续唠叨，贺朝听了一会儿，伸手去摸手机。

手机刚才在兜里振了半天，他都没顾得上看。

谢俞："谁啊？"

"沈捷，"贺朝说，"问你等会儿有没有空，帮他抽两张卡。"

谢俞想也不想："没空。"

贺朝把手机摆在桌肚里,屏幕不断暗下去又亮起来,他低着头偷瞄了两眼,说:"我抽不行吗?哥手气也很好啊。"

谢俞实在是没有感受到他所谓的好手气在哪儿。

很显然,作为好兄弟的沈捷也从来没有领教过。

沈捷:朝哥,认清自己。

贺朝:我觉得我对我自己的认知非常明确。

沈捷简直头疼。

沈捷:你可别说了!你跟你家老谢能一样吗?人家那才是真正的"欧神"。你是不是失忆了,要不要让我来帮你唤醒一下记忆?

老唐说他们班这次考得不错,这话不是安慰他们,虽然从分数上来说是更低了,但试卷难度更高,总体成绩还是有所提升。

没想到这次许晴晴的成绩后退了好几名。

"怎么回事,"贺朝低声说,"晴哥没发挥好?"

"不知道。"

谢俞抬眼看过去,只能看到许晴晴挺直的后背,以及脑后的马尾辫。

他们一开始还担心许晴晴会难受,但是整节课下来许晴晴都没什么其他动作,该听课继续听课。打量了几眼,下课之后刘存浩放松了警惕,拍着万达的肩说:"你看,不愧是我们晴哥,男人——"

刘存浩后半句话还没说完,许晴晴原本挺得笔直的背突然弯了下去,整张脸埋在臂弯里。

"哭……哭了?"

许晴晴一哭,周围人手足无措。

徐静轻轻拍她后背,说了好几遍"没事的,只是一次考试"。

谢俞被贺朝拉着去(八)班抽完卡,再回教室,看到的就是这样的场面:许晴晴红着眼,刘存浩他们几个人排着队站在她跟前,轮番上阵。

"我讲个笑话吧,有一只小企鹅……"

高三带来的压力,让很多人一时间没办法接受。

残酷的竞争、对未来的不确定以及家人的期待……

贺朝隔着窗,也加入了大部队,扬声说:"晴哥!我给你变个神奇的魔术。"

这人不知道从哪儿学来的蹩脚魔术,还需要配合,于是谢俞临时担任魔术师助理这一职位。

　　结果贺朝第一句话就掉链子，指着助理说："给大家介绍一下，这位是我的托儿。"

　　谢俞："你到底会不会？"

　　许晴晴无语之余，感觉眼睛又有点酸，不动声色地眨了眨眼睛："你们有毛病啊，走走走，哪儿凉快哪儿待着去。"

　　这帮男生笨拙得不像话，压根不会安慰人，手法一个比一个离奇。

　　许晴晴的心情却不可思议地变好了。

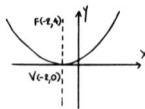

第十九章

"晴哥，再给我一次机会？"

许晴晴佯装生气，把原本紧攥在手里不放的笔"啪"的一声拍在桌上，话说到一半还是没忍住，笑了："再给你和你的托儿一次机会？"

刘存浩笑得蹲在地上捶地。

谢俞觉得丢人，拽着贺朝的衣领直接把他拽回后排。

虽然闹个乌龙，但许晴晴看上去心情的确变好不少，徐静递零食过去的时候她还吃了几口。有一瞬间谢俞甚至想，这可能真是个魔术吧。

这个人，总是能很轻易地带动气氛，有时候让人烦得恨不得踹上一脚，但又让人忍不住想靠近。

谢俞想到这里，侧头看了他一眼。

贺朝回座位之后安静不少，剥了根糖往嘴里扔。他不说话的时候才不经意地流露出一种和年龄不相称的沉着，即使叼糖这个动作吊儿郎当，有几分自由散漫。

上新课的同时复习前面学习的内容，时间安排得非常紧凑，临近最后一节课下课大家才能偷偷松口气。

谢俞在做老吴给他布置的几道新题，做到一半发现思路不太对，正打算画掉，前排那位兄弟向后伸手，不动声色地往他桌上扔了张叠好的字条。

谢俞挑了挑眉，把字条打开，第一行醒目地写着：我们来商讨一下晚饭吃点啥，计票，哪个多吃哪个。后面罗列了一排店名。

某位状元楼忠实拥护者甚至开启了拉票模式，在边上洋洋洒洒夸了一通：他们家菜真的好吃，每当我找不到前进的方向，灵魂陷入迷茫，状元楼的饭菜总是能够将我唤醒……

谢俞："有毛病啊。"

"还带拉票的？"贺朝叹为观止，"太真情实感了吧，这位朋友打动我了。"

r=a(1-sinθ)

贺朝勾完选项，又把字条团起来，随手往隔壁组扔。

吴正讲完题目，正打算布置晚自习作业，抬头就看到他们在台下做小动作："传什么呢？传给我看看。"

即使隔壁组那位同学捂着不肯给，吴正还是下讲台跟他展开了一场长达三分钟的抢夺赛，抢到之后，他看到字条的内容简直哭笑不得："我说你们一个个的不好好上课，瞎搞什么——状元楼真有那么好吃？"

最后大家真去状元楼撮了一顿，分成两桌点了几个菜。

这家店打折方式层出不穷，结账的时候老板娘给了他们"假期八折特惠"。

天色逐渐暗下来。

街道很长，刘存浩他们走在前面，万达边走边跳起来摘树叶，突然来了一句："我要上复旦！"

有人吐槽他："你怎么吃个米饭也能醉？"

"我建议你左转，看到那家店没有？复旦没有，不过你倒是可以来杯复旦奶茶。"

谢俞跟在后面没有说话。

贺朝问："你想好了吗？打算考哪儿？"

考哪个学校？

这个问题所有人都在问。老唐上午也把他抓过去想听一听他的想法，毕竟以他跟贺朝的成绩，只要想考，哪所都能上。

"我倒是不担心别的，就以后的学习方向来说，还是要有一个自己的看法，"老唐说完，又问他，"有自己比较感兴趣的专业吗？"

备考的时候每个人学习的东西都一样，但是大学里的专业五花八门，唐森希望他们能够跳出这个框架，好好地去思考这个问题。

感兴趣的——谢俞想了很久，最后脑子里浮现出的居然是顾女士晕过去的画面。那天他从头到尾都不在状态，手忙脚乱，心跳都漏了好几拍。

谢俞回神，不太确定地说："不清楚，还在考虑。"

整个校园空空荡荡，树叶飒飒作响。

本来计划的晚自习，最后没上，老唐不知道从哪里听来的消息，得知许晴晴课间哭了，想着给他们开导一下，让他们情绪别绷太紧，最后干脆偷偷给他们放了个假。

213

谢俞拿了换洗衣物打算洗个澡，结果刚脱下上衣，独卫门被人敲了两下："老唐在班群里发了几条消息，让我们去趟操场。"

谢俞手还搭在腰间，下身那条裤子往下褪了一点："去操场？"

"中年男人的心，我不懂。"

不仅贺朝不懂，（三）班同学也都看不太懂。

刘存浩：操场？

万达：难道要我们跑步啊？

罗文强：啊！操场！跑步！

他们俩是最后到的，去的时候罗文强已经带着人开始做热身。

（三）班体委雀跃："快来做热身，我觉得肯定是夜跑！老唐真是时髦！"

谢俞做好了跑一千米的准备，结果老唐让他们排好队，一声令下："齐步走。"

罗文强正想上跑道自由飞翔，听到"齐步走"三个字，整个人都蒙了："老师，我们这是？"

老唐心情也很愉悦，把手背在身后说："我带你们散散步。"

罗文强彻底失去了思考的能力。

老唐回去之后还是担心他们的状态，于是这个中年男人绞尽脑汁思前想后，选了一种不可思议的、一点也不适合年轻人的方式替他们解压。

男生女生分两列，就这样绕着操场走了一圈。

谢俞边走边琢磨等会儿从哪条路线撤回寝室，贺朝看他一眼就知道他在盘算些什么，低声提醒："给中年男人一点面子。反正他最多也就走两圈。"

"到底是谁不给中年男人面子？"

老唐确实没带他们走多久，没两圈就走累了，最后坐在跑道上跟他们谈心。

迎面刮来的风透着一股凉意。

或许是被这片夜色感染，又或许是看不太清彼此的表情让大家都放松下来，平时心里想说又压着不太敢表露的情绪再度翻腾而上。

面对高考，面对并不靠前甚至岌岌可危的排名，说不慌那肯定是假的。

老唐轻叹道："或许有的同学觉得这次没考好，其实并没有。只有不努力，没有所谓的没考好。我觉得你们都很好，而且还可以更好。"

许晴晴本来已经缓和的情绪，不知道为什么又涌上来，没出息地又哭了。

不过她并不是难过，更像是跌倒后被人揉了一把脑袋。

"还有同学跟我说，感觉未来很迷茫，心里没底。"老唐又说，"那不叫迷茫……傻孩子，你们的未来有无限可能啊。"

一时间没人说话。

周遭只有操场铁栅栏外的几排路灯亮着，灯光温柔且缓慢地照进来。

谢俞手撑在塑胶跑道上，衣摆被人拽了拽。

贺朝直接躺在跑道上，一只手枕在脑后，没说话，扬了扬下巴，示意他抬头往上看。

谢俞顺着他的目光仰头看过去。

入目是满天繁星。

星星点点，闪着光，洒在这片夜空里。

沉默过后，倒是许晴晴抹了把眼泪，率先伸出手，豪情万丈地喊："加油！"

周围的人一个接着一个把手覆上去。

掌心贴手背。

万达："不愧是我晴哥，就是硬！"

刘存浩："冲冲冲！"

贺朝坐起身，也伸手凑热闹："加油。"

谢俞是最后一个，没说话，把手搭在贺朝手背上。

贺朝盯着看了一会儿，然后又抬头去看谢俞。

两人对视几眼，好像看到了高一刚入学时的自己。贺朝当时眉眼间尽是戾气，惹过不少祸。而谢俞，更是没人敢惹。

哪里知道后来会发生那么多事。

进立阳二中纯属偶然，也没报什么期望……可就像老唐说的"无限可能"，像奇迹一样，把他们联结在一起。

以后还会有更多奇迹。

不知道是谁先带头笑了起来，然后谢俞别开脸，嘴角也跟着微微往上扬。

刘存浩他们学着贺朝吹牛皮："我，前途不可限量！"

"我，肯定是个要干大事的人。等会儿回去我也给你们一人发一张签名，等我日后功成名就……"

"签大点，A4纸太小，施展不开。"

吹牛皮吹了半天，声音再度弱下去。

大家相继往跑道上躺，横七竖八躺了好几排。他们张开双臂，吹着风，合上眼。

本来是想闭上眼放松心情，结果没多久睡着了好几个，罗文强甚至开始打呼噜。

呼噜声伴着微弱的蝉鸣。

谢俞又半睁开眼，看了一眼夜空。

脑子里没什么其他念头……只觉得很亮。

跟中年男人散步谈心之后，（三）班氛围缓和了不少。

面对为期半个暑假的高强度学习，个个都把心态摆得很正，提前适应了"高三考生"这个身份，并且赶在假期结束之前完成了第一轮复习。

等到真正开学的那天，反而没有什么"新学期"的新鲜感。

高一大批新生入学，校广播热烈欢迎了半天，这帮新生懵懵懂懂，刚入学对什么都很好奇。

其他几栋教学楼也恢复了往日的活力，吵闹不断。

他们这栋教学楼不愧是高三专用，外边再吵跟他们也没什么关系，只是偶尔会有成群结队偷偷溜过来看（三）班两位"传奇人物"的女孩子。

吴正尤其头疼，好几次拉开门赶人："你们哪个年级的？"

只是每次吴正的话还没来得及吼完，那些人就跟受惊的小动物似的，立马往楼下跑。

吴正只好关上门，随口数落："谢俞、贺朝，你们俩啊，少拈花惹草。这几个是高一的吧，刚开学才多久，都摸到这儿来了。"

谢俞和贺朝还在做题，莫名其妙被扣上"拈花惹草"的帽子："啊？"

吴正："别啊了，刚才那道题解出来了没？你上台做一遍。"

这题不难，贺朝解题解得也很快，就是这个思路太新奇，吴正看了一半才看出来他到底想怎么解："这位同学，你能不能按照正常人的思路解一下这道题？"

贺朝："正常思路？正常思路没什么意思。"

吴正："那你这也太有意思了，一块黑板够你写吗？"

全班大笑。

吴正吃了这个教训，心说以后找人上来解题还是别叫这位了，掌控不住。

"俞哥，刚才那题我没太听懂，"下课之后，万达捧着练习册过来，"到这步，然后画函数图像，这里我都懂，后面怎么就……"

吴正最后给他们留的几道课后习题有点难，万达跟它们纠缠很久，最后还是找不到解题方法。

谢俞接过来看了一眼："你懂什么？图像画错了。"

万达三两下把错误纠正过来，合上练习册，那颗八卦心又燃了起来："你们知道咱学校下个月办成人礼吗？"

谢俞："成人礼？"

万达憧憬道："我也不知道是什么，反正出去玩是真的……还要在酒店住一晚呢，听上去就很潇洒。"

什么春游、秋游，压根玩不尽兴，这次简直就跟出去旅游没差别。

万达沉浸在自己的幻想里，谢俞用手肘碰了碰贺朝："哥，你这年纪参加成人礼，不太合适吧。"

贺朝伸手想去勾他脖子，却扑了空。

"你过来，什么意思？"

"我说得还不够明显？"谢俞说，"说你老的意思。"

万达畅想到一半，抬头就看到两个人又打在了一起。

这两位平时没事总公然"动手动脚"，大庭广众的，一点也不注意影响。

不过这次情况有点不太一样，两人身份对调，谢俞反而成了被追着打的那个。

万达摇摇头，习以为常，心想反正这两人的形象早就崩得连渣都不剩了。

成人礼具体行程安排就跟插着翅膀似的，不过几个课间，就传遍了全年级。

暂定的有三个，历史博物馆、名人故居，剩下就是晚上的一场庙会。

"你们都很积极啊。"老唐不想他们分心，打算成人礼前几天借班会课说说这件事，结果好不容易憋到成人礼前一周，发现都不需要他说，这帮人早都知道了，"要带些什么自己都准备好……早上八点上大巴，我们先去人民纪念馆。"

大家基本都按照春秋游的方式走，除了简单的换洗衣物，零食装了一大袋。

出发前，刘存浩良心不安地说："我没带作业，我这样是不是太过分了？"

"带什么作业,作业留在寝室。"罗文强说,"它很懂事,一定会自己照顾自己的。"

天气炎热,大巴里闷出一股甲醛味儿。

谢俞刚把口罩摘下来,闻到味又反手把口罩戴上。

贺朝把头顶上的空调往边上调了调,冷气正好对着谢俞吹:"难受?"

"有点闷。"

谢俞低头给顾女士发短信汇报完情况,伴着车厢轻微摇晃,靠着座椅背睡着了。

贺朝也去掏手机,打算给他家老贺发个短信意思意思。

他以为老贺多半只会回句知道了,结果等了几分钟,等来另外三个字:长大了。

车程约莫有两个小时,这帮人嚷嚷着要唱歌。

"唱什么,不唱,"贺朝示意他们别闹,"我同桌睡觉呢。"

有人在后排喊了一句:"朝哥,你这也太宠俞哥了。"

这句话一出,其他人也开始瞎起哄。

"好兄弟之间,当然要互相宠爱。"刘存浩说着,一把揽住万达的肩,"是不是,达子,我平时宠你吗?"

万达咬咬牙:"宠!特别宠!"

他们动静太大,谢俞本来睡眠就浅,半睁开眼:"宠什么?"

"没什么,你还是别问了。"贺朝说,"这两个人今天脑子好像出了点问题。"

高三年级组到人民纪念馆的时候快中午,正式参观前,二中校方在附近举行了一个简单的仪式。

老唐站在队伍前面。

姜主任一改风格,西装革履,站在烈日下,好像丝毫不觉得热:"成人礼不是带你们来玩的。各位同学,十八岁,你们成年了。"

"成年"两个字一出,台下安静不少。

他们想到二中这届高一新生青涩的面孔,就像他们当初入学一样,又想到原来转眼间已经到了这个阶段。

"成年的你们,要学会有担当、有责任、有德行,以及坚韧不拔、勤学苦练、脚踏实地的品质。我也由衷地为你们感到高兴和骄傲……

无论日后你们走到哪里,走得有多远,都不要忘记——赤子之心!这是我们二中的校训,也是我们二中的精神!"

姜主任说说到一半,突然顿了一秒。

r=a(1-sinθ)

然后他背过身，谢俞站在侧边，清楚地看到他抹了一把眼泪，但是怕人发现，又抹了一把脑门装作是在擦汗。

明明是很官方的演讲，但没人表现出一点不耐烦。

最后姜主任难得地笑了笑，声音降下来，跟平常的威严凌厉不同，显出几分温柔："恭喜，你们成年了。大胆地，往更远的地方去吧！"

姜主任发言过后，又陆陆续续上去了几个校领导。

太阳越来越晒。

"等会儿好像还要发东西，"贺朝个子高，瞥见姜主任身侧那个纸箱，猜测说，"看着像书？"

这时台上最后一位校领导发言完毕。

算算时间也差不多该进人民纪念馆参观了，然而各班班主任聚在纸箱那边不知道在干什么，约莫五分钟后，一人领了一沓东西回来。

那是厚厚一沓信。

这个环节老唐并没有提前告知他们，谢俞拿到信的时候还有点反应不过来。

信封正面写着"谢俞"。

笔迹端正又娟秀，很眼熟，一看就知道是顾女士的字。

"你的呢？"谢俞说着回头看了一眼，看到贺朝手里的信封上"贺朝"两个大字，下面紧跟着又多写了潦草的一行：我是你老子。

贺朝轻咳一声说："我们家老贺，很有个性。"

之前在办公室里听过老唐给贺朝他爸打电话，谢俞以为自己对这位"老贺"已经有了清楚的认知，没想到远远超出了他的想象："是挺有个性。"

说话间，边上音箱放起了煽情配乐，一首《感恩的心》伴着电流噪音倾泻而出。

所有拿到信的同学仍处于懵懂状态，小声交谈。

"什么啊？"

"我爸给我写的？"

"我妈？"

219

刘存浩身为班长，站在排头。

"什么玩意？"他打开信封，顺着念了第一行字，"给我亲爱的儿子……"

本来话语里还带着几分戏谑，结果他念完这几个字之后，突然没了声音。

老唐发完最后一封，站在姜主任边上说："你怎么想到的？"

姜主任平时看着凶狠无情，有时候心思比唐森这个语文老师还细腻。成人礼很早他们就计划着要办，想办得特别点，尽可能地让这帮孩子记住这一天。

姜主任叹口气："有些话平时很难开口，也许用书信的方式，家长跟他们能有更多交流。"

谢俞拆开信封，发现顾女士写了三张纸。

开头第一句就是"我爱你"。

有一瞬间，他仿佛透过这几页薄薄的纸，看到了顾女士拿着笔，坐在书桌前写字的模样。

"我爱你，不过有时候爱也是一种负担。

"我也很感谢你，谢谢你来到我身边。"

谢俞捏着纸张的手紧了紧，心脏像是突然被人不轻不重地掐了一下。

隔壁班有几个女生绷不住情绪，没忍住哭出了声，用手捂着嘴，从指缝间泄出几声哭声。

这几个女生一哭，气氛变得更加煽情。

有时候心里真正的、最强烈的想法反而羞于启齿。

谢俞看了两页纸，然后抬起头，朝不远处那棵树盯了一会儿，这才缓过来，逐字逐句地去看最后一页。

"从你还很小的时候，我就忍不住去想你的未来。想你长大了会是什么样，会去哪儿，会做些什么。三百六十行，我挨个想了个遍。

"现在你该自己想想了。

"不管你做什么选择，我都为你感到骄傲。

"我只希望你平安、快乐。"

…………

"本次立阳二中成人礼到这里就结束了，"姜主任接过话筒，最后说了两句，"希望大家日后不管遇到什么困难，都能回想起这一天。回想起所有的感动、勇气和初心。

"现在请各班跟着带队老师，按照顺序进馆参观……"

参观人民纪念馆的时候大家很安静，不知道是没能从刚才的仪式里缓过神，还是面对沉重的历史说不出话。按照规定的路线参观完出来，接近下午三点。

直到上车去饭馆吃晚饭，这帮人才重新活跃起来。

贺朝扬声说："我先申明一下，等会儿我拒绝和体委坐一桌。"

这次一桌八个人，吃饭基本靠抢。

贺朝申明完，刘存浩紧随其后，举手说："我也拒绝。"

罗文强像皮球一样被人反复踢来踢去，按照这个发展趋势，他最后只能跟老唐他们凑一桌。他说："耗子，你不宠爱我了吗？说好的彼此宠爱呢？"

贺朝带头活跃完气氛，之后就没再说话，一只手插在裤兜里，头往后仰，合上了眼。

即使眼前一片黑，老贺信里的字还是一点点浮现出来。

——我也怕你摔疼了。

——但我更相信你，我儿子哪能因为这点困难就放弃？

在贺朝的印象里，老贺是个特别酷的家长，酷到让人觉得他的这种教育方式很没有人性，每次他摔倒，老贺从来不会伸手扶："你有本事就在地上躺一辈子，没本事就起来。"

等贺朝回过神来，罗文强他们已经换了话题："我等会儿回去打算写会儿作业……"

"你带作业了？你不是说它会自己照顾自己？"

"我安慰你的嘛，安慰的话能信吗？"

饭馆伙食并不好，一个厅十几桌，好几个班挤在这儿，大圆桌上铺了层塑料餐布。饭菜的味道跟食堂的大锅饭似的。

罗文强还是坐在了贺朝这桌，弄得大家人心惶惶。

贺朝担心谢俞拉不下脸，提醒道："等会儿直接上筷子抢，不然连菜汁都不带给你剩的。"

谢俞拆了筷子，不甚在意："他可以试试。"

跟罗文强坐一桌的所有人后背都挺得笔直，严阵以待，仿佛迎接他们的不是一顿大餐，而是一场战役。

万达就坐在罗文强边上，他觉得今天这顿饭完全可以载入史册——在其他桌安静吃饭并且时不时抱怨饭菜不合胃口的时候，他们这桌鸡飞狗跳。

贺朝直接扔了筷子："耗子，架住他，别给他夹菜的机会！"

"万达，别吃了，帮忙搭把手，"刘存浩喊，"直接攻他命门！"

万达茫然："命门？什么命门？"

谢俞："抢他筷子。"

罗文强腹背受敌，只能被人摁着，脸颊贴在餐桌上："你们为什么要这么对我？"

边上那桌人看得目瞪口呆："这是吃饭？太猛了吧？"

几个人联合作战，总算守住了餐桌正中央剩下的半盘烤鱼。

比起精致的菜肴，这顿大厨做饭时可能手抖多加了几勺盐的大锅饭，味道堪比车祸现场。

但就这个味道，他们之后过了好些年也没能忘掉。

两天的行程安排相当紧凑，吃过饭，他们简单休整一下便出发去庙会。

不像下午那么闷热，他们从大巴上下来的时候，甚至从边上那片湖刮过来几阵凉风。

南庙是当地一个比较有特色的旅游景点，临近傍晚，人越来越多。

街上有推着车卖挂件饰品的商贩，红色刺绣，底下垂着流苏，细巧别致。

也有摆摊卖河灯的老人家，佝偻着身子，坐在湖边，脚踩青石台阶。

这里风土人情和A市截然不同，颇有几分古韵。

老唐不太放心他们，这里人多，再过一会儿天就彻底黑了，他连问好几次他们身上带没带手机："行，确定都带好了？那大家分组自由活动，七点在门口集合。"

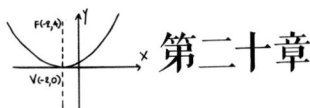

r=a(1-sinθ)

第二十章

天色渐晚。

满目都是红色，地面上铺满了鞭炮碎屑，灯笼挂遍了整条街，明明灭灭。

谢俞和贺朝两人并肩走了没多远，沿途路过一个卖糖人的摊子，贺朝看了两眼，伸手拉谢俞，把他往那边带："哥给你买糖吃。"

摊位边上围着一群女游客。

橙黄色、半透明的糖浆，被后面那片街灯衬得发亮。摊主手艺娴熟，三两下绘出一条张牙舞爪的龙。

叫好声一片。

"幼不幼稚？"谢俞不太想挤进去排队，"你多大了？"

贺朝抬手指了一样，扬声道："师傅，这个。"

贺朝经常带糖，后来习惯了，哪怕不吃，去学校小卖部也会挑两根装校服兜里备着。

倒是混熟之后，许晴晴她们胆子大起来，偶尔过来讨糖吃："朝哥，还有糖吗？"

当时贺朝"沉迷游戏无法自拔"，还是那个无论别人考得多差都无法撼动的倒数第一，他捧着手机顾不上她们："等会儿啊，我这紧要关头。"

谢俞正好睡醒，侧枕着，直接伸手去摸他口袋。

许晴晴愣了愣，过会儿反应过来，连忙举手示意："我要草莓的！"

谢俞不太耐烦地"嗯"了一声。

谢俞想到这，低头看了眼手里的糖人，蔗糖绘出来的图案不过半掌宽。思考一会儿，他还是低头尝了一口。

甜得发腻。

几声古朴深远的钟声从远处传来。

就在钟声响起的刹那，两边街灯亮起，沿着他们来时的路，一直往前延伸，伴着灯光，整个庙会灯火通明。

出了这片地方，再往前走就是商业街。

谢俞想给顾女士带点东西回去，进了家店，结果挑半天也没挑中什么。墙上丝巾款式很多，可适合顾女士的少之又少。

贺朝倒是选中一样："这个怎么样？老贺收到应该很开心……简约而不简单，复古中又透着时尚。"

谢俞站在他边上，听得有点头疼。

贺朝手里拿的是一个其貌不扬的茶杯，20世纪80年代经典款，蓝绿红经典复古配色，杯身六个大字："老爸，您辛苦了"。

谢俞："你认真的？"

贺朝："我看上去像很随便的样子吗？"

"哥，你很厉害。"谢俞扫了货架上其他东西一眼，真心实意地说，"真的厉害。这么多东西，你一眼就能找出个最丑的。"

谢俞说完又联想到贺朝跟他爸那一个模子里刻出来的性格，心想没准这对父子挑礼物的方式也是遗传，于是试探着问："你爸平时都送你些什么？"

贺朝把杯子放回去，想了想，欲言又止："这个，三两句话讲不清。"

谢俞眉头一挑。

贺朝："你等会儿，我找找。"

谢俞看着这人掏出手机翻了半天，然后又把一边耳机往他耳朵里塞。

耳机没塞好，谢俞抬手按住。

手机屏幕上是贺朝跟他爸的微信聊天界面，看聊天记录应该是去年贺朝过生日时。

老贺：儿子，生日礼物。

紧跟着是一段视频。

点开视频，十几个穿着鲜艳的非洲小孩，站在前面的几位手举黑板，黑板上三行粉笔字：贺朝，生日快乐！祝你身体健康、心想事成，爸爸永远爱你！

领头的喊一句，那群小孩就跟着喊一句，喊完还附送一段尬舞。

真是视觉和听觉的双重刺激。

谢俞毫无防备地被这个视频震住，半天说不出话。

他还没斟酌好用词，就听贺朝来了一句："我当时还挺感动的。"

谢俞想了半天，发现说什么都不能表达自己现在的心情，最后把那个品位堪忧的茶杯往贺朝手里一塞，心服口服道："你们家基因真是优秀。"

r=a(1-sinθ)

他们逛商业街的途中遇上许晴晴她们，快到集合时间，于是几个人一块儿往集合点走。

贺朝："晴哥，你买了个锤子？"

许晴晴把手里那根按摩锤举起来在他面前晃："这不是锤子！我觉得我学习太辛苦了，需要按摩……"

贺朝笑着接过来玩，一路上闲着没事就往谢俞后背上敲。敲得谢俞不耐烦，差点对他当众施暴。

"人都到齐了吗？"刘存浩站在排头张望，"你们别乱窜，我数一下……"

刘存浩数完，还缺两个人。

罗文强联系了一下他们，挂了电话说："他们还在赶过来的路上，我们再等等吧，正好等会儿还要放烟花。"

晚上烟花表演持续了十分钟左右，礼花从湖面升腾而起。

排队集合的地方正好在湖边，老唐到的时候就看到谢俞跟贺朝两个人坐在护栏上，胆子大得很，手撑着护栏边沿，双脚离地，微微向前俯身。

——迎着风。

"哇，好看！"其他人扒着护栏，也按捺不住，探出去半个身子。

可能是被烟花照的，这帮孩子一个个眼睛里有星星在闪。

"晚上严禁外出，别整什么丰富的夜生活，安安心心在自己房间休息，要是有偷偷出去的，抓到直接记过处分。"回程的路上，老唐不放心，再三叮嘱这件事，"都听明白了吗？"

几个人起哄："丰富的夜生活不需要出门——大富翁六缺一，有没有人想来？门牌号3009，等一个有缘人。"

"这里，狼人杀高端局。"

"我！"

"算我一个！"

他们自动忽略了谢俞，扬声问："朝哥，来不来？3009等你。"

"不来，"贺朝笑了笑，又说，"我跟老谢想早点休息。"

由于人多，二中这次总共订了三家酒店，他们分到的这家离市中心较近，周边设施

225

也更完善。

谢俞进屋以后去浴室冲了一把，刚关掉淋浴开关，水声渐小，就听到一阵敲门声。

"大哥，你们在吗？"

"是不是这间？是这间吧。"

"大哥？"

"干什么？"贺朝开门的时候，身上衣服还没穿好，"你们不睡觉？"

万达探头往房间里张望："俞哥呢？"

贺朝"啧"了一声，直接把他脑袋顶回去："别乱看，他在洗澡。有事快说。"

"是这样……有没有兴趣跟我们来一场男人的冒险？"

万达他们卡牌玩腻了，又激动得睡不着，想起之前在车上搜了一下周边，搜到附近有个公园。坊间传闻，公园里还有个很出名的许愿池。

罗文强接过话茬："对对对，看评论真的很灵，我们打算出去试试。"

贺朝："你们哪儿来那么多梦幻小女生的心思？"

罗文强还想说点什么，正好看到谢俞从浴室里出来。

谢俞身上就穿了件黑色T恤，问道："什么许愿池？"

夜闯许愿池的消息一传十，不出十分钟就传遍了全班。

走廊上人越聚越多，谢俞干脆坐在走廊地毯上，发觉这帮人到最后压根不在意什么许愿池了，集体违规、半夜偷偷摸摸出去搞点事的气氛才是重点。

"我们计划一下作战路线。"

"从电梯下去，然后三个人一组。"

"注意，大厅有监控，但这个没办法，只能让监控记录下我们的罪证！"

许晴晴第一个挥拳揍人："耗子，你脑子是不是有问题，这算什么计划？"

临近十二点，夜色暗沉。

公园确实离得不远，过个马路就是。只不过许愿池这块区域在闭园之后不对外开放，他们只能越过栏杆偷偷溜进去。

周遭到处都是蝉鸣。

十几号人跟做贼似的，谢俞觉得丢人，还翻出口罩戴上。

"黑灯瞎火的，谁看得清你的脸，"贺朝笑着伸手勾了勾他挂在耳朵上那根绳，"朋友，你包袱很重啊。"

说是许愿池，其实就是片小水池，池底铺着厚厚一层硬币。

刘存浩特别虔诚，差点给它跪下了："保佑我们大家高考都能考高分。"

罗文强："我希望耗子能实现他的愿望。"

万达："我也是。"

谢俞手边正好碰到一颗小石子，捡起来往池子里扔，砸出几圈水花，没忍住笑了："加一？"

贺朝留意到罗文强手里一直提着个袋子，伸手碰了碰："这是什么？"

"庙会上买的小烟花，"罗文强立志要把"梦幻少女心"进行到底，"这样更有仪式感……"

其他人闻言一窝蜂围了过去："烟花？"

谢俞往后退了几步，坐在不远处台阶上看他们研究怎么点烟花。

贺朝走过去，两个人并肩坐着。

隔了会儿，谢俞听到贺朝叫了他一声："谢俞。"

贺朝伸手在衣兜里摸了一会儿，最后掏出来一样东西递给他。

——是封信。

借着微弱的路灯灯光，谢俞勉强能看到信封上几个张扬的大字：给我家小朋友。

谢俞捏着信封边角，愣了愣。

里面没写什么长篇大论，只有寥寥几句。

——一起去啊，去更远的地方。

"点上之后大家赶紧往后撤退啊。"

"我数三二一，点！"

"等等，我怎么觉得这个烟花长得有点不太对呢……"

紧接着是一声巨响。

谢俞震得耳膜疼。

"这是什么？"

刘存浩是最后一个撤的，跑得慢，感觉自己屁股受到了一阵猛烈的冲击："文强，你解释解释，这是烟花？你欺骗我，这分明是大炮仗！"

这声巨响简直天崩地裂，整个公园似乎都跟着晃了几下。

他们还没来得及料理完"后事"，公园管理大爷寻声赶来，手电筒强光往由远及近地在许愿池附近扫射："谁在那里？干什么呢？站住别跑！"

周围一阵鸡飞狗跳，（三）班这帮人拼了命地往前跑，跑的时候还不忘献上最真挚的歉意："对不起！"

谢俞脑子里反反复复的，却是那句"更远的地方"。

他还没来得及做出反应，就被人一把抓住，然后他听到贺朝喊了一句："老谢，跑！"

几级台阶不高，两个人索性直接往下跳。

——迎着扑面而来的风，点点星光，以及街道两边那道无限往外延伸、延至天边的光。

（正文完）

$r=a(1-\sin\Theta)$

番外一
医学部

C市，A大医学部。

临近深夜，楼里还亮着几盏灯。原本空荡的走廊上逐渐有了一阵脚步声，两位女生小声交谈道："走吧，我都困死了，回去还得写报告。"

"行，那我去换件衣服。"另一位说到一半，又顿住，"哎，那是不是咱医学部'行走的冷气制造机'？"

两人说着放慢了脚步，隔着扇窗户，貌似无意地往窗户里猛瞧。不敢出声，怕打扰实验室里的人。

整间实验室一尘不染，规整得有些过分。

那人身高腿长，样貌极其惹眼，放眼整个医学部都找不出第二个。但不知道为什么，就是让人不敢接近，尤其身上那件白大褂，被他穿出一种强烈的距离感。

他伸手取东西的时候，半截手腕从宽大的袖口里露出来，手指细长，骨节突起。

这位是他们医学部相当出名的人物。

入学没多久，省"状元"的头衔加上那张脸，让他的名号立马传遍了整个学校，次日就横扫学校各大论坛。

医学部从来都没有那么热闹过。

话题热度跟隔壁经管学院某位新生开学在门口接受采访时嚣张表示"随便考考就来了"不相上下。

一开始也有人被这张脸迷惑，疯狂求联系方式，主动出击，半个月之后却全都偃旗息鼓。

学校论坛风向立马往另一边倒。

——不不不，他不是人。

——太可怕，招惹不起。

——我去他高中学校贴吧里围观了一下，形容他的时候说像"一脚踏进北极圈"，这

230

话不假。

——回楼上,隔壁那个经管的,跟他好像还是一个学校来的。

——说到经管,请问经管那位的联系方式谁有?他真的帅,虽然采访欠揍了点,但是发出去之后比招生办的宣传反响还热烈……

谢俞并没有察觉到窗口有人在打量他。

前阵子他被杨老教授拉到实验组里,帮忙打打下手,忙得午饭都没时间吃,哪里还顾得上别的。他记录完最后一个数据,这才觉得有点饿。

他抬手按了按眉心,掏手机看时间。

00:38。

除了时间,通知栏里挂着的几条短信也很醒目。

——忙完了吗?

——饭是不是又没吃?欠收拾呢?

——下楼。

谢俞出了实验室,直接拨过去一通电话:"你在楼下?"

贺朝坐在楼下台阶上,身侧就是草坪,几只野猫小心翼翼地靠过来"喵"了几声,他冲它们勾了勾手指,说:"你再不下来,这几只小东西就要跟你抢东西吃了。"

那几只猫确实是冲着他手边那份外卖来的,眼神警惕,看看他,又看看边上那盒东西。

谢俞连着做了几天实验,很困倦,但是听着这人的声音,不自觉地放松下来。

最开始为了吃饭这件事,两个人还吵过一架。

严格来说也不能算是吵架。一个实在是忙起来没法保证一日三餐,另一个认为再怎么样身体是底线,死也不肯退让。

谢俞还是头一次看到贺朝冷脸:"你们医学生第一课,先搞垮自己?"

谢俞知道自己没理,耐着性子服软。

贺朝最后叹口气,低头问他:"你是不是看准了我拿你没办法?"

谢俞换完衣服,挂了电话正打算下楼,无意间触到边上那个App,入目便是一个叫"(三)班永远不散"的聊天群。

群头像是集体照。

231

谢俞靠着衣柜，点开放大看了几眼。

四排人，姿势夸张，个个都拍成了表情包。有高举着手臂跳起来、定格在半空中的，也有勾肩搭背当众打架的——刘存浩那天很欠揍，喊了一句"我最帅"，被边上两个人按着一顿揍。

排队形的时候谢俞被教导主任拉到边上，跟贺朝隔开了几个人，趁着他们还在打闹，贺朝不动声色地伸手拉他："过来。"

这张照片不是最后的正式毕业照，由于太混乱，老唐维持了好几次秩序，摄影师估计也是头一次遇到这种"猴子班"："别乱动了，三、二、一……"

画面定格。

几乎所有人对高三一整年的印象，都是做不完的模拟卷、琅琅的读书声，还有教室里飞扬的粉尘。

有人闲着没事把用光的笔芯一根根收集起来，毕业时积攒了一大捆。

其他印象就是睡觉。

撑不住就往桌上一趴，头顶是晃晃悠悠的吊扇，发出嘎吱声，连带着吹起试卷边角。

他们好像真的只是睡了一觉。

高考前一天晚上，老唐叮嘱好几次"晚上早点睡，调整好心态，不要紧张"，（三）班同学倒是没有紧张，他跟吴正两个人却整晚没睡着。

送考那天老唐特意穿了一身红。

他这把年纪，穿件大红色短袖衫，站在考点学校门口，抖着手问："准考证都带了没有？别紧张啊，千万别紧张。"

贺朝笑着反过来安慰他："都带了，放心吧。老师，您别太紧张。"

老唐连说了三声"好"。

等高考成绩出来，一所名不见经传的普高声名大噪。

——立阳二中出了个省"状元"。

炎炎夏日，这消息比三十九摄氏度高温更令人沸腾。

"朝哥，你太让我失望了。就差两分，你知道我在你身上押了多少钱吗？我押了十块！"

（三）班都考得不错，还有好几个超常发挥的，许晴晴的高考成绩比模拟考成绩高了整整二十分，她返校拿档案袋时，心情特别好，也调侃贺朝说："你辜负了我对你的信任！"

又有人喊："最过分的是我们那么相信你，你自己却押了俞哥！"

贺朝笑着说:"我相信我同桌。"

比起意想不到的好成绩,谢俞选择学医带来的冲击力更大。

贺朝很早就开始找方向,对比了各大热门专业,又多多少少从他家老贺那儿受到了点影响,逐一了解过后报了经管。

"冷酷杀手"成了白衣天使,套路深似海的那位跑去学金融。

(三)班同学无不痛心疾首:"完了,谋财害命。"

谢俞下了楼,隔着玻璃门就看到贺朝坐在台阶上逗猫。他身上是简单的黑衬衫,头发剃短了,衬得五官愈发突出。

谢俞在他身边坐下:"等多久了?"

"没几分钟。"

等人坐下来乖乖吃东西,贺朝才又说:"你们那什么实验还要弄多久?说好去打杂当助理,怎么现在什么梁都交给你挑?还有那个杨老教授……"

谢俞从盒饭里挑了块鸡胸肉往他嘴里塞。

杨老教授是医学部的名人。

大一那会儿谢俞选了几门选修课,杨老教授来旁听的时候一眼相中他,直接把人拉进他的实验组里重点栽培。谢俞学习能力强,任务也就越来越重。

由于实在是太合眼缘,加之杨教授年纪大了,开始喜欢操心身边人的感情大事:"小芳这孩子心地好,她……"

谢俞知道对他有好感的女孩子不少,听到这儿品出来了,推托道:"教授,我有点事,有人还在楼下等我吃饭。"

杨老教授"啊"了一声,有点可惜,又问:"朋友?咱学校的?"

"嗯。"

杨老教授唏嘘:"学什么的?"

谢俞:"卖保险。"

杨老教授没再往下问。

他也是很久之后才知道,得意门生嘴里那个"卖保险"的朋友,就是经管学院那位做项目跟玩儿似的、年纪轻轻崭露头角、每位老师提及又是骄傲又是头疼的贺朝。

朝俞
ZHAOYU

番外二
经管学院

$r=a(1-\sin\Theta)$

"卖保险"这个词，早就被（三）班同学嘲了个透。

最开始还是谢俞带的头："你填这个？"

"千挑万选，特别厉害。"贺朝返校时穿着随意，脚上就穿了双拖鞋，在机房里填完志愿又说，"给你们签的名都留好了啊，等哥以后名垂青史……"

谢俞听不下去，打断道："是挺厉害，卖保险，蓬勃发展的朝阳行业。"

话虽这样说，谢俞还是忍不住反复看他们俩填的志愿，看一眼自己的，又看一眼贺朝的。

也不知道他在看什么。

他们俩都只填了第一志愿，往后全是空白，（三）班其他人叹为观止——有生之年居然能够见识到一回这么嚣张的志愿。

"厉害还是你们厉害啊，"万达凑过去，啧啧称奇，"A大双杰，谋财害命。就你俩这牛我可以吹一辈子。"

贺朝笑着拍他一下："你填了什么？"

"你猜猜。"

万达和大部分人一样，填的都是A市附近的学校，离家近。

谢俞看了看，这专业还挺适合他，开玩笑说："不错啊，狗仔。"

万达："我这是新闻传媒！"

坚定地走好脚下的每一步，他们这群人的前路也变得越来越明朗。

但是刚上高三时的迷茫、不知所措，以及毫无眉目的未来……这份并不成熟的心境，也是成长路上值得珍藏的宝物。

谢俞心想，不管是他和贺朝，还是（三）班的其他人，在这条路上的共同点，大概就是真心实意地感激，还好当时摔倒过啊。

还好当时摔倒了。

停顿了一下，也走了点弯路，才能看到这些风景。

谢俞想到这，也吃得差不多了，把饭盒盖回去。

贺朝起身把饭盒扔掉。

他想到这两天逛医学部贴吧，看到的几条求助帖：救救医学部学生吧！你赠我一头浓密的秀发，将来我还你一条命！画重点：有没有靠谱的生发液？学医三年，发量变少，发际线后退，在秃顶的边缘试探……

虽然他们经管学院也好不到哪儿去，贺朝还是说："要不要给你推荐几款生发液，提前保养保养？"

"你滚。"

贺朝边挨揍，边倒退几步："我明天上午有课，你多休息会儿，睡个懒觉，我中午过来找你吃饭。"

"知道你有课，"谢俞看着他说，"缺陪读吗？"

谢俞不打算睡懒觉，第二天真跟着贺朝去大教室陪读了一上午。

金融课的老师对蹭课行为相当包容，一方面觉得这是对自己教学的认可，一方面为其他专业学生的学习热情而感动。于是他有事没事就点这位蹭课的起来回答问题。

"这位同学，你起来，说一下你是怎样看待金融的。"

前面几排的同学顺着老师指的方向回头看，这一看就控制不住自己的眼睛。每个人都对这位医学部"行走的冷气制造机"好奇得不行，趁这个机会多欣赏几眼。

谢俞不紧不慢地站起来。

贺朝真怕这位小朋友当着老师的面回答"卖保险"，于是不动声色地翻开书，指给他看，低声提醒："念这行。"

谢俞毫不怯场，扫了两眼，把含义用自己的话概括了一遍。

"不错，这位同学很有悟性，请坐，"老师点点头，顺便挖起了墙脚，"欢迎转系，咱们院的大门随时向你敞开，千万不要压抑自己的内心。"

预热完，等课程讲解到专业领域，老师也就不再为难他，遇到没人回答得上来的问题就点贺朝。

贺朝答完一题，坐下问："无聊吗？"

"是有点。"

谢俞听了约莫有半小时，手机不停振动，他掏出来一看，屏幕上是陌生号码。

他刚接起来，对面就喊："谢俞同学你好！我们是话剧社的！"

谢俞把手机往贺朝手里塞："话剧社，找你的。"

贺朝直接点了挂断，低声说："不接，他们有完没完？怎么还弄到你手机号了？"

谢俞："退社了？你不是号称顶级流量吗？"

"什么顶级流量啊。招架不住，我就跑了两场龙套，连粉丝后援会都出来了……想干什么，送我出道？"

当初新生报到第一天，贺朝在A大门口站了不到二十分钟，一炮而红。

人海茫茫，A大记者团只消一眼就锁定了采访目标。他们甚至怀疑这人走错了，也许他应该去电影学院报到。

"高中三年辛苦吗？成功进入梦寐以求的学府，现在心情如何？"

"还行吧，就随便考考。"

采访视频出了之后，在学校里激起千层浪。

话剧社看准了这拨巨大流量，向这位同学抛去橄榄枝。

贺朝虽然爱玩，但也有个度，他个人后援会发展的势头太猛，搞得话剧社的演出一票难求。经管学院的同学们灵机一动，甚至发展起了黄牛业务。有人神神秘秘地在各学院之间转悠，戴个帽子，见人就问："有多余的票吗？高价收了啊！"

于是贺朝及时"息影"。

一节枯燥复杂的金融课，谢俞撑了半节实在撑不住，跟耳边有人念经似的，最后还是趴下去睡着了。

"好，说到这里，我们再把话说回来，这样也许更方便你们去理解。这个偏好、效用与风险厌恶……"

谢俞睡了一会儿，半睁着眼睛醒过来的时候金融课老师正在讲"风险"问题。

两人坐在一起，恍惚间似乎回到了以前当同桌的日子。

只不过身边这人褪去青涩，变得愈发沉稳，身上是件偏正式的衬衫，扣子解开两粒，手腕上戴了块设计简约的手表。

这块手表是去年贺朝生日的时候谢俞送的，跟红绳戴在一起，两个风格迥异的配饰搭在一起倒不显得突兀。

谢俞心说，姓贺名朝的这个人，不管处于哪个阶段，都好像会发光一样。

——而且最重要的是，永远都在他身边。

237

朝俞
ZHAOYU

番外三

生日

$r=a(1-sin\Theta)$

谢俞清楚记得高考过后的那个夏天。

跟其他家长和孩子的相处模式不同，高三一整年，顾女士更像那个"备考"的考生，整日神经都处于紧绷状态。

高考没结束，谢俞都不敢影响她。

"别复习到太晚，放轻松，啊，千万别多想，平时怎么考就怎么考。"顾雪岚说着，往他碗里夹菜，"多吃点。"

而顾女士眼里"复习到很晚"的谢俞，想说自己基本上每天晚上十点钟准时上床睡觉，日子过得毫无压力。

谢俞吃完那筷子菜，转移话题，说："隔壁班有人处对象，上礼拜叫家长了。"

顾雪岚不是那种死板的家长，甚至心里还残存几分小女生的心思，对"早恋"问题放得很宽，平时也会问问儿子有没有喜欢的人、偷偷谈恋爱没有。

并非不能理解，每个年龄阶段，都有那个年龄段独有的、珍贵的特质。

朦胧，青涩，热烈又张扬。

"年轻，"顾雪岚感叹道，"唉，年轻真好。"

刚考完，谢俞都没来得及换掉校服，就打算去趟黑水街，顺便把顾雪岚也给拉上了："妈，一起去？"

顾雪岚难得回黑水街，也知道这一年梅姨他们都费了不少心，忙着换简单点的衣服，临走前又提了几样礼品。

饭桌上格外热闹。一桌人坐在大院里，露天乘凉。

即使顾雪岚已经穿得很随意，仍旧抵不过雷妈那条新潮的男士大裤衩。

"这条沙滩裤，是雷子他爸的，"雷妈抬了抬腿，笑道，"还挺凉快。"

许艳梅直接拿着啤酒瓶，徒手起瓶盖，瓶盖滚落到水泥地上。她习惯性把酒往前递，递到一半才想起来顾雪岚不喝啤酒："瞧你——来就来了，干吗还带那么多东西！"

朝
俞
ZHAOYU

顾雪岚平常不怎么喝酒，却还是接过那瓶酒，往水杯里倒了点。

"你怎么样？"谢俞抬手，跟周大雷碰杯。

"VP俱乐部，替补，"周大雷说，"不出半年，换个首发给你看。"

"牛啊。"

"那是，你兄弟我贼牛。"

酒过三巡，话题从高考一路跑偏，最后他们聊到打麻将。

梅姨想起谢俞的那个同桌："对了，你跟你同桌，志愿填的是一个学校吗？"

全程不声不响，坐在那里安安静静吃饭的谢俞笑了笑说："嗯，填的是同一个。"

谢俞喝了半瓶酒，耳尖有点红，然后他站起来，对着面前这些——除顾雪岚之外，没有血缘关系还是像亲人一样的黑水街群众。

他看上去面色如常，但撑在桌沿上的手指不自觉地收紧："谢谢……这会儿再别说什么的话，都太多余。"他顿了顿，又说出一句，"谢谢。"

顾雪岚的目光触及谢俞那双眼睛。

她没由来地想到自己当初在给他的信里写过的那句：不管你做什么选择，我只希望你平安、快乐。

顾雪岚低下头，调整了一下情绪，无比深刻地意识到她的孩子是真的要张开翅膀往更远的地方飞去了。

她缓缓闭上眼，又睁开，最后轻声道："妈很高兴，真的很高兴。"

谢俞洗过澡躺在床上，心情很平静。

他躺了会儿，从边上拿过手机，给贺朝打了个电话。

贺朝接到电话的时候刚洗好碗，他家老贺难得回家住一阵。他问："怎么了？"

"在干吗？"

贺朝："你朝哥洗碗呢，等会儿陪我爸看会儿电视。"

贺朝他爸是个神人。

自从贺朝表达了对创意小视频的感动之情，老贺自觉这份礼物挑得很有品位，成功添加谢俞为好友之后，立马又去网购平台定制了一份。

早上谢俞刚睡醒，开手机想看看时间，结果大早上看到一群举着黑板报狂魔乱舞的非洲小孩。

"贺朝! 贺朝! "

"谢俞! 谢俞! "

"一举高中! "

....

所以对谢俞来说,一年之中最大的噩耗大概就是,他的生日快到了。

可生日又实在躲不过。

他费了很大力气,还是没办法说服自己不要跟贺家的人计较。

大二这学期课业繁忙,抽了一天空陪贺朝上课之后,谢俞又忙碌起来。本来他把生日的事忘得差不多了,却被杨老教授无意中提醒:"下周你就不用来了,把数据给你王师兄,让他跟进。"

"什么?"

杨老教授笑笑:"自己生日都忘了?我可不想被人说把你们压榨得连个生日都过不了。"

谢俞心说,被压榨倒好了。

这天任务量少,谢俞从实验室出来,离下课时间还有半小时。

他想了想,打算等贺朝下课。

教室里很安静,只有金融课老师的声音在回响:"设f是定义在消费集合X上的偏好关系,如果对于X中任何的x、y, xfy当且仅当u(x)≥u(y)······"

谢俞没进去,也没隔着窗户露个面,靠着墙等了会儿。

贺朝下课出来才看到人:"怎么跑这儿来了?"

"等你啊,"谢俞低着头,回复完微信,这才抬头看他,"你爸说要给我送份大礼,你劝劝,让他别送,心领了。"

"我觉得也是,我送就够了······他凑什么热闹。"

贺朝顺带着嘲笑了一下老贺,就听谢俞又说:"你也别送,你俩什么也别送就是对我最好的祝福。"

结果贺朝还真安分了好几天,只在生日当天发给谢俞一条定位消息,让他过去。

定位是一家餐厅。

某位姓贺的阔少还包了场。

店面不大,但装潢典雅,最前面有个吧台。

谢俞坐着等半天没等到人,脑子里各种奇葩礼物跑了一圈,跑得他心烦意乱。

正想发短信问，整个餐厅的灯毫无预兆地暗下去几秒。

然后谢俞听到一句清唱，随着这声清唱，吧台上的灯也一点点亮起来。

"你搞什么？"

贺朝刚开始有个音没发好，停下来咳了一声，抬起食指对他做了个"嘘"的手势。

没有伴奏，贺朝用最直接的方式唱了整整四分钟。

——是高二秋游，他在大巴上唱的那首。

贺朝唱完最后一句，却没有说生日快乐，而是扶着话筒说："今年送的生日礼物……就一句话，不管以后发生什么，你朝哥永远都在。

"有效期限是一辈子，不知道谢俞小朋友收不收。"

番外四

同学聚会

（三）班班群。

刘存浩：大家都在吗？我说个事。

万达：怎么了，耗子？

等大家纷纷冒泡，刘存浩才不紧不慢地发出去一个沉痛的表情。

刘存浩：各位老同学，我们已经很久没有见面了，曾经的美好画面还经常在我眼前浮现，现如今大家各奔东西，散落天涯。

刘存浩说半天总算切入重点。

刘存浩：所以我想诚邀大家周六出来聚聚，咱搞个同学聚会怎么样？

万达："……"

罗文强："……"

许晴晴："……"

谢俞看到消息的时候，没忍住挑了挑眉。

离高考结束才不到一礼拜，他还真没见过哪个班分开不到七天就办同学聚会的。

这消息把资深潜水员老唐都给炸出来了。

老唐：你们不是刚毕业？

万达：是……是啊，我们是啊。

在这片沉默中，只有一位勇士敢于出来"接戏"。

贺朝：行啊，聚。

贺朝：大家同学一场，时光如白驹过隙，每每想到高中和你们同窗的日子，哥都不禁怀念。

刘存浩可算找到知己，字也不打了，直接发语音，情深义重地喊："朝哥！"

贺朝也回了条语音。

谢俞刚结束一局游戏，不顾周大雷在那头着急地喊"马上要开了，谢老板快准备"，抬手将耳机拽下来，挂在脖子上，动动手指点开那条语音。

男孩子声音热烈又张扬，声音里带了点笑，应该是还在外面，混杂着车声："我同桌怎么不说话……"他说着一连换了好几个称呼，"同桌，老谢，谢俞小朋友，出来聚聚？"

谢俞刚听完，贺朝又发来一条。

"俗话说，一日不见，如隔三秋。我这都快一个礼拜没见我同桌了。"

贺朝这条语音里半句也没提刘存浩。

刘存浩本来还觉得感动，听到一半在心里咆哮：还"不禁怀念"！这哪是怀念和我们同窗的日子，你这只是在怀念你和谢俞两个人同桌的日子吧！

他们这届高三考生虽然已经顺利毕业，但老唐这学期的工作还没结束，聚餐时间只能定在晚上。他们几个闲着也是闲着，罗文强提议白天大家一块回学校看看。

罗文强站在校门口感叹："真是怀念母校。"

刘存浩一下戳破："你们这一个个的，体委，你是怀念操场吧？"

"那你打不打？"

"走走走，没看我今天特意穿了双球鞋吗？"

罗文强几人迫不及待组队去球场，临走前喊："朝哥，俞哥，你俩来不来？"

贺朝手搭在谢俞肩膀上，一本正经地说："老唐找我们去他办公室帮他做记录表，你们先去。"

盛夏，炽热的风肆意地从每个角落刮过，带着琅琅读书声，与校园空荡长廊里的脚步声重叠在一起。

"立阳二中"四个字被阳光晒得发烫。

谢俞没收到消息，跟贺朝两个人往办公室方向走，走到一半他问："老唐什么时候说的？"

前面就是楼梯拐角，谢俞这句话刚问完，手腕被人从身后拽了一下，力道很轻却难掩强势。等他反应过来，已经被人一把拽进拐角。

上课时间，楼道里没什么人。

"老唐没说，"贺朝说，"我就想和我同桌单独待会儿。"

他们刚离开学校不久，比起怀念，更多的还是对高三这一整年的回忆。

两人绕到操场，罗文强正扯着衣领扇风，大汗淋漓地喊："朝哥！俞哥！这里！"

他们这一届，由于备考时间紧张，高三取消了篮球比赛。罗文强为此几次三番出入姜主任办公室："姜主任，我认为适量的运动有益于青少年身心健康……经过科学统计，坚持运动的高三考生心态都比较好……"

姜主任微笑："罗文强啊，你二模数学拿了几分？"

罗文强老老实实低下头："五十六分。"

姜主任指指门："臭小子，门在那儿，你自己给我滚出去！等你哪天上一百二再来跟我谈！"

罗文强出了门，正好迎面遇上谢俞来交作业，把人拦下挠挠头说："俞哥，我有个不情之请……"

于是前后不超过两分钟，姜主任办公室的门再度被人推开。

谢俞站在他面前，没什么表情，头一句话就是："姜主任，我二模各科平均分一百四十一分。"

姜主任："……"

谢俞继续说："罗文强让我来问问体育课的事，您看这事怎么整？"

贺朝听说这事的时候正坐在最后一排刷试卷，边算数边笑，笑了半天后问："然后呢？"

谢俞把吴正批阅过的额外作业往抽屉里塞："然后他也让我滚。"

贺朝算完之后写上答案，特潇洒地把笔一扔："文强啊，真那么想参加篮球比赛？"

罗文强忧伤又惆怅："想。"

贺朝琢磨了一会儿："哥有个办法。"

贺朝所谓的办法就是花两百块钱"买通"了一位高二学弟，把罗文强包装过后往人球队里塞，为了不被人看出来，他们甚至给罗文强买了顶假发。

罗文强本来剃的是平头，戴上假发惴惴不安："能行吗？这假发会不会看起来太奇怪了……"

许晴晴："你懂不懂时尚？我特意给你选的流川枫同款，特帅，购物车都没让朝哥碰，你这待遇够好的了。"

贺朝听到表示不服："晴哥，你这话说的。"

谢俞有一题解出来和答案对不上，想看看哪步出了问题，把贺朝的练习簿拽过来看了一眼："晴哥这话说得没毛病。"

罗文强化装之后还真没人认出他。连体育老师也只是觉得这位选手看着面生，有些怀疑高二年级里有没有这号人，然而现场混乱，他顾不上去想那么多。

罗文强本可以给他的高中球场生涯画下一个完美的句点——如果在抢球、推搡间，他的假发没有因为承受不住外力整个意外落下来的话。

谢俞想到这，实在是不敢再回忆那个场景。

罗文强在前面又喊了他们几声。

贺朝蹲在边上眯起眼看了一会儿，扭头问："老谢，上不上？"

谢俞轻甩手腕，率先走出去两步。

他们俩今天都没穿校服，热烈的阳光照在身上，迎着光，贺朝几乎看不清谢俞此时的神情，但他似乎是笑了一声才说："上。"

打完几场球，晚饭最后定在了状元楼，除了离学校近这个原因之外，刘存浩还觉得特应景："咱学校今年肯定能出一个状元，赌不赌？"

来的老师不光有老唐、吴正、姜主任，还有另一位男老师。

吴正笑吟吟地说："厚着脸皮，来蹭个饭。"

贺朝："客气了，'二中F4'能来，我们这包间简直蓬荜生辉。"

谢俞离服务员近，低声说："麻烦加几个座。"

挪完位置后，菜也陆续上了。

姜主任一看桌上男生们面红耳赤的样子，就知道他们这是刚打完球："打球去了？"

假发事件后，罗文强不太敢对姜主任提起"球"这个字，哪怕现在已经毕业了，也还是感觉羞愧："啊，是。"

姜主任夹一筷子菜，起先想板着脸，后来还是没绷住，自己笑了起来："我上回忘了问，你们这馊主意到底是谁出的——"

"还能是谁，"刘存浩坐在空调底下说，"朝哥呗。我们班除了朝哥，哪还能找出来第二个像这样的人才。"

贺朝以茶代酒，起身主动跟姜主任手里那杯茶碰杯："您的学生年少轻狂，年轻不懂事，别计较。"

这话说得跟他毕业多年似的。

但在这帮老师眼里，不管学生毕业多久，都还是孩子。

饭桌上大家从篮球比赛聊到高二分班那会儿，谢俞和贺朝两个人比谁考得更差的传奇。

"二中F4"——这几位老师高三这一年压力也不小，总算把他们顺顺利利地送走，一直紧绷着的那根弦也松下来。

最后散席前，姜主任杯子里还剩半杯啤酒，他起身，扫过每一位同学的脸："你们老

247

唐有些伤感，也不太好意思发言，那我代表我们二中教师团，跟大家再说几句。

　　"高中这个阶段，只是你们人生的第一课，它是一个起点。

　　"我们希望你们以后走得更远，同时也希望你们……归来仍是少年。"

　　往后很多年，谢俞都清楚记得高三那年，坐在操场上仰望过的那片星空，以及老唐对他们说"你们还有无限可能"的那个夜晚。

　　他也永远记得姜主任在饭桌上说的那番话。

　　——还有无论何时何地，永远在他身边的那个人。